廖基瑜诗词集

廖基瑜 著
廖志敏 整理

凤凰出版社

图书在版编目（CIP）数据

廖基瑜诗词集 / 廖基瑜著 ; 廖志敏整理. -- 南京 :
凤凰出版社, 2017.6
ISBN 978-7-5506-2611-9

Ⅰ. ①廖… Ⅱ. ①廖… ②廖… Ⅲ. ①诗词－作品集
－中国－当代 Ⅳ. ①I227

中国版本图书馆CIP数据核字(2017)第118492号

书　　名	廖基瑜诗词集
著　　者	廖基瑜 著　廖志敏 整理
责任编辑	张永堃
出版发行	凤凰出版社(原江苏古籍出版社) 发行部电话025-83223462
出版社地址	南京市中央路165号,邮编:210009
出版社网址	http://www.fhcbs.com
照　　排	南京凯建图文制作有限公司
印　　刷	江苏省句容市排印厂 句容市春城镇南,邮编:212404
开　　本	880×1230毫米　1/32
印　　张	10.5
字　　数	185千字
版　　次	2017年6月第1版　2017年6月第1次印刷
标准书号	ISBN 978-7-5506-2611-9
定　　价	58.00元

(本书凡印装错误可向承印厂调换,电话:0511-87871135)

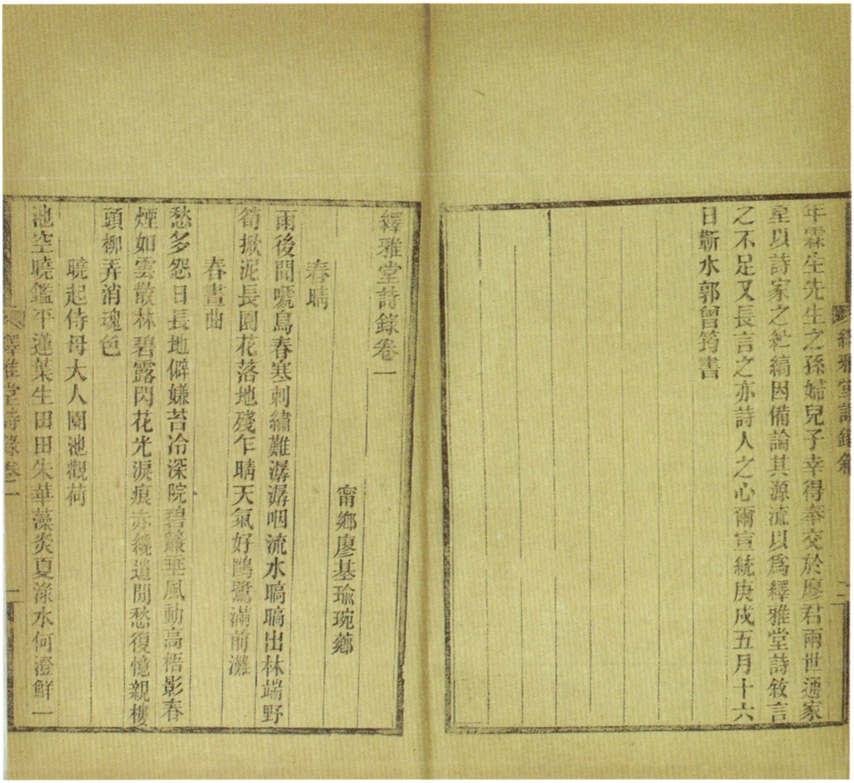
年霖生先生之孫婦兒子幸得奉交於廖君兩世通家
皇以詩家之紀縞因備論其源流以爲繹雅堂詩敘言
之不足又長言之亦詩人之心爾宣統庚戌五月十六
日蘄水郭曾筠書

繹雅堂詩錄卷一

甯鄉廖基瑜琬薌

春晴

雨後聞嚦鳥春寒刺繡難潺潺咽流水嚦嚦出林端野
筍掀泥長園花落地殘乍晴天氣好鷗鷺滿前灘

春晝曲

愁多怨日長地僻嫌苔洽深院碧簾垂風動高梧影春
煙如雲散林碧露冈花光淚痕赤幾遭悶愁復憶親樓
頭柳弄消魂色

曉起侍母大人園池觀荷

池空曉鑑平蓮葉生田田朱華藻炎夏淥水何澄鮮

繹雅堂詩錄卷一　一

《绎雅堂诗录》书影

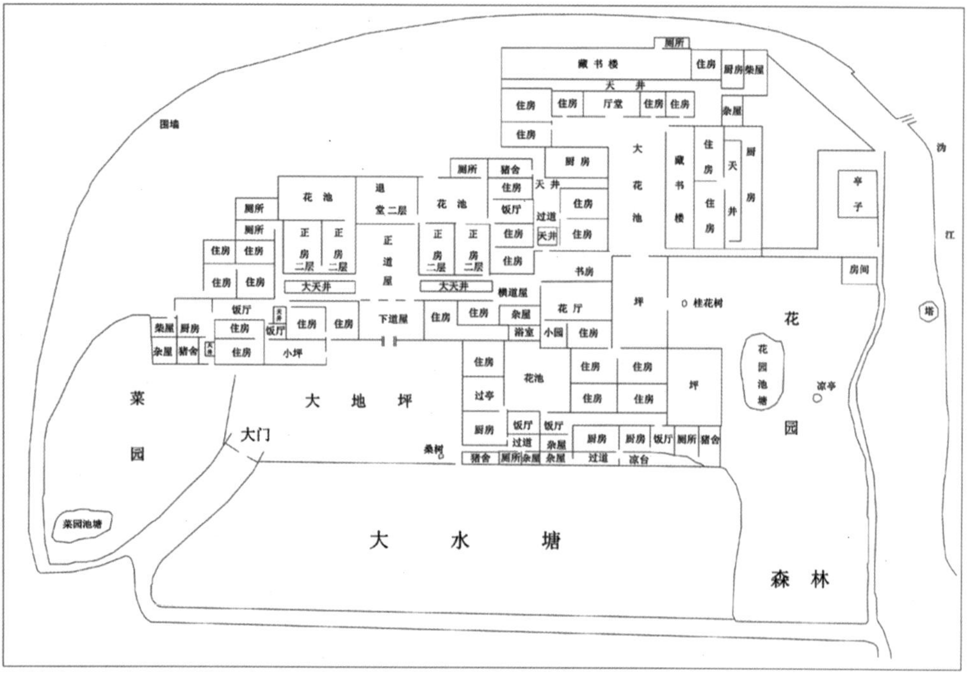

宁乡梅氏旧宅莓田古屋平面图

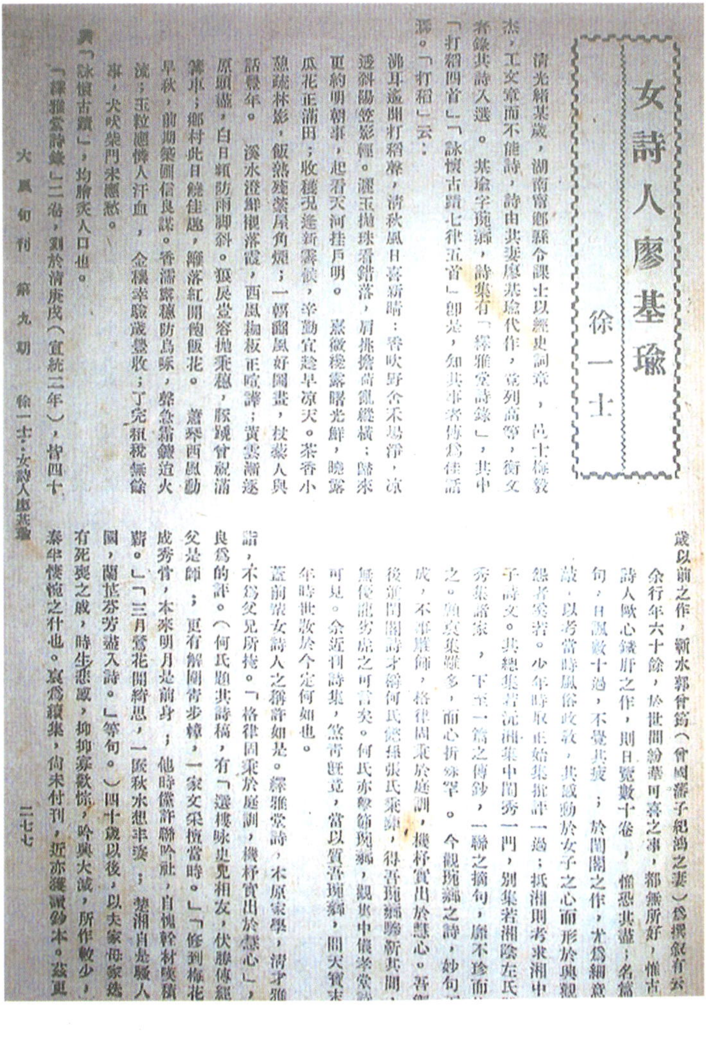

女詩人廖基瑜

徐一士

清光緒某歲，湖南甯鄉縣令課士以經史詞章，邑士梅毅杰，工文章而不能詩，詩由其妻廖基瑜代作，竟列高等，衡文者錄其詩入選。基瑜字瑰蘅，詩集有「繹雅堂詩錄」，其中「打稻四首」「詠懷古蹟七律五首」卽是，知其事者傳爲佳話。「打稻」云：

沸耳盈疇打稻聲，清秋風日喜新晴：香吹野谷禾場淨，涼透斜陽笠影輕。澀玉拋珠看錯落，肩挑擔荷亂縱橫；歸來更約明朝事，起看天河挂戶明。　蒸徵稅露曙光鮮，曉露瓜花正滿田；收穫況逢新霽候，辛勤宜趁早涼天。茶香小憩疏林影，飯熟殘藥屋角煙；一穗飄風好圖畫，杖藜人與話豐年。　溪水澄鮮襯落霞，西風掬板正喧譁；黃雲漸逐原頭盡，白日頻防雨腳斜。獲戾豈容拋秉穗，豚蹄曾祝滿篝車；鄉村此日饒佳趣，籬落紅開飽飯花。　蕭瑟西風動早秋，前期榮䎡信良謀。香濡露穗防烏啄，聲急霜鐮迫火流；玉粒應憐人汗血，金穰幸驗歲豐收；丁完租稅無餘事，犬吠柴門未應愁。

其「詠懷古蹟」，均膾炙人口也。

「繹雅堂詩錄」二卷，刻於清庚戌（宣統二年），皆四十歲以前之作，新水郭曾筠（曾國藩子紀鴻之妻）爲撰敘有云：

余行年六十餘，於世間紛華可喜之事，都無所好，惟古詩人嘔心鏤肝之作，則日覽數十卷，惟恐其盡；名篇句，日諷數十過，不覺其疲；於閨閣之作，尤爲細意諷，以考當時風俗政教，其感動於女子之心而形於興觀怨者奚若。少年時取正始集批評一過；抵湘則考求湘中子詩文。其總集若沅湘集中閨秀一門，別集若湘陰左氏秀集諸家，下至一篇之傳鈔，一聯之摘句，靡不珍而[…]之。頻哀集雖多，而心折殊罕。今觀瑰蘅之詩，妙句[…]成，不事雕飾，格律固秉於庭訓，機杼實出於慧心。吾[…]後道問閨詩才[illegible]何氏[illegible]張氏秉[…]，得吾瑰蘅驂靳其間，[…]無優絀劣虛之可言矣。何氏亦擊節瑰蘅，觀其中儀孝堂[…]可見。余近刊詩集，煞費甄選，當以質吾瑰蘅，間天寶末[…]年時世散於今定何如也。

蓋前輩女詩人之稱許如是。繹雅堂詩，本原家學，清才雅詣，不爲父兄所掩。「格律固秉於庭訓，機杼實出於慧心」，良爲的評。（何氏題其詩稿，有「還樓詠史兒相友，伏勝傳經父是師；更有解[illegible]步韓，一家文采擅當時。」「修到梅花成秀骨，本來明月是前身；他時儻許聯吟社，自愧輇材陝積薪。」「三月鶯花開綺思，一庭秋水想丰姿；楚湘自是騷人國，蘭芷芬芳盡入詩。」等句。）四十歲以後，以夫家母家幾有死喪之戚，時生悲感，抑抑寡歡悰，吟興大減，所作較少，秦牢悽惋之什也。哀爲續集，尚未付刊，近亦獲讀鈔本。茲更

徐一士《女诗人廖基瑜》

（载《大风》第九期）

衡田廖氏旧宅“春泉堂”正门草图

门两侧悬挂廖含章所撰楹联：

“五百年旧献结庐，秋桂春萝森古翠；

一万卷盈书充栋，莎厅竹阁有余馨。”

序

一

翻开中国文学史，从先秦到明清，能在记载中留下姓名的女诗人、女词人，可谓屈指可数。在一个延续几千年的男权社会里，女性始终隐身于男性的身后，终生被局限于家庭事务的琐屑之中。对于女性诗人、词人来说，她们同样很少活跃于历史的舞台之上。然而，越来越多的研究表明，有清一代——尤其是晚清的文化氛围所启迪的才德兼备的才媛淑女，以诗歌之名在历史上留下足迹的，比以往任何一个朝代都多，成为了中国文学领域格外亮丽的一抹风景，甚至有人将其誉为“中国封建社会最后却最华丽的盛宴”。

晚清女性创作的成就，主要表现在诗歌创作上，而女诗人廖基瑜即为其中之一。作为湘中近代著名的闺阁诗人，廖基瑜以其独特的文学气质、敏锐的审美感受和超群的艺术才华，在湖湘近代女性诗坛中备受瞩目，其著作《绎雅堂诗录》亦赢得许多好评。

成书于民国三十年(1941)的《民国宁乡县志》,其《艺文录·闺秀》曰:“绎雅堂集,在宁乡女士中罕出其右者,盖渐于父兄之教深矣。”近代著名女诗人郭筠在《绎雅堂诗录》序文中如此评价:“今观琬芗之诗,妙句天成,不事雕饰,格律固秉于庭训,机杼实出于慧心。”近代著名史学家、掌故学巨擘徐一士先生则称许道:“绎雅堂诗,本原家学,清才雅诣,不为父兄所掩。”可见廖基瑜在当时湖湘闺阁诗人中的地位及影响。

应该说,廖基瑜的诗词著作《绎雅堂诗录》及《绎雅堂诗钞本》(未刊本),是湖湘诗坛不可多得的佳构,是近现代湖湘女性诗坛的重要成果。笔者尽全力整理、点校《廖基瑜诗词集》,是对晚清与民国时期女性闺阁诗歌作品的一次深层次发掘。

二

廖基瑜(1868—1951),字琬芗,因闺阁名“绎雅堂”,晚年遂号“绎雅老人”。湖南宁乡人。清同治七年(1868)农历六月十四日出生于湖南省宁乡县衡田老屋,卒于1951年农历十二月,享年八十三岁。有诗集《绎雅堂诗录》行世。

当我们追溯晚清女性诗人的创作成就时,除注意经济条件、个人禀赋等因素以外,更应关注她们所受到的来自于家学的深刻影响。

在近现代以前,名门望族有自己绵延不绝的文化传统。傅斯年曾说:"中国学术,以学为单位者至少,以人为单位者转多,前者谓之科学,后者谓之家学。家学者,所以学人,非所以学学也。"傅斯年此番言论,可谓一针见血。一个人出生于名门世家、书香门第,之所以为历朝历代所看重,最主要的是家庭教育、环境熏陶在对个人的气质与学业的塑造上,影响巨大。

当我们回望廖基瑜的人生经历及诗词创作时,可以清晰地看到来自家庭的思想文化滋养对她产生的深刻影响。

宁乡廖氏为邑中旧族,原籍江西泰和。南宋时,其先人廖庸与名将孟珙一道抗金,因护驾有功,被宋理宗敕封为"护国公",镇守潭州,世袭"指挥职"。其曾孙城景公,字庆云,元延祐年间,由长沙卜居宁乡之衡田。数百年来,廖氏家族文脉,源远流长。有清一代,宁乡廖氏更是名人辈出。到乾隆初岁,廖氏家族书香绵延,资财丰厚,年租达万石之多,成为湘中地区的名门望族。

廖基瑜的高祖父名锦江。他虽然没有为官,但其经济、文章之才为时人所称颂。曾祖名含章,字芬田,国子监生,湘中宿儒,被清廷赠"奉直大夫"。祖父名新端,字培吾,国子监生,府知事衔,被清廷赠"修职郎"。父亲廖树蘅，字荪畡，一字笙陔，湖南近代著名诗人、实业家、水口山铅锌矿开拓者、中国近代铅锌矿业的先驱。晚清诗坛泰斗陈三立先生称廖树蘅诗风“芳鲜澄澈”；著名学人刘宗向则评价：“树蘅诗诸体皆长长句，如长安河西诸作，希风二杜。”

廖基瑜一辈兄弟姊妹共八人，六男二女，依次为：基植、基棫、基樾、基懋、基瑜、基瑨、基杰、基栋。均能吟诗作文。近代湘中名儒王闿运先生在宣统元年（1909）三月十五日的《湘绮楼日记》中这样写道：“夜得廖荪畡书。廖六子，基植、璧耘；基棫、次峰；基樾、季海；基懋、稚笙；基杰、叔怡；基栋、幼陶。其四子独取父字，盖爱子也。长者能诗，少者能画。”王闿运先生在《廖荪畡先生七十寿序》中则如此评价：“男妇各有所职，六丈夫子，俱有才能，恂恂雍雍，门庭儒雅，尤余所叹羡。”而在基瑜的兄弟姊妹中，其诗文水平最高者，当属伯兄基植、仲兄基棫，五弟基杰则为湖南近代著名画家。

由于受到深厚的家学熏染，廖基瑜从小就开始向父亲廖树蘅、伯兄廖基植、仲兄廖基棫学习诗文创作。十多岁时，她便常与父兄一同唱和，须臾即成，且文意通畅，辞藻妍丽，语言优美，如同宿构。曾广钧先生在《题廖荪畡珠泉诗集》诗序中谈到，基瑜年幼时就才华初露，即能吟诗作词。十二岁时，她常与父亲廖树蘅竞相吟咏，父亲的反应速度甚至还不及女儿。“君逊其敏速焉”，曾广钧先生如此感叹。

在廖基瑜十五六岁时，父亲廖树蘅曾游幕甘州提督署，基瑜作有《家大人远客张掖，忽忽一年，违侍日久，怅然成咏》遥寄父亲，其中“儿有音书托南雁，天涯万里祝平安”句，见者莫不称叹。

在廖基瑜的人生成长过程中，伯兄基植、仲兄基棫堪称良师益友。廖基棫在《琬芗大妹七十寿序》中，充满深情地追忆了基瑜童年勤奋读书的情景，以及兄弟姊妹之间浓浓的手足亲情。其文曰：

妹五岁随伯兄读书馀园。馀园者，吾父辟为予兄弟学塾者也。妹每日晨起盥毕，怀书箧自内庭出，徐行入塾，拂几，面窗坐，从容启书，命之读即读，未尝以为苦。当日长人静时，缘窗潜扃，花竹掩映，窃听吾妹诵声喃喃不辍，心喜甚。推扉入，为大笑者久之。此时天真烂漫之趣，兄弟姊妹相爱之情，不知人世间尚有何事为至乐也。既而学为诗，出语辄惊长老。

成年后，廖基瑜嫁给同邑梅毅杰为妻。宁乡梅氏，县中望族，累世书香。梅毅杰，字雯青，为晚清户部主事梅钟澍之孙，五品州同衔。徐一士先生在《女诗人廖基瑜》一文中如此赞叹：“梅廖两家，宁乡望族，均累世书香，一门风雅。”

清宣统二年(1910),廖基瑜所著的二卷本诗集《绎雅堂诗录》在长沙刊刻而成,受到湖湘闺阁诗坛的关注和佳评。

三

对于廖基瑜这样一位闺阁诗人来说,长期生活于深宅大院之内,生活半径相对狭窄,创作题材并不宽泛。从现有资料来看,除短期探视在衡阳、长沙等地任职的父亲及其他亲友外,廖基瑜一生大多数时间都是在衡田老屋和梅田古屋中度过的。因此,她的诗词不可能有关怀天下苍生的宏大主题。虽然廖基瑜生长于一个风云变幻的时代,她一生目睹甚至亲身经历了近代中期中国社会剧烈的历史变化,但这些重大的历史事件在她现存的诗词作品中并未得到反映。廖基瑜作品中所表现出来的,大多是写景咏物、怀人思亲、往来赠答、怀古凭吊、游览寄兴等。其诗作的内容意旨主要是抒发真挚之情,表现生活中的闲适之趣。

根据廖基瑜现存的诗词数量来看,依其内容与形式区分,大致分为亲情诗、生活诗、悼亡诗、怀古诗、风物诗、友情诗等六种。诗作内容蕴含丰富,体裁多样,其诗书写真人真事,体现了廖基瑜作为女性诗人与众不同的真识、真情、真趣,或清秀妍丽、含蓄婉转,或沉郁哀愁、凄楚迷茫,情感真挚醇厚,抒情深婉细腻,意境含蓄蕴藉,具有很高的审美价值。

纵观廖基瑜的一生，由于政权更迭及家庭变故，其心境和思想发生过巨大变化，其诗歌风格也因此大为改观。当我们阅读廖基瑜的诗词作品时，对她的这种诗风变迁感受尤为明显。其诗歌风格大致发生了一次较大的变化。

廖基瑜早期的诗歌隽饶韵致，不同凡响。出生于书香世家，母慈父爱，兄弟姊妹和谐融洽，天生性情温婉，这些因素叠加一起投影到她的诗歌创作中，使其诗风呈现出柔美隽永的特点，似有一派温李风韵。《绎雅堂诗录》收录不少其青少年时期的作品，遣词造句工致细密，诗情婉约绵长。最能代表她这一时期特色的，当推《打稻四首》、《咏怀古迹七律五首》、《家大人远客张掖，忽忽一年，违侍日久，怅然成咏》等。

对于诗人而言，中年是一个“坎”。中年之前，其创作力在诗歌的形式上；而中年之后的创作力，则主要在于内心的表现。作为一位女性诗人，廖基瑜自进入中年以后，其诗风与早年相比发生了极大转变。主要表现为沉郁顿挫，孤寂哀愁。究其原因，一是因为社会环境发生了较大变化，二是由于家庭遭遇了不少变故——这或许是廖基瑜诗风突变更重要、更直接的因素。

自中年以后，随着亲人接二连三地离世，廖基瑜脆弱而敏感的内心充满了难以言状的苦痛。她以极高的艺术天赋，将漫天愁绪抽丝剥茧，细细纺织，造出一行行悲天悯人的诗作。对此，徐一士先生如此评点："四十岁以后，以夫家、母家迭有死丧之戚，时生悲感，抑抑寡欢悰，吟兴大减，所作较少，泰半凄婉之什也。"

对于廖基瑜中年以后的诗词作品，在刊刻《绎雅堂诗录》之后，原计划再刊印续集。然而，遗憾的是，续集最后并未成功刊印，仅留有《绎雅堂诗钞本》。随着时代的更迭和政治的变迁，其钞本亦不幸散失殆尽。

作为近现代湖湘诗坛的一代才女，廖基瑜为我们留下了一批典雅醇厚的诗词作品，丰富了湖湘文学的宝库。然而，其作品尘封已久，缺乏应有的关注，而对于其人和诗词的研究则更是一片空白。笔者于此重新整理并点校廖基瑜的诗词作品，梳理其生平事迹、家世背景，并进一步解读其诗歌作品的艺术风格与创作特色。

四

《廖基瑜诗词集》一书大致由两部分组成，主体部分是《绎雅堂诗录》，另有《绎雅堂诗钞本》中的部分作品（皆从徐一士先生所著的《女诗人廖基瑜》一文中所录得）。本书存诗一百三十八首、词两首，其中《绎雅堂诗录》共收诗一百二十九首、词一首；《绎雅堂诗钞本》收诗九首、词一首。此外，还从《女诗人廖基瑜》中录有挽联一副。所收作品，其创作时间大约起于清光绪六年(1880),止于民国二十七年(1938),即廖基瑜十二岁至七十岁的作品,作品主体创作于民国之前。

本书在点校过程中,笔者还在诗词作品之后附有按语,其用意不外有三:一是交待相关作品的创作背景。二是对诗作中涉及的相关人物进行介绍,说明其与廖基瑜之间的关系渊源。三是对廖树蘅、廖基植、廖基棫等人同类题材的诗作,从其作品集中专门录出,供读者在阅读时参照。

同时,在《廖基瑜诗词集》后,笔者还附有五篇文章。一是由徐一士先生撰写的《女诗人廖基瑜》,该文原载于《大风(香港)》第九期(1938 年 5 月 25 日出刊)。由江西南昌大学刘经富教授于 2008 年所赠。其余四篇均由笔者撰写,分别为:《廖基瑜年谱简编》,对廖基瑜的一生所历作了大致梳理;《一家文采擅当时——晚清民国时期湖南著名女诗人廖基瑜诗词研究》,对廖基瑜的诗词作品进行了评点;两篇人物传记,即廖基瑜长子梅焯宪先生传以及孙梅经培先生传。这些文章为读者更深入了解廖基瑜的创作风格、家世渊源、人生境遇、性格为人等诸多方面提供了相关资料。

在整理过程中,有些文献之间存在矛盾之处,如廖基瑜三哥的名字,有的地方是"基樾",有的地方则是"基朴"。

笔者整理时一仍文献之旧，未做更动；而在自己撰述的文章中，则一律用“基朴”。

从2015年暮春开始，我即着手本书的点校工作，到十二月底完成初稿。在随后的几个月间，我在对书稿的资料进行补充完善的同时，又将本书中的部分作品寄给远在湖南的亲友帮忙审校。直至2016年初夏，本书才得以终稿，心中亦感到一丝慰藉。我想，对廖基瑜诗词作品的整理与点校，应该说是一次抢救性发掘，是让这些作品“重见天日”。《廖基瑜诗词集》一书的出版，不只是廖基瑜本人的幸事，而且对湖湘近代闺阁文学资料的保存，对进一步研究近代湖湘文学史、诗词史、乡绅史，都具有不容忽视的价值。

廖志敏

2016年5月31日于北京梽木山房

郭筠原序

光绪七八年，叔舅忠襄公以所居贡院西街宅西头屋为书塾，儿子广钧从公讲肆。公曰："敬业善矣，尤当乐群，古人以文会友，有能古文词为诗歌者，事之以师友之间。"小子志之，弗敢忘。忠襄攻江南时，健将曰罗旋吉，其居宅为塾对街之北。宁乡廖君荪畡假寓于罗氏，儿子诣罗氏，因得交廖君，记其新诗数篇归，以之举似忠襄，请评骘。公掀髯举酒曰："嘻，此才人之笔，异日必有所表见。道光之季，余观罗罗山、江岷樵诗，决其不仅以诗人名，今廖生之诗殆近似之。得友如此，为尔贺。为尔母画荻之训贺。"匆匆二十余年，儿子幸成名，廖君果以治矿有勋。父子膺朝旨褒，异惜忠襄不及见也。儿子既得友廖君，辄以所为诗乞君弹正，君有所作，亦必以示儿子，君刊所为古文、诗歌各二巨册，既以就正湘绮，又令儿子为刘季绪。虚怀若此，盖其天性不自满，假集众思求至善。自其佐军书兰州，佐陈义宁抚湘行政，治银场茭源，则既有然不独于诗文，嗛然乐他山之助也。君有六子皆俊才，能负荷，儿子笑谓："斜川集有胜大苏处。"君亦笑出。《绎雅堂诗》，乃君长女名基瑜字琬芗绣余所为诗词也。儿子归，以此册呈，余行年六十馀，于世间纷华可喜之事都无所好，唯古今诗人呕心披肝之作，则日览数十卷，惟恐其尽，名篇佳句日讽数十过，不觉其疲，于闺阁之作，尤为细意推敲，以考当时风俗政教，其感动于女子之心而形于兴观群怨者奚若。少年时取正始集批评一过，抵湘则考求湘中女子诗文。其总集若《沅湘集》中闺秀一门，别集若《湘阴左氏闺秀集》诸家；下至一篇之传钞、一联之摘句，靡不珍而录之，顾裒集虽多，而心折殊罕。今观琬芗之诗，妙句天成，不事雕饰，格律固秉于庭训，机杼实出于慧心。吾乡后进闺阁诗才，称何氏懿孙、张氏秉彝，得吾琬芗骖靳其间，无优龙劣虎之可言矣。何氏亦击节琬芗，观集中仪孝堂诗可见。余近刊诗集，煞青既竟，当以质吾琬芗，问天宝末年时世妆于今定何如也。琬芗适梅氏，为阿舅文正戊戌同年霖生先生之孙妇。儿子幸得奉交于廖君，两世通家，重以诗家之纻缟，因备论其源流，以为绎雅堂诗叙言之不足，又长言之，亦诗人之心尔。宣统庚戌五月十六日，蕲水郭曾筠书。

案：郭筠(1847—1916)，字诵芳，蕲水人。清道光戊戌进士、两淮盐运使郭霈霖之女，自署书斋名曰"艺芳馆"，故晚号"艺芳老人"。她是湘乡大学士曾文正公次子曾纪鸿夫人，翰林才子曾广钧之母，由于丈夫曾纪鸿及夫兄曾纪泽很早便逝世，郭筠成了富厚堂的女主人。她毅然担负起亲课儿曹的重任，成效可观，其子女成年后均颇具才华。她人品、才学兼优，诗文皆工，常与子女唱和，著有《艺芳馆诗录》行世，为近代有名的女诗人之一。宁乡廖氏与湘乡曾氏素有通家之好，郭筠所著《艺芳馆诗录》由廖基瑜之父廖树蘅撰序。

廖树蘅《艺芳馆诗录序》："二南多后妃夫人之诗，诵《葛覃》、《芣苢》、《采蘩》诸什，悠然见成周盛时，女职恪供室家熙熙之乐何其厚也。近世女子之作，多流连光景，以求媚悦于人。不则幽忧无憀，戚然无以自处。师氏之训：不先学，不足以贞遇。动为境困，斯道所以日下也。树蘅读湘乡曾母郭太夫人《艺芳馆诗》，窃谓有合于古焉。太夫人为蕲水郭氏雨三太史之女，太傅文正公子妇，栗诚部郎之室，舣庵编修、履初、敬诒、季融三观察之母，门阀之盛称一时。微闻部郎君没京寓时，兄公惠敏公奉命出使海国。文正一生无余财，所处容有不易者。太夫人愍默自敕之余，第策励良子奋于仕学，以承先业，他无所问。洎诸子先后通籍，隆隆以升，福履丰腴，可以自愉矣。顾乃躬躬畏慎，无改于初。或就养往来燕南赵北江海繁会之区，目击世变，循生习尚之日趋僻诡，辄不禁感胸慨意，情见乎词。迩来年齿夙暮，定居长沙，犹昕夕管持家政，不因老而弛其勤。人所难者勉为其难，人所易者不视为易。孔子论处约处乐之能长久，归本于有仁，如太夫人者，岂非得性情之正而善于处己者耶？是可贵矣。树蘅与舣庵交最久，今岁二月遇于长沙，以所为散文属其订正。会有山越之警，树蘅还故山。一日，舣庵以书来，谓：'当城中爚乱，时惧惊，吾母亲率市人荷戈巡行衢術，及归寓，则取君文为下酒物，每尽一釂，击节称叹。吾母命广钧曰：汝既善廖君之文，盍求其一言以序吾诗？'舣庵以为言，不敢以不文辞。夫吾之文，曷足动人嗟赏？至太夫人此集，信可传后，为一代女宗之绝出矣。乃书此以归之。宣统庚戌六月，宁乡廖树蘅。"（廖树蘅《珠泉草庐文录》卷二）

目　录

绎雅堂诗录

绎雅堂诗钞本

附 录

绎雅堂诗录

绎雅堂诗录　卷一

春　晴

雨后闻啼鸟，春寒刺绣难。潺潺咽流水，皜皜出林端。野笋掀泥长，园花落地残。乍晴天气好，鸥鹭满前滩。

春昼曲

愁多怨日长，地僻嫌苔冷。深院碧帘垂，风动高梧影。春烟如云散林碧，露闪花光泪痕赤。才遣闲愁复忆亲，楼头柳弄消魂色。

案：廖基瑜之伯兄廖基植曾作有《春昼曲和琬芗大妹作》诗。曰："轻荫低袅湘帘碧，玉阶晓闷春尘色。一寸芳心太觉痴，闲倚银屏弄瑶瑟。长日迢迢意转慵，秋千闲罢画楼东。飞花扑簌翻红雨，落絮轻盈转碧风。飞花落絮浑无主，零乱当年柘枝舞。怕向空山听杜鹃，闲扶画槛调鹦鹁。绮丽韶华绝可怜，绿窗人去意缠绵。空阶踏破苍苔色，绣阁香消百合烟。风光撩乱心如醉，绿鬓华年等闲逝。阑干倚遍太无聊，一缕游丝袅空翠。”(《紫藤华馆诗草》卷三)

晓起侍母大人园池观荷

池空晓鉴平，莲叶生田田。朱华藻炎夏，渌水何澄鲜。一双鸂鶒飞，惊破菰菱烟。愿得刺轻艇，采莲莲叶边。

案：廖基瑜之母张夫人，名清河，湖南宁乡二都瑶里人。道光十八年(1838)农历十二月十五日出生，性情慈婉，于咸丰七年(1857)十九岁时适同邑廖树蘅。廖树蘅年轻时常年客外，后受湖南巡抚陈宝箴之请，参与湖南维新运动，以一介诗人主持开发常宁水口山铅锌矿，成效大彰，后又主政湖南全省矿务，开创了湖南近代矿业之先河。张夫人主持家政颇有条理，内外和睦，子孝孙贤。光绪三十三年(1907)农历七月十四日，张夫人卒于衡田老屋，春秋六十有九。湘中名儒王闿运先生为其撰述墓志铭。张夫人与廖树蘅先后生育子女十人，除七子基棣、次女二二殇外，长成者八人，分别为基植、基棫、基朴、基懋、基杰、基栋六子及基瑜、基璿二女，且子女均各有成就。基植，附贡生，候选训导，以开发并主持水口山铅锌矿有功，被清政府赏四等商勋、五品顶戴；他还是近代湖南著名作家、诗人、词人。基棫，附贡生，州同衔，著名诗人、作家，曾参与管理水口山矿务。基朴，中书科中书，也曾参与水口山矿管理。基懋，主薄。基杰，县丞，近代湖南著名画家。基栋，同知衔。长女基瑜适梅，三女基璿适彭。基瑜、基璿均负诗才，长于吟咏。

廖树蘅《嘉平之望为清河君生日，其周甲之年实在戊戌，曾作两诗，未留稿。今七年矣。为书补之》，其一："竹叶桨来药玉船，今宵人月喜双圆。平生马磨嗟蓬转，旧日牛衣有泪涟。甲子平头刚隔岁，君长余一岁，参苓续命亦奇缘。君前年一病几殆，适有人送天生术，服之病遂除。先春生意南枝逗，渐有幽芬到枕边。"其二："嫁得黔娄未厌贫，徂年微损鬓丝匀。雨薪霜臼忧劳惯，紫凤天吴坼补频。相敬同珍青玉案，待需香窨碧螺春。结褵便有终焉志，莫笑高柔是恨人。"(《珠泉草庐诗后集》卷一)

廖树蘅《光绪丁未七月十四日，清河君殁于衡田旧庐。犹记丙子正月，梦至一园，额署"安分知止之馆"。园中杜鹃花满地，旁舍有巨镜，余冠青金石服貂涵镜中。醒语君曰："余若官贵，君当无幸，落花非休征也。"君笑曰："显职岂寒士易得，梦当不灵。"阅十九年，岁在丙申，义宁陈公抚湘，招余主水口山之矿，又三年部选宜章训导，山阴俞公为便矿计，调署清泉，君同居冷署，常劝归，曰："不记昔年安分知止之训乎?”越岁癸卯,赵公尔巽继任,檄余筦省局事,君遂归。丙午,大府以校官难统治全矿,命捐分部主事、加四品衔,非余意也。君闻愀然,语诸子曰:“而父一生,梦多奇验,今有征矣。吾其死乎?”至是疾革,颇以卜兆未定为忧。先是五月间,梦至屋后山有茅舍甚饬,舍旁古松风来有声,心甚乐之,恍惚与君同立舍中,偶触前尘,向后山求葬地,宛然梦中所见,遂定穴焉。陶甓为垣门,于前题曰“梦松仙馆”。集为联云:“青嶂会为身后冢,苍龙犹是种时孙。”虚其左窾,备他日合葬。用德清俞氏《题右台仙馆》韵,作诗二首嵌于左垣,并征人赋诗》,共两首,其一:“镜影花魂讖竟酬,重来圆梦到松楸。苍髯夜落涛千尺,宿草今馀土一抔。引分敢忘知止诫,抽身先作化城游。尘劳如海谁非幻,一段因缘付蜃楼。”其二:“忍泪亲将石墨镌,本来同穴订生前。梅檀君证无生果,萍梗余犹下濑船。华表他年归皓鹤,冈阡依旧绕珠泉。崦嵫同尽无多日,圆石双题莫问年。”(《珠泉草庐诗后集》卷一)

《珠泉草庐师友录》中收录王闿运先生致廖树蘅书札共计四十通,名曰《湘绮楼书札》。第二十七通曰:“七月半遣人到省,闻嫂夫人捐尘上仙,不胜惊怛。以为群纪之交,必当遣赴,迄今逾月,消息渺然。想尊府自依国故,不吊不赴,然无端遥唁,亦非审慎。展转思忖,辄令山庄诸女探明,专使谨致薄意。城中儿辈,各自营生,无人知此礼也。

仁兄老年失助，哀恼可知。但逝者达生，必不以百龄为限。宽怀俯育，以慰诸郎，是所切祷。又闻窀穸已就，家政益繁，衡州之行，想可暂作排遣。遥望杖履，无任悲钦。诸位世兄，同此奉唁。八月二十日。”其札后附有按语云：“张夫人之丧，在光绪三十三年七月十四日。公不喜铺张，越日而殓，六日而窆，不散赴，不宴客。时先生在衡州船山书院，久始闻知，爰于八月远致吊唁，其祭轴题‘珠泉寒侧’云。”（《珠泉草庐师友录》卷六）

王闿运，字壬父，湖南湘潭人。清举人，湘中巨儒，钦赐翰林院检讨、礼学馆顾问，学者称湘绮先生。晚岁与廖树蘅成为至交密友，并多次到访衡田珠泉草庐。王闿运先生作有《荪畡见示其嫂夫人墓门诗即用原韵代挽述德》两首，其一：“归老珠泉乐唱酬，遽闻凉吹动槐秋。早知经国同莱妇，更有诸郎侍太邱。尘外鸾骖无病苦，花前看境讖仙游。年年怅忆中元节，定有孤鸿唳小楼。”其二：“不劳庭诰苦磨镌，佳妇佳儿满膝前。偕隐未荒三径菊，独游迟泛上湘船。荪畡累约来衡，因丧不果行。寻知此恨怜同病，各有哀辞慰九泉。每过西门倍惆怅，内馐供客记当年。”（《珠泉草庐师友录》卷三）

王闿运先生之《湘绮楼书札》第四十通曰：“辞别以来，风声日幻，近乃有汤郭相攻之谣，事不关己，不宜过问也，但恐一旦被劫，致负宿诺。今遣人送上嫂夫人志铭初稿，即希改定。节录较略,文笔冗沓,殊不足赞扬盛美,恃有大匠加以绳削,则成章矣。农忙不宜闲游,故未得诣。并颂诸郎侍安。不具。"又,王闿运先生《湘绮楼日记》民国五年四月十七日记载:"阴。作廖荪畡妻墓志铭。"十九日:"遣罗童送廖志去。"廿日:"廖荪畡复书,奖使十元,似乎太厚。"并附有按语云:"王闿运先生日记,止于是年七月朔,自四月以后,不复为人撰文,则张恭人墓志,又为先生绝笔也。"(《珠泉草庐师友录》卷六)

王闿运撰《廖郎中妻张恭人墓志铭》云:"恭人张氏,宁乡人。父讳运广。先世富于资,道光时,旧族尽衰,张亦贫窘。恭人母杨,生子女三人,早卒。继母彭,育有二子一女,后于父二年卒。祖母刘,痛子伤贫,悲悯诸孤。恭人年十五,谨率弟妹,上奉重帏,浣濯缝补,针灰恒具,复时婉愉,以释沉忧,贤孝之称,有闻三族。年十九,归同县廖氏。夫曰树蘅,字荪畡,衡田旧族,礼法夙名。贵女莱妇,恒当自矫。恭人习成若性,婉娩执笄,善事两姑,无劳训督。时廖亦中落,夫恒远馆,恪承羞饍,黾勉有无。子女十人,并躬自抚育。既无漱裳之妾,常嘲拥絮之儿。粲粲成行,劬劳惫矣。然习于华膴,尤持门户,匪独不言假贷,尤乐施与。辛勤卅年,乃获优暇。廖君以徇友治矿,遂开湘利,适以军功补宜章训导,当檄之官。巡抚资才,特移清泉,俾得将家,就近理事。水口山者,本唐宋银场,新收砂利,西洋估价，岁银百万，为五洲第一。将假便宜，不承台命，大利所在，喧赫一时。恭人椎髻青裙，其容不改，督饬家政，在富如贫。时诵淑言，劝夫偕隐，如此一纪，果获全归，功成身退，盖由内助。廖君年届悬车，恭人亦六十有九。光绪三十有三年七月十四日，终于内寝。卒前，廖君感异梦，衣冠临镜，章服四品，镜满落花。时犹老诸生，旋以奏司总局，由郎中晋阶四品，恭人未及受封，遽从前逝。勤勚无酬，吁其盡矣。况诸子承训，靡恃靡依，出入靡瞻，廓然何寄。既遗命薄葬，封树虚从，是用铭德刻哀，昭兹懿美。其词曰：珠泉如沸，清淑蕴灵。克配贤媛，有闻无形。爰在孤幼，已彰劬孝。提挈弟妹，成之褓褓。初笄外成，作配文儒。恭承素业，媚顺两姑。天锡多男，夙夜劳矣。有孩有婴，不遑朝矣。勤俭翼翼，耄而犹力。岂曰好勤，虔恭是职。家门俄盛，驷马喧阗。竭来官舍，机声轧然。赢金非富，庭松伊旧。言返吾庐，提瓶瀞漱。诸妇济济，嗣徽斯美。偕老齐眉，息我以死。天地风尘，吾返吾真。不污浊世，桂隐为邻。”（《珠泉草庐师友录》卷六）

曾广钧先生作有《荪畡于光绪乙亥冬夜，梦至一园杜鹃花零落满地，一小轩榜曰“安分知止之馆”。悬巨镜写人了了，则貂冠华袿。君语张夫人，设遇增秩君当无幸，及君晋四品之岁，果悼亡。又尝梦登所居珠泉草庐舍后山，长松千章，风声谡谡，有茅屋泛扫雅洁，及卜夫人佳城恰当其处。君固不乐进取，夫人亦每举榜语风谏，夫明识若此而蹈中寿妖梦，是践名论空，留廖君能无概于怀耶？敬述彤徽，以题琴美，将使漆园傲吏塞旦宅之悲，猗兰仙宅罥潜英之石》。诗两首，其一："梦中魂魄恋新丰，先为佳人觅殡宫。沟水参差怜海燕，布裙操作叹梁鸿。菩提无树依明镜，丈室飞花惹绣绒。莫道繁华不消歇，请观零落映山红。湘中杜鹃花俗名。"其二："天风寥落海声凉，并入松涛作断肠。人美征西题翠碣，我怜方朔盗玄霜。萧鸾十子难忘母，谢凤诸孙更累郎。闻道平生劝偕隐，悔教花诰促津梁。"(《珠泉草庐师友录》卷三)

《珠泉草庐师友录》中收录有陈三立先生致廖树蘅书札共计十九通，名曰《散原精舍书札》。其第十四通曰："以平生最爱敬之人，至累岁不通音耗，公亦当怜其插足埃壤，非复人境也。今于乡里之役，昔所谓贪嗔痴爱，已变为割断决绝，虽乡人强督，犹谥曰名誉总理，然此心既与之划拒，浮云舒卷，亭亭自如，庶可从此稍理故业耳。公之起居，时时旁闻于湘士，道坚而吟兴不辍，极慰跂仰。惟颇传去岁有鼓盆之恸，犹未敢遽信浮论，久之似非讹谬，用寄一纸幛写拳拳。又冀公岁寒朝潋，有以自广也。走侨居江介垂十年，得诗不下七八百篇，亟思就正，有所去取。公倘能于秋爽江清，翩然过我，一抒积素，何幸如之。世中事不欲相溷，维努力葆卫。不尽百一。"札后附有按语云："张夫人

之丧，夙契如先生，亦未赴告。时先生侨寓金陵，久之寄祭幛一轴，上题‘珠泉影只’四字。”（《珠泉草庐师友录》卷七）

廖树蘅《祭亡妻张氏文》：“玄化絪缊，有缘成偶。万古北邙，同归乌有。繄余与君，结欢较久。结褵之初，年十八九。四十九年，乌飞兔走。曾是不意，蓦然分手。呜呼哀哉！君性婉嫕，慈惠是师。上奉尊嫜，委宛愉怡。调以甘旨，夕膳晨卮。雨薪霜臼，一手撙持。新妇能贤，公姥一辞。鞠育勤斯，三女七子。各殇其一，积痛成痏。存者八人，雁行齿齿。纫针补缀，血淤十指。中岁荐凶，两丁亲丧。养礼均缺，盬焉增伤。君实共之，泪涴衰裳。生事奇绌，黾勉同当。饥驱乞米，异县他乡。亲无强近，藐焉寡俦。上事生母，下抚诸雏。惟君是赖，内顾纾忧。每逢出门，有棘在喉。魂折骨惊，君犹记不。男女疾疢，黄小殇殒。连丧五妇，哀怀尤轸。卅年以来，悲劳接踵。胆虚善惊，闻病先恐。人非金石，岂免销烁。气血内虚，肌肤外削。丙申之秋，疠疟大作。幸遇国医，施以良药。黍谷温回，刀圭命夺。随宦衡南，礼岳浮湘。银场冰署，五阅星霜。莲露共瀹，苜蓿同尝。素不解吟，亦渐成章。因闲生慧，思绪芬芳。先劳后逸，蹶困稍偿。卯秋归田，倏更四载。一家春融，至乐无改。余虽不才，虚声众采。俸钱过万，差免冻馁。余笑谓君，生常畏贫。此非贪泉，饮之勿惊。自今伊始,毋虑亏盈。坤为吝啬,厥性靡移。鸡豚粟帛,纤悉必稽。余或妄费,从容献规。我达君悫,伯伦之妻。宁知今日,一瞑不视。何有何无,一棺长闭。卜兆家林,虚其左窆。他日溘然,从君入地。独我老矣,情实难支。每入君室,有泪如縻。虚惟故香,帘衣下垂。无母女孙,涕洟相随。无小无大,嗷然同悲。君有何德,致人哀思。无形之化,是谓真慈。念君一生,夫何间然。存顺没宁,众口称贤。会葬山阿,车马骈阗。所不足者,两子未回。远道承凶,戴星归来。靡盬之叹,今古同哀。愿垂护佑,毋使崩摧。我实心悸,不堪再劘。呜呼!生存华屋,零落山丘。对此茫茫,有泪难收。爰命儿孙,薄具肴蔬。君不胜酒,勉尽此瓯。濡泪和墨,摛词写忧。知君鉴此,也应泪流。呜呼哀哉!尚飨。"曾馭庵曰:"文生于情,故为擅场,荀令神伤,理不空绮,其原出于《大招》、《李夫人赋》诸篇,粗观之似有冗句,细按始知不可增减。"(《珠泉草庐文录》卷二)。

廖基棫《先妣事略》:"先妣张氏,宁乡二都瑶里人。外祖讳运广,积学能文,妣杨孺人早卒,遗子女三,先妣次长。继娶彭孺人,生二女一子,外祖旋卒。不二年,彭孺人又卒。张氏家故丰,至外祖大落,先妣时年十五,备历艰辛,常语不孝兄弟曰:'自汝外祖母殁后,至来汝家,中间数年吾实苦矣。汝外祖兄弟六人,才而有文誉者五,数年之间相继凋丧，汝外曾大母痛不欲生，家人百计防护。予日夜侍侧，多方劝慰，寝处食饮未尝跬步离。日举稗官及乡井琐事以资遣慰，老人安之，忧以渐释。如是者有年。汝外祖母所遗子女，予以下有五人，中惟汝四舅差长。然尚未成童，不能治生。每日须其出贷方得食。既出，诸弟妹无所依，常负暄坐檐下，望其兄归。日昳犹未归，知无复望，遂相率入内室忍饿而寝，岂非割心剜肉乎？汝贺氏姨才二岁，每问母安在，便嗷然哭。予忍泣为之慰止，或终夜提挈绕室以行，常连夜不得寝。如是者又有年。而五人衣履垢，则为之浣濯，敝则为之改。为皆予竭蹶任之。予又脆弱，未惯苦役，家既贫又无仆媪分任其劳。予之苦不第身，未能闲心，亦未尝安也。汝其念哉。'先妣年十九来归吾父，明年为咸丰己未，伯兄基植生，又二年基棫生。其后十年生基朴、基懋及大妹、二妹、三妹。二妹甫三岁殇，由是益怜。三妹夜必三四起始安卧。乙亥至甲申，基杰、基栋、基棣生。基棣甚聪慧，貌禞伟，两岁即能指楹帖中某字知所自来，教以诗歌，虽日久能背诵，未四岁以腹疾殇。当来归时，大父母犹在堂，先妣事之谨于两姑，委婉周至，奉滫调羹，恒日中犹未食，未尝有愠容。事吾父承顺无违，吾父或怒，辄屏息不发一语，从容改为，冀适其意。补缀缝纫，终夜不释手，故基棫兄弟每岁入塾，衣履无不整洁，或盛暑曝衣，赤日中汗流如渖。冬寒浣衣，致两手皲裂，未尝言苦。大父母皆嗟叹以为贤。家素贫而先妣安之，然耻言借贷，故畏贫又特甚。基棫少时，喜从先妣问字，尝一夕举簿籍中逋欠人名以请，遽挥手止之曰：‘儿以此问，徒令我心悸也。’久乃知吾母在室时，外祖以贸迁致贫困，岁暮索逋者訩訩噪门。吾母备尝其苦，是以抚基棫兄弟姊妹十人，皆躬亲劳勚者，诚恐负债为儿女累也。先妣性慈和，好施与。御家人宽而有法，不加疾遽，而人自畏服。生平与人言，无龃龉，有身受其恩而以怨报者，亦不与较。尤不喜言人短，或有以人失德事告者，必正色止之。且戒后勿复言。光绪甲戌后，吾父以清泉学官兼主常宁矿务，家以稍赡。先妣粗衣粝食，不改常度。居署中，每食未尝用重肉，虽至是始置婢媪，得稍安逸。然终不以居官署为乐，或语及家园，辄劝吾父作归计。岁癸卯，巡抚赵公尔巽调吾父入主省局，乃挈眷归。归四年而先妣卒。年六十有九，丁未七月十四日也。先是吾父于三十年前，梦至一室，室中镜高数尺，旁有杜鹃花一株，落红满地。吾父服四品官服坐镜中。醒谓先妣曰：‘杜鹃名断肠花，非休征也。予若官至四品，恐于汝不利。’先妣笑曰：‘君以一贫士，安所得四品官耶？’后大府以吾父教官不能辖全省矿务，遂疏请以分部主事加三品衔、赏二等商勋。先妣愀然语诸子曰：‘吾其死矣。夫盖汝父之梦无不验也。’基棫以吉语慰解之，不意其验之速也。时基棫与伯兄尚在常宁，吾母心望其归而口终不言。卒之前一日，顾吾父曰：'绿杨门外即天涯，此何人诗也？'他不复问，明日遂瞑。基棫等闻状驰归，已不及六日。时秋暑未退，已濒渴葬矣。天乎痛哉！"（《瞻麓堂文钞》卷二）

伯兄读书岳麓书院，书来盛称麓山寺树石幽丽，赋此贻之，用东坡《与器之游南塔寺寂照堂》韵

著眼湘天景物新，名兰花落掩香尘。林初迸笋应妨屐，鸟渐安禅解近人。钟袅余音僧出定，枝垂晚蕊树留春。招提傥许诗人借，莫惜金钱与买邻。

案：廖基瑜之伯兄廖基植，字璧耘。附贡生。湖南常宁水口山矿务局第二任总办，湖南近代著名实业家、诗人、词人、作家。清咸丰八年（1858）农历三月初二日出生。光绪八年（1882），廖基植入岳麓书院深造，与梅英杰、王世琪、罗顺循等为同窗好友。廖基植《偕友人游万寿寺，用东坡〈寒食与器之游南塔寺寂照堂〉韵》诗云："荒阶经雨碧苔新，潇洒名兰不受尘。绕阁松杉疑作雨，忘机禽鸟自亲人。偶听梵贝生禅趣，闲乞芭蕉补晚春。他日买山湘水上，诛茅从此结幽邻。"（《紫藤华馆诗草》卷一）

麓山寺，又名慧光寺、万寿禅寺，位于长沙市湘江西岸岳麓山腰，为湖南最古寺庙之一。西晋泰始四年（268）创

建，是佛教入湘最早的遗迹，昔称长沙第一道场。历经圮建，保存至今。寺由山门、弥勒殿、大雄宝殿、观音阁（又名藏经阁）、斋堂等主要建筑组成。大雄宝殿为主体建筑，1944年被侵华日军炸毁，1986年至1988年重新修复，为仿唐建筑风格，重檐歇山顶，施黄琉璃瓦，面阔七间，殿内重塑释迦牟尼、药师琉璃光佛及阿弥陀佛等佛像。山门作牌楼式，门额横题“古麓山寺”，门侧石镌一联：“汉魏最初名胜，湖湘第一道场。”观音阁前存古罗汉松两株，相传为六朝时植，称“六松”。殿后有泉，水出石隙，极清洌，称“龙泉”，亦称“玉泉”。寺内原有唐李邕《麓山寺碑》，现存岳麓书院。

在晚清与民国时期，麓山寺一度成为湖湘文人的赏游之地。廖树蘅《岳麓万寿禅林，晋之麓山寺也，林石幽奥，令人意远，登览之馀，率尔成咏》：“蹬道延缘万绿稠，半空回首见湘洲。风吟坠叶敲樵笠，雨挟泉声入寺楼。路转阴连群壑暝，松深凉送六朝秋。尘劳如海无时断，丈室萧闲为小留。”（《珠泉草庐诗钞》卷一）

王闿运曾作《廖荪畡招游麓山寺，还舟设酒得掩字》，诗曰：“缓步寻枫林，回途入西崄。昔陟喜攀跻，今来见重掩。杜甫‘一重一掩’，善赋麓山者。然以为‘肺府’则不可。登峰岚气散，倚槛川光敛。密叶凝暮烟，平沙朗晴焰。竹榭郁蒙茏，亭馆纷飞闪。循径屡临岐，入舟惊忽黯。良朋欢合

坐，嘉肴慰疲歉。宦游倦尘事，山隐忘拘检。但取一日闻，无为世尘染。"(《湘绮楼诗文集(四)》页五八三)

湘乡张福亥先生发濬，为余伯兄璧耘外舅，博学多闻，每来吾家，与家大人谈艺极欢。一日知余粗解拈韵，命题面试。时先生戒徒将发，限刻呈稿，草草挥毫，幸未逾晷刻。先生尝遍告同人。其实仓卒成吟，无当观览。存之以见先生宏奖之盛心，而余髫年不知藏拙，亦殊可怪笑也

伫　月

碧天云淡晚风轻，银汉无声玉漏清。为爱凉蟾入花影，停琴无语坐前楹。

待　燕

春闺无事静焚香，高卷湘帘白玉堂。风定午晴人寂静，待看双燕语雕梁。

登　楼

小桥行过长廊续，瀌瀌泉声曲涧流。一段诗情无著处，好风扶上最高楼。

听　莺

雨馀春草绿萋萋，醉蝶眠花梦欲迷。斗酒双柑添故事，倚栏闻听晓莺啼。

焚　香

绣阁春深宝鸭凉，自添龙脑吐幽香。湘帘蹴地花枝午，缕缕轻烟出户长。

试　茗

梦醒西窗日影移，落花风扬绣帘垂。一瓯阳羡寒芽碧，解尽春酲二月时。

看　云

雨止深林噪乳鸦，起看石气影横斜。苍茫江色添寒日，散作寥天万丈霞。

扫　屋

萧条牖户萦蛛网，寂寞庭阶长绿苔。古屋无人飞蝙蝠，自携苕帚帚浮埃。

对　镜

一泓秋水开明镜，粉盝脂奁绝点尘。对影问谁颜色好，水中花影月中人。

案：张发濬，字茀菱、亦作福亥。湖南湘乡人。清诸生。年轻时即负诗才，常与杜俞等同人在湘乡东台山诗酒唱酬，被时人称为“东台十子”。平生多有游历，年六十二卒。著有《图书绎说》、《篆星山人诗文集》十卷传世。张发濬与廖树蘅早年为友，后结为儿女亲家，即廖树蘅长子廖基植娶张发濬长女张有妩为妻。张有妩亦好吟咏，著有

《祥花吟室诗草》二卷传世。

廖树蘅《珠泉草庐笔记》云："吾乡士人，专骛速化之学，见有古人之书，学为诗古文者，辄摇手戒子弟勿得近。独茀荄以诗学倡导后进，门下如洪彭述及其从弟象恒，皆斐然成章。乡人学蔀之开，繄茀荄是赖。性平易，尤喜诙啁。其长女为余冢妇，亦粗解文墨。茀荄每来余家，必流连旬日，小女基瑜常从问字。以内亲，数至后堂，童稚闻其屦声，则跫然喜。顾不常作诗，有作辄工。"(《珠泉草庐师友录》卷三)

廖树蘅《张君福荄传》："君讳发濬，字福荄，一号篆星。湘乡人。父治家严，君以长子，督望尤切，自龆齿至于成童，每放学，不离父左右。年十六，父命习医，君泫然请勿徙业，父悯之，始命出就外傅。君刻苦自励，昕夕罔倦，不数年学大进。试郡县，辄有声，顾不利学政试，年四十始受知郡伯童公，录第一，即于是年录郡庠。君学务博览，经史百家之书，过目不忘。其见赏童公也，经题为"金铁皮革筋角齿"，君援据经典，钩考襞绩以缀于篇，入场固未携一字，闻者骇服。湘中嘉道以前，士溺于时文，束群籍不观，间有学唐宋人之文者，绳以义法，多未有合。自周星叔、邓子立两先生别裁正伪，涂轨始正。曾文正集其大成，柈湖、玉池益赓其绪。于是湖外之文，几欲与江皖名家争席矣。君生文正之乡，渐染遗则，与里人章瑞坦兄弟讲求诗古文之学，以倡导后进，乡人翕然从之。性耽游览，遇山水清胜名人故迹，辄盘桓凭吊，以寄其旷远之思。所居故南宋王侍郎容故里，容以淳祐十四年登第，至今犹名其地曰状元坪。坪中银杏大可十围，磊砢轮囷，枝蘖骈互，君暇辄招其群从及里中友，藉草树旁流连忘返。涟水出珍涟山，绕县城东下，风漪沦回，清澈可鉴。江上有山曰东台，树木丛翳，磴道盘纡，梵宇琳宫，离离造香，风景雅类岳麓山。君常与同人置酒山寺，赋诗以为乐，绘《东台看云图》，征人题咏。嵬俗之子至榜游者姓名于交衢，以君名列首，同游病之，君笑曰：'兰亭竹林，风期千古，当时宁无恶其标置以相诙嘲者？由今观之，定何如也？'其自憙好遨益甚。法人败盟之岁，诏起湘中宿将，聚于海隅，君亦随众出游。心既无所系属，遇乡人主兵者，疏脱无加礼，或疑为亢，其实无容心也。所亲有专阃衢州者，迎居署中，留数月以归。自是游亦倦矣。洪生彭述，为君门下高才生，诗文奇丽，余尝拟之徐祯卿，不幸早世，君哭之恸。盖生之事君尤父，又能驯服君之教，发声名于时，以为君重，故丧子之戚，日久不能忘。君虽脱去畦町，而内修特严，人有不谊，去之惟恐不速。一日与余同客省门，见冶服佚游者，顾谓余曰：'若辈安所历劫，吾与君庶几免乎？'余举左未生答望溪语为进一解，君笑颔之。君长余十岁，卒年六十二。两娶皆举子不育，纳妾亦无出，以弟之子主后。女四，长为余长子基植妇，婉顺宜于吾家，屡乞为君撰传,曰:‘吾父蹇困一生,著述多散佚,非得大人一言,后将无征。’言毕累欷。余哀其意,为举其所知者以传之。虽然,余亦曷足以传君哉!”(《珠泉草庐文录》卷二)

廖基棫《篆星山房诗序》:“昔严沧浪论诗,谓其不关书理。后世多非之。然以沧浪之贤,岂诚不知诗之必关书理哉?盖当日理学盛行,凡为诗者往往有道学语录之语。沧浪故为此言以矫之也。夫诗之为道,所以言性情厚风俗,所系綦重,顾岂无书理者所能为?然降及近今,诗教日益坏,不为淫词以坏人心,即习涩句以文其固陋。至举一篇,而实按之始终未尝有物。诗之道固如是哉?吾师张苐荄先生,善为诗而不多作,作则必有所依据,于书理不相悖谬。即流连光景之词,罔不小中见大,以蕲合于情理之微。遭遇穷约而诗无憔悴堙郁之态,是诚得诗之正者。故先生论诗,专主关系二字。而基棫少时窃谓先生狃于一偏之论。尝举皮、陆诸人之诗与之辩,至受呵斥,乃已今而后,知先生之言为有当也。先生诗固工,尤博通经史百家之书,所著《周易参议》、《诗经考义》,多前人未发之旨,不屑屑为制举业,年四十始以郡试第一,补学官弟子。性尤恬退,凡世俗名利之事,绝不以介怀。尝见先生偕友人泛舟赴长沙应提学岁试,舟泊橘洲,望见麓山红叶,心甚艳之,欲往游焉。舍舟从陆,由自卑亭至咏归桥,经青枫峡、白鹤泉,登云麓宫绝顶,抚槛高吟,茶话良久。日夕始返舟次。

及入城而诸生已试毕出场矣。相与大笑,久之人皆以为异。而先生不自异也。诗多散佚。今蒐集其所存者,共得诗三卷,略加删汰,以质世之能读先生诗者。呜乎!先生可谓穷之甚者也。所不与俱穷者,赖有此作耳。然世之如先生之穷于人者,固不乏人,而欲其如先生之不穷于天者,宁可多得。先生固可以无憾矣。"(《瞻麓堂文钞》卷一)

昔昔盬为邻妇成氏作

日夕倦登楼,愁见垂杨溪。垂杨荡空碧,上有孤鸿栖。荡子隔关山,思妇依空闺。终掩双鸾镜,常鸣半夜机。银河影尚明,织女光就微。藁砧在何许,夜夜梦中归。悠悠江水长,一去无还期。年年复岁岁,有泪向谁啼!

秋夜二首

皓月明如镜,清光透碧纱。乱虫吟不住,香露湿槐花。

风卷浮云去,天空一雁来。谁家吹玉邃,流韵入池台。

案:中国文人对秋抒怀,似乎是一个永恒的话题。在廖基瑜及其兄弟姊妹的诗作中,咏秋之诗亦较为常见。如廖基植即作有《秋夜闻砧》。诗曰:"西风愁入夜,何处捣衣

声。响杂秋虫急，心随去雁萦。关山千里月，貔虎汉家营。大火西流迫，更深泪暗倾。”(《紫藤华馆诗草》卷四)

花烛词，为三嫂张氏作

依稀人似下蓬莱，六幅湘裙称体裁。红烛也知今日喜，巍巍花蕊并头开。

绣帏香暖洞房宽，争看新人笑语欢。眉黛画成无限好，不须私语倩人看。

望裹张星渡绛河，一双罗袜好凌波。羹汤后日应先及，食性能谙让我多。

送仲兄次峰长沙应有司试，兼柬伯兄岳麓

芳草天涯绿，莺声陌上圆。送君江路阔，转盼雁行联。跋浪鱼龙舞，抡才老守贤。湘南盛文藻，好为著先鞭。

案：岳麓书院因岳麓山而得名。其位于岳麓山东麓，创建于宋太祖开宝九年(976)，居全国“四大书院”之首，亦是我国目前保存最为完整的一座古代书院。岳麓书院现存的屋舍、景观，大部分为清代遗构建筑群。岳麓书院对

湖湘文化的形成、崛起产生了巨大影响。

宁乡廖氏与岳麓书院及岳麓山渊源深厚。廖氏先祖廖俨曾于清康熙时期出任岳麓书院院长。其性格仁义忠厚，聪敏豪爽，慷慨大方，乐于布施，教学严谨，深受诸生爱戴。廖含章、廖树蘅、廖基植、廖基棫等均曾在此求学深造，并撰写了诸多诗文作品。

廖树蘅《麓山纪游十首》，其一："笠屐云山未了缘，草香风暖纸鸢天。钟鱼鸽散青莲影，茗粥春寒白鹤烟。修禊人来三月暮，垫巾游记十年前。棋镫书笈浑如旧，回首根尘一惘然。"其二："云叶风柯不断香，时从树隙见红墙。榖阴悬榻琴帘润，苔气侵墀砚瓦凉。运甓几人同士行，斲轮他日有吴刚。吴荷屋中丞所建湘水校经堂，正当陶桓公杉庵之下。年时服郑谈经席，尘蠹珠丝满画梁。"其三："小雨愔愔晕碧波，池亭三面蔚蓝拖。人来楚国先贤地，听唱沧浪孺子歌。晴槛倒空鱼唼影，东风呼酒浪生螺。浮生到此消尘服，欹岸微阴罨薜萝。"其四："蘅兰如写楚臣心，祠庙空山自古今。鹍鸠何知恤芬泽，灵修终为谅忠忱。千秋桂酹庚寅日，一曲神弦泽畔吟。好事更无黄邓辈，寥寥花落寺门深。道光时，黄虎痴、邓湘皋、王香杜、沈栗仲诸公，尝入山为屈子作生日。"其五："荒台榛莽窜鼪鼯，元祐诸贤一个无。逐客昔吟湘寺雨，书镫今照岳云孤。风流耻附苏梅席，遗构犹邻屈贾徒。往事伤心天水碧，落花时节鸟悲呼。"其六："孤崦青藤密叶遮，归云木末见檐牙。客来霜晓停车毂，我更春深问落花。放鹤汀间芳草积，种桃人去夕阳斜。罗鸿胪典主岳麓讲席，尝来爱晚亭放鹤，题楹柱云‘忽讶艳红舒，五百夭桃新种得；好将丛翠点，一双驯鹤待笼来。’飞来岚翠看难辨，卧听枫林聒乳鸦。”其七：“梯空千尺接危崖，巨木连柯夹道排。凉袂纤尘飞不起，远钟幽涧听逾佳。樵斤响共孤蝉发，酒面寒宜石雨筵。万籁萧萧生众绿，烂苔和露湿蒲鞵。”其八：“红光翠气镇相连，法象云山阅岁年。松化误归千载鹤，万寿寺六朝松去年为大风所拔。草深时见六朝砖。废圃中时露断瓦，绿黝布，纹厚可寸许。制以为砚，最发墨。风泉岩窦苔生屐，钟鼓虚堂月满天。欲访支公无处所，飘萧花絮飒寒烟。”其九：“霄汉奎章石屋高，河山郁律助挥毫。印心石屋四字，成庙书赐陶文毅者。文毅泐石山椒，建石亭尊藏之。云嘘薜壁蒸仙液，电掣金绳偃巨鳌。湘峤春深人独立，鼎湖龙去鸟空号。崦风吹酒亭阴卧，绝顶松声落翠涛。”其十：“枇杷花下石阑横，城郭风烟一望平。千树帆樯趋极浦，十年兴废悟无生。茶瓜饷客叨寒衲，轩槛浮空寄远情。不必便愁归路晚，四围苍翠夕阳晴。”（《珠泉草庐诗钞》卷一）

廖树蘅所作《邀成梓贞蒋少穆周云昆麓山看红叶》一诗，被收入《长沙名城名人诗》中。其诗云：“经年不踏南台寺，梦绕湘西万壑松。又向林坰试腰脚，依然杖屐得从容。红衣磴道枫人醉，白发江天旧雨逢。且食蛤蜊知许事，破空风落夕阳钟。”（《珠泉草庐诗后集》卷一）

廖树蘅《与周镜渔俞绶臣渡湘邀陈善馀同游麓山，下山陈别去，余与两君回舟次饮酒甚乐，入城已昏莫矣》：“潭州老守淮南客，饱看龙眠插天碧。浮湘邀作麓云游，欲假嵓嵝散愁疾。结交喜得武林俞，十年熟读穰苴书。艅艎径向水犀借，肥鱼大胾罗兵厨。秋风一舸翦江去，筇竹楼鞖展幽步。李邕碑古遍摩挲，白鹤泉清同挹注。岧峣云麓俯湘城，万井楼台夕照横。树杪钟悬苔蚀纽，戒坛松倒鹤无声。钟声催客出林树，回首名蓝隔烟雾。相风竿引上艨艟，檥向朱张旧时渡。煮鱼呼酒洗尘襟，一丸大月浮波心。髯苏赤壁有前后，醉翁丰乐无古今。归帆倏挂西湖柳，千炬蜡镫迎鹢首。张盖游山吏卒哗，诙嘲奚免谈天口。归来一笑卧南轩，衣上犹馀碧藓痕。七百年来无此乐，大呼无已与同论。谓善馀。”（《珠泉草庐诗后集》卷一）

廖基植《吹香亭晚坐》：“夜色千峰合，烟光一迳拖。疏灯红射影，春水碧于螺。吊古增遐想，开尊读九歌。石阑趺坐久，山月挂松萝。”（《紫藤华馆诗草》卷一）

廖基植《偕友人游万寿寺用东坡〈寒食与器之游南塔寺寂照堂〉韵》：“荒阶经雨碧苔新，潇洒名兰不受尘。绕阁松杉疑作雨，忘机禽鸟自亲人。偶听梵贝生禅趣，闲乞芭蕉补晚春。他日买山湘水上，诛茅从此结幽邻。”（《紫藤华馆诗草》卷一）

廖基植《重游麓山横舍志感》两首，其一：“成队山童逐磴回，十年应讶我重来。浮生悔被儒冠误，素抱犹劳野鹤猜。少日交游伤硕果，空堂几榻锁莓苔。石阑西畔依依柳，曾记当年手自栽。”其二：“高下楼台接绿芜，旧题诗处认模糊。碧湘有约浑如梦，山鸟亲人自在呼。未必壮怀沦草莽，敢因科第薄诗书。东风水榭闲搔首，依约云山入画图。”（《紫藤华馆诗草》卷三）

廖基植《麓山杂咏》共有十首。其一《书院》：“湘西遥望攒群峰，就中灵麓尤葱茏。轮困硿砢会奇局，镵空倒涌青芙蓉。芙蓉青青对城阙，旧日名贤息芳辙。书堂徙倚缅遗徽，兰芷清芬犹未歇。天下名山此奇绝。”其二《吹香亭》：“一奁镜绿波光净，螺髻空蒙山倒影。画桥临水石阑回，小坐居然绝尘境。微风习习从东来，清香扑面荷花开。玉琴弹罢兴清发，月光零乱倾璦杯。翛然静对空徘徊。”其三《兰涧》：“烟痕细锁琅玕绿，曲涧逶迤绕山麓。寒沙的砾石玲珑，静听琮琮漱珠玉。石罅油油兰蕙花，幽姿袅娜临风斜。芬芳袭人半曛醉，朦胧恍惚斟流霞。此身拟向神仙夸。”其四《咏归桥》：“松荫鞸地蝉声凉，溪水半篙明夕阳。吠蛙唤人似相识，石梁苔锁烟苍茫。烟光水光浩如醉，衣带重重落山翠。游鱼影散碧波澄，大有豪梁旧风致。晚风新透蕉衫细。”其五《爱晚亭》：“青山一角馀斜晖，参天古木皆十围。秋来微霜点岩壑，丹黄绚烂明林霏。西风萧条白日莫，天半蒲牢吼烟树。游人到此更忘机，指点林峦屡回顾。依稀错认桃源路。”其六《清风峡》：“藤萝羃𦋐悬幽磴，一径苔纹碧无缝。松樧千尺绿成围，风定日高酣鹤梦。隔林清磬微有声，野花迎路幽香生。凉阴满谷净无滓，如此心情分外清。人间何处求蓬瀛。”其七《万寿寺》：“长风谡谡吟风细，山花乱舞空中坠。羊肠路转得名兰，薜荔侵墙苔绕砌。自矜游历腰脚顽，芒鞵踏破未知孱。云堂日午梵声静，林峦寂历开欢颜。山中日月何闲闲。”其八《白鹤泉》：“岩泉淅沥山池落，池上幽宏敞高阁。风清月白天宇空，嘹唳云中叫孤鹤。空山鹤去几何年，此地惟馀一勺泉。一瓢汲取漱寒齿，肺脾冷冷疑通仙。玉女惠山名共传。”其九《云麓宫》：“天风浩浩山容开，松涛万壑奔晴雷。危楼倚空俯欲坠，登临恍若离氛埃。解衣当槛气磅礴，半空鸾啸张僊乐。廿年小刼感沧桑，独对斜阳动清酌。笳声渐起沈山郭。”其十《飞来石》：“嶙峋怪石殊苍然，飞来卓立晴岩巅。阴森古铁削千尺，不知此处来何年。低头问石石不语，疑是娲皇弃山坞。雨淋日炙几千秋，流落人间竟何补。低徊浩叹空摩抚。”（《紫藤华馆诗草》卷三）

廖基棫《春夜寄伯兄麓山》二首，其一：“池塘生草夜鸣蛙，灯火谁家响纬车。香雾隔帘扶竹槛，凉堂听雨感春华。开函便触江湖思，倚榻难忘笑语哗。知否故园风物美，隔篱新笋已抽芽。”其二：“诗思遥飞湘水头，曰归何日掉扁舟。可将佳句传黄犬，想已忘怀狎白鸥。溪柳摇风官渡

晚，梨花飞雪酒旗柔。浮沈乡里无馀事，为忆平生马少游。”（《瞻麓堂诗钞》卷一）

廖基棫《登岳麓》二首，其一：“云梯石栈郁崔嵬，迢递西风塞雁来。山色乱摇千树合，江流平划百峦开。高甍隔水收城郭，古碣依岩没草莱。秋气年来太萧瑟，断猿和雨不堪哀。”其二：“林壑苍茫橘柚稠，高岩孤迹且句留。泉飞石罅珠千斛，云起山腰絮满楼。树杪觚棱凝落日，岩城鼓角动高秋。秦关晋水鸿归未，西望狼烽万里愁。”（《瞻麓堂诗钞》卷一）

廖基棫《次韵静安踏青麓山至云麓宫》：“春光荡微和，佳游快驰骋。越涧履危石，披云度遥岭。暄风被柔荑，微雨濯尘境。上陇心愈奋，下陂足尤敏。携朋眺层台，浮云淡孤影。寺迴密淞合，路屈修蛇引。徘徊抚湘川，平盘倾银汞。高咏倚绝壁，心塞如荒梗。解缨濯澄流，尘颜照古井。抚化览未毕，留与他年领。”（《瞻麓堂诗钞》卷四）

廖基棫《寄静安麓山》共两首，其一：“滴露研朱不自由，一镫帘角照春愁。拟将款段平生志，来看湘波浩荡鸥。旧梦已抛萧寺雨，孤怀难觅致书邮。关门独酌浑无寐，强起搴帷月在钩。”其二：“风雨能忘白社无，故园今又截云腴。漫随时物增新眷，应有璇玑写旧图。满眼莺花寒食候，万山乔木绿云舒。西风何日催归棹，好理吟筇访北湖。”（《瞻麓堂诗钞》卷四）

廖基棫《和王湘绮先生麓山看红叶原韵》:“杖策缘坡陀,振衣陟丹崄。林深日色黝,径古苔花掩。岩泉漱寒玉,空碧摇潋潋。枫高得早霜,万壑酣红焰。回风翻坠叶,林隙一时闪。上翔凌高空,下视皆昏黯。穷幽意已惬,造极情尤歉。高歌发幽遐,长啸逾防检。归舟共欢酌,绿酒浓如染。”(《瞻麓堂诗钞》卷七)

此外,廖基植曾作《满庭芳·吹香亭纳凉》词一首。词云:“一翦湘波,四围山翠,装成世界清凉。茅亭一笠,宛在水中央。静觉荷花香远,疏帘外,月皎如霜。邀吟侣,浮瓜沈李,相对举华觞。　　瑶琴弹一曲,听雁声衡浦,渌水潇湘。怅灵均不在,幽怨谁偿。望望红泥亭子,透玲珑,一点镫光。秋如语,塔铃风动,音曳楚天长。”(《紫藤花馆词钞》)

春柳四首

落尽梅花湘水清,垂杨婀娜又敷萦。琅琊门巷流萦啭,翡翠楼台玉篴声。金缕歌残芳昼永,游丝绾住夕阳晴。大堤无限伤心碧,凄断阳关送客情。

湖上年年换岁华,晚风新绿欲藏鸦。低回自惜凌波影,旖旎曾依处士家。旧梦玉关征骑远,新愁帝子锦帆斜。

妆楼眉样从新画，如缕如烟隔碧纱。

嫩寒江路草萋萋，尽日飞花衬马蹄。绮陌晴熏丝踠地，画桥流水绿成蹊。不关愁重眉常敛，岂为风高首便低。漫向旗亭管离别，青青长映石阑西。

连日东风翠渐肥，几番眠起自依依。灞桥烟雨今犹昔，汉殿风流是也非。细雨银塘飘燕影，斜阳金埒系骖騑。浓阴十里青如幄，好送香车缓缓归。

移　花

一夜潇潇雨，新晴鸟乱啼。荷锄兼蝶影，带露劚香泥。薄雾沾衣湿，春阴隔竹迷。宿根容易活，生意满芳畦。

食饧馆

遗制传荆土，佳名记楚骚。画妨寒具污，香共绿槐淘。关食儿童集，承筐馈遗劳。开轩频进酒，佳日且酕醄。

上　巳

东风吹暖艳阳天，雨霁深林向杜鹃。柳外人喧修禊事，闺中伴懒罢秋千。桃花羃䍥飞红雨，浅草迷离锁翠烟。我欲题诗纪佳节，隔帘双燕舞翩翩。

案：上巳节，俗称三月三，汉民族传统节日，在汉代以前为三月上旬的巳日，魏晋以后把上巳节固定为夏历三月三日。此后便成了世人水边饮宴、郊外游春的节日。旧时上巳节文人墨客多举行聚会宴乐活动。

廖树蘅《上巳瞿相公招同湘绮先生赏樱花，赋诗索和，拟此奉答》："潭州相公忠孝家，进御不取姚黄花。独于城东五亩宅，绕墙柳茁黄金芽。园中红紫纷烂漫，辛夷文杏枝交加。就中樱花更殊特，海东移种来长沙。嫣红著雨呈笑靥，粉面宜睇笼轻霞。尽教舆台到桃李，居然解语侔仙葩。我闻牡丹传种自永嘉，竹间水际露妍华。名花晚出愈足重，此卉行且遍天涯。主人命酾恣豪赏，酒龙诗虎纷腾拏。海棠颇任市人发，柘枝舞惜豪门奢。新诗觅予墨痕斜，豪端春色人争夸。会当装池笼碧纱，虚堂日日支画叉。"（《珠泉草庐诗后集》卷二）

廖树蘅《善化相公上巳招客赏樱花，作七言古诗一章，索和既和矣，书来复征近体，勉应嘉命，作七律二首》，其一："禅榻茶烟扬鬓丝，条风刚过海棠时。且乘洛社耆英集，来赋延年曲水诗。海国樱花春旖旎，清明时节燕差池。幼舆只合藏岩壑，芳草他年入寤思。"其二："晴阑花气润侵帘，攲磴斜通小有天。不道长沙投辖饮，居然东晋永和年。

楼台俯听流莺语，厅事才容厩马旋。从此湘城添故事，名园记共洛阳编。”(《珠泉草庐诗后集》卷二)

廖基棫《上巳日出游》：“徘徊出东皋，缅彼溪上原。时节倏忽变，佳游撰良辰。和风扇芳隰，微雨澹淄尘。浮岚丽遥冈，积阴暖崇垣。抚泉景未已，怀人忧愈烦。折柳遗所思，逍遥遇王孙。此景良足贵，无为罹尘樊。徙倚忘物情，啸歌复长言。”(《瞻麓堂诗钞》卷三)

《珠泉草庐师友录》一书收录有《瞿文慎公书札》，后附按语云：“瞿文慎公鸿禨，字子玖，晚号止盦，善化人。清同治九年进士，入翰林，授编修。光绪元年，大考翰詹，擢侍讲学士，旋简河南正考官。明年，督河南学。十一年，督浙江学。十五年，典福建乡试，督川学，还朝转侍读学士，迁詹事，署刑部左侍郎。出为江苏学政，再迁内阁学士，补礼部右侍郎。庚子乱作，适任满，诏授左都御史。甫十日，补工部尚书，命在军机大臣行走。寻命为政务处大臣。改总理各国事务衙门为外务部，奕劻总理，瞿公与王文韶为会办大臣，复为尚书。以扈从劳，赐太子少保衔。三十二年，加协办大学士。圣眷之隆，超迁之速，一代无与伦比。后以言党人事，忤慈禧旨。奕劻、袁世凯力加构陷，遂开缺回籍，筑室于长沙之朝宗街，罕与人接。公居矿局，同在一城，未尝投刺。瞿公典福建乡试，县人刘观察倬云实授汀漳龙道，因缔儿女亲。观察故与公夙好，观察之子本钟，尝寓瞿宅，瞿公偶言及公，亟思一见。本钟以告，公不得已乃往投谒，瞿公倒屣出迎，倾谈良久，谓公精神矍铄，当为湖南多任事。自是缔交逾密。瞿园中植有樱花，花时招集名流赋诗以为乐，公与斯会，即席赋诗七古一首，王先生闿运复作近体两章，瞿公复函，索公补赋近体，此书即索公并书前后两诗也。辛亥事变，瞿公仓促渡湘，避于刘观察灰汤故宅。久之，始赴沪。以清室旧臣，当改革之际，自不免横被指目。时伍廷芳、温宗尧以南方和议代表驻沪，急电湘督谭延闿，谓瞿公乃湘籍人，望湘人对于乡先达宜加优礼，不当摧残。从此蛰居沪滨，数年卒。时宣统犹未去帝号，予谥文慎。与公书札颇多，类皆散失，仅余短简，录之以存其概。”(《珠泉草庐师友录》卷六)

春 莫

黄莺声老蝶魂愁，静掩湘帘小阁幽。飞絮有情萦槛曲，落花无语扑帘钩。深林野老新收茗，村坞儿童晚唤牛。开尽荼蘼春事了，子规啼血未曾休。

新 柳

纤纤顾影娇无力，眠起东风未解愁。波镜净涵眉黛小，细腰轻弄晚风柔。但依画阁参差长，肯逐飞花历乱流。闻说六桥春更早，令人长忆古杭州。

夜坐次仲兄韵

云月掩蒙蒙，寥天鹤唳空。栖鸦集池柳，虚幌度微风。露重罗衣冷，宵深烛影红。诗情兼画意，清赏一般同。

案：廖基瑜之仲兄，即廖基棫（1861—1946），字次峰，号石芙主人，附贡生，州同衔。湖南近现代著名作家、诗人，湖南常宁水口山矿务早期管理者。其著作主要有：《瞻麓堂诗钞》八卷（赵启琳署首）、《瞻麓堂文钞》二卷（杨树达署首、谭戒甫题签、李肖聃序）、《石芙山馆文》、《桐荫阁诗话》二卷、《瞻麓堂笔记》一卷、《宜江唱和诗》若干卷。所选编并辑录《沩宁诗选》一百二十四卷，搜录名篇佚文，对保存湖南文献有所贡献。

秋夜听雨有感

秋雨暗连宵，深闺倍寂寥。凄凄溜丛竹，飒飒洒寒蕉。有感难成寐，无言独弄箫。不嫌侵手冷，清坐太无聊。

喜家大人自益阳归

池塘新见白苹开，小妹招携望父回。喜见蓝舆出林外，争抛团扇上堂来。

案：廖树蘅《自订年谱》："光绪五年己卯(1879)，四十岁。是岁唐公步瀛官益阳知县，具书招司教读，兼阅课卷。三月赴馆。"(徐一士《一士类稿》页一八七)

廖树蘅《益阳县治园池记代》："古人从公之暇，不废游观，柳子厚所谓'游息高明之物具，使乱虑滞志无所容入，然后理达而事成'者是也。益阳县廨后有园，纵横数十丈，草树蓊翳，望之蔚然而深秀。其右为池，广可十亩，菱、蒲、莲、苇、鱼、鸟之属充物于其中。跨池支略彴，左右护以朱栏，上覆以瓦。池北层楼翼然，直栏横槛，制颇宏丽，盖皆前令潘君筱农踵前人之旧而廓大之。潘君之治斯园也，当光绪乙亥，不久即受代去，缔造多未完。余以己卯三月莅此，适值萑泽无警，频岁有秋，乃召徒役经之营之。池南俯以亭，楼之右为弦诵之室，直南十数弓茆为屋，幽敻萧爽，消夏最宜。临街一面以堵易篱，公暇课园丁操畚锸抱瓮灌蔬以为乐。凡恶草之滋蔓者除之，佳木美箭之葱茏而蟠结者扶植而灌溉之，浚渠使通以流其恶，积土成阜以辅其势，皆积岁月以成，于是园之规模略具。佳辰胜日，四方宾客之萃止，辄相与觞咏其中，余亦藉以自息焉。夫官犹传舍也，今以东西南北之身而眷眷于此，毋乃近愚？虽然，犹病不能真愚耳。孙樵《书褒城驿壁》谓‘举今州县皆驿也’，‘当愁醉醲，当饥饱鲜’，‘明日即去，何用如此’。今之所谓智，大都不出于此。余既不克勤于其职，如子厚所谓事成而理达，而窃簿书之暇，督场师谨完缮，尽吾一日之力，以求此心之安，冀匙免于苟且之咎，且使后之官斯土者游息有物、高明有具，不犹愈于孙氏之所讥乎？然则余之愚终不可瘳，后之人苟与余同其愚，则斯园虽历久不废可也。”(《珠泉草庐文录》卷一)

廖树蘅《蓬州明府于署园葺屋一区，竹树蒙翳，甚凉适也。六月二十四日，招同吴韵霆超然、陶俊元必良落之》：“小槛花明帘四垂，细禽幽筱澹炎曦。兰心浥露琴声润，桐荫当阶鹤步迟。胜日宾筵招二妙，碧廊烟柳罥千丝。人间何处非河朔，醉挹莲筒未用辞。”(《珠泉草庐诗钞》卷二)

廖树蘅《益阳寓楼一首》：“春流浩淼聒樯乌，芦荻生芽雨满湖。下濑风帆收汉浦，榷茶人语殷川涂。濱梅地接云千里，吴蜀襟分此一隅。极望裴公亭半路，濒江烟树绿模糊。”(《珠泉草庐诗钞》卷二)

秋窗风雨夕词

梧桐叶落飘金井，瘦绿镫摇隔帘影。一天风雨厌宵长，残梦惺忪堕珊枕。铜铺夜掩悄无声，静数铜壶漏几更。檐前淅沥声初歇，又听莎阶蟋蟀鸣。

立 冬

开谢黄花久，萧条景物残。风声敲径竹，木叶响阑珊。日短如过梦，窗虚怕透寒。红梅刚绽蕊，好待雪中看。

除 夕

年华驹隙去来频，壁上桃符又换新。薪火万家珍此夕，俗称除夕火元宵镫，言是夕必多燃柴火也。梅花数点报初春。银樽香暖屠苏酒，苕帚亲除棐几尘。弟妹相将勤守岁，更阑哗笑倍精神。

案：廖基植亦作有《除夕》诗，曰："长绳系日浑难住，跼促荒山又九年。乡思不随寒腊去，诗怀合共夜镫妍。春回诘旦云容换，暖入屠苏旅况便。四十六年弹指过，几回揽镜惜华颠。"（《紫藤华馆诗草》卷四）

倚 栏

晓起轻阴酿薄寒，寻诗倚遍玉阑干。东风一夜楼头雨，漏泄春光到牡丹。

静　室

深院无人到，香残满案尘。落花谁扫去，芳草绿成阴。

伯兄璧耘、仲兄次峰读书崇睦祠，各成七律两章，索和赋此奉酬

轻阴如羃慢冰弦，花堕春林破暝烟。问讯鳞鸿频叩户，盈眸珠玉乱挥笺。翠栏丝雨缃桃润，燕尾春流碧玉鲜。长日雕栊拥书坐，吟怀输与谢家贤。

纸鸢天气踏青时，餋邃何嫌得气迟。孤馆连床听夜雨，暗泉侵枕落琴丝。文心应共花争发，春信从教蝶渐知。想见夜堂诗梦醒，荆花流艳照芳墀。

案：崇睦祠，衡田廖氏族祠，廖树蘅的高祖父廖胜晖之墓所在。光绪丁未年(1907)，廖树蘅出资营建墓庐。廖树蘅所撰《联语摭余》云："十九世讳胜晖，余高王父也。先世自元以来代称富人，明清之际微矣。至府君始，大人称'衡田万石'。墓在枞木堂，与老屋湾相向。光绪丁未建墓庐，题曰'崇睦堂'。语云：'兄弟睦，家之肥，登思堂也。其顾

而思哉！'联云：'百年庐墓相依对，丛条总翠，木叶归根，抚景弥增霜露感；累世耕畬未废愿，农服先畴，士修旧德，承家仍举力田科。'"（《联语摭余》页二九）

雨后涉园偶作

雨洗杨枝窣地垂，润添苔石自生肥。暗泉鸣涧心同静，醉蝶眠花梦欲迷。新涨碧浮苹藻影，东风红荡海棠丝。春光渐老留难住，绿遍郊原叫子规。

映帘芳草锦茵铺，碧玉栏杆白玉除。小阁棋闲人散后，绿墀苔馥午晴初。韶华荏苒清波逝，风景依稀画不如。手拓荆扉凭眺远，万重苍翠绕吾庐。

竹 屿

猗猗竹数竿，风来青可掬。迎凉上孤屿，翠袖偎寒玉。人在绿阴中，微飔洗炎熇。谁知褦襶子，樵斤尚林麓。

案：廖基棫亦曾作竹屿诗。诗曰《过莓田梅宅登园中竹屿小坐》，共三首。其一："莓田古椽榛，水竹湛清华。槛拂千丝柳，墙环四面花。波光浮塔迥，山势趁溪斜。为问城中客，清凉有几家。"其二："过雨苔纹合，苍然一径滋。

开渠得新水，编槿补疏篱。芳榭云归晚，虚廊日下迟。卅年游赏地，留与梦魂知。”其三：“烽火频惊后，川原落照荒。池亭仍好在，薪木幸无伤。老桧重重护，寒蕖冉冉香。好风初过竹，空翠滴衣裳。”(《瞻麓堂诗钞》卷八)

会春园瓦砚歌

甘泉铜雀馀荒垒，纷纷尘事悲沧海。君不见，潭州马氏会春园，楼台殿阁飞秋烟。碧湖吹浪伤心色，衰草寒花绝可怜。荒陇人耕劫灰黑，霸业销沉重凄恻。片瓦人间阅世多，弃置泥涂谁更惜。剜苔剔藓净扫除，家君获自城南隅。持归赐我裁作砚，我见此砚增欷歔。想见当年豪纵日，花映珠帘露华湿。狎客词臣斗彩笺，清歌妙舞供朝夕。自谓风流世罕伦，谁防内阋烟尘昏。碧湘灰灭金华圮，兰麝珠玑委路尘。由来失国多淫侈，结绮临春亦如此。此瓦留充席上珍，铜蟾滴泪如铅水。

案：会春园，原为长沙名园。五代时(896—929)楚王马殷所创建。马殷卒后，子希范将其改建为“会春园”，设嘉宴堂、祓禊亭、紫薇山、碧浪湖诸胜，以作避暑宴乐之地。

廖树蘅《会春园词并序》：“长沙北城外开福寺，故五代楚会春园地也。按马殷据潭州，用其都军判官高郁策，开山泽之利以通商旅，国以富饶。殷卒，子希范嗣，性豪侈，好兴土木，尝辟会春园于碧浪湖侧，园中有嘉宴堂、祓楔亭、紫薇山诸胜，费巨万。又于城西南隅，建九龙、碧湘、金华诸宫殿，天策、勤政等堂，天策、光政十六楼。并皆饰以珠玉，涂以丹砂，耀日熙云，环丽无比。选士庶家女有容色者充其中。尝谓黄帝御五百女以升天。吾其庶几乎？时召其天策府学士赋诗上觞以为乐，大都颂其妾媵之美，栋宇之盛，文物之丰，谓为诸国所莫及也。别置银枪都，长枪大戟，鋈以白银，募富民子弟充之，凡八千人。每出列为前驺，阗咽衢巷，自以为马援后。立铜柱溪州，以誓群蛮。命李宏皋勒铭其上，柱至今存。国计不足，则遣使者行田以增顷亩。另置回图务，榷银、茶诸税，民不胜赋，愁怨日滋。尝遣侍臣至金陵，归与人曰：‘东朝天子，粹若珠玉，南岳真君，殊未如也。’其取讥臣下如此。已希范薨，弟希广立。庶兄希萼自以年长当得国，自朗州诱溪洞诸蛮陷潭州，大掠三日，宫殿熸焉。南唐李氏令边镐以偏师至，收其宗族、宾佐、嫔御千馀人。与其花石货贿送建康。马氏遂亡。凡享国四十有七年。当希范在位时，浚隍得土龙。旋获石碣，篆文有‘羊归穴、猴离次’之语。时又有马子离群之谣。众莫喻。及希范以丁未薨，希广以壬申生，同室构难，卒为唐俘。按之前事，悉皆符验，其亦前定与？夫马氏父子，乘时窃国，不思保境息民，以俟天命，顾乃穷极侈欲，以底灭亡。其事诚不足道，然兴蹶之感，虽有达者，亦难冥情也。

咸丰庚申正月，有事轸垣，暇日出游，求所谓会春园者。时经寇乱，廊殿圮尽，惟见荒寒野圃中，橘柚交柯，寒菜湛绿，不胜苍凉凭吊之思。爰拟歌词，纪述其事，并著其略于此，裨阅者知其概焉。‘湘春门外湘波绿，橘柚连畦罨林屋。春风问讯马王宫，霸业销沈几陵谷。碧浪湖边辇路长，楼台当日有辉光。曾传凤盖临嘉宴，又报蜺旌下碧湘。君王亦复耽风雅，天策招罗同邺下。九龙春殿瑞烟环，兰茝清芬荐杯斝。后庭佳丽拟轩辕，狎客辞成众口喧。花醉珠帘春侍辇，香迎翠幰晓窥园。觚棱金爵湘流映，殿榜居然署勤政。十万砂涂藻井丹，八千都拥银枪劲。别有藏娇十六楼，华镫复帐控琼钩。谁云南岳真君乐，不及东朝天子优。宁知别苑荆花瘁，蛮触纷纷等儿戏。争栈人嗤马失群，无家谶应猴离次。噫吁嚱，纥干山头雀冻僵，髡黔盗贩皆侯王。九州分裂地失据，十日并出天无光。五十四年豪纵日，土木丹青竞崇饰。作坊烟月荔枝红，丝管摩诃春水碧。不应此地更骄豪，罄竭菁华事宫室。增亩功论井邑荒，回图务榷脂膏入。一方烽火召何人，从此湖湘非旧域。宫花驮上秣陵舟，寂寞园林系客愁。楼观夷陵剩焦土，莺花南部殉荒邱。惟馀山色堆螺黛，兰麝珠玑无一在。古殿风摇九子铃，荒阶乱长瓢儿菜。君不见，樊楼镫火召边尘，紫筠花木摧为薪。又不见，胭脂井塌临春倒，六代华林没秋草。从来楼阁本虚无，筑怨筑愁无一好。矧兹穷号洞庭南，幺

麽国步经新造。土龙历劫又千年,铜柱荒寒镇楚天。遗民漫话沧桑局,落日湘南哭杜鹃。'"(《珠泉草庐诗钞》卷一)

廖树蘅曾作《和复园老人咏怀湘中古迹八首》,其中第七首《会春园》云:"九龙宏丽碧湘清,又辟离宫避暑行。玉沼金尊朝祓禊,珠帘银甲夜弹筝。才名天策新承宠,烽火家山旋去声弄兵。霸业烟消成底事,北湖波浪照前楹。"(《珠泉草庐诗钞》卷二)

廖树蘅《会春园瓦砚歌》:"猪龙起蛰腾湘水,十州膏血供挥斥。一般宫殿写长安,天策金华相次起。城中六月如探汤,避暑重开嘉宴堂。山色远拖螺黛雨,池台清带芷兰香。考工埏埴澄泥腻,千窑色夺南山翠。鸳瓦排云碧浪摇,王居壮矣民生瘁。离群马子散争栈,□驹喧洞蛮,三日火不熄。九龙光政飞秋烟,何况园居远在湘川隩,传烽更在碧湘先。流传片瓦供磨琢,兄视羽阳弟铜雀。瓴甋今犹出北邙,真君久已归南岳。刘园蜀苑并蒿莱,十国兴亡尽可哀。莫倚城南望城北,冷萤飞上马王堆。浏阳门外高冢累累,皆诸马伪陵,俗呼'马王堆'。"(《珠泉草庐诗钞》卷二)

廖基植亦曾作有《湘中咏怀古迹八首代》。其中《会春园》诗云:"楼台高下接城隅,公子风流绝代无。天策人文新辟府,银枪材骑旧名都。珠帘绣幕春如梦,碧沼青山鸟自呼。五十四年成底事,东风吹绿满平芜。"(《紫藤华馆诗草》卷三)

廖基棫《偕友人游长沙北城外开福寺，寺为五代时马氏离宫故址》："湘春门外柳条长，踠地轻荫作晚凉。一径楸梧环院宇，百年楼观阅兴亡。云台香转楞严散，辇道秋寒薜荔荒。欲访支公话遗迹，华鲸呼粥吼长廊。"（《瞻麓堂诗钞》卷一）

廖基棫亦作有《会春园瓦砚歌》。诗曰："苍然古瓦生蛟螭，云是马王宫阙遗。雨淋日炙久侵剥，刓剔为砚馀一规。外廉中坚润且腻，背凸腹凹深以夷。人传此砚足宝贵，我独把玩增歔欷。当年楚王恣豪纵，荒弃政业徒酣嬉。穷脂剥髓建园囿，碧湘嘉宴生光辉。至今园林遍榛莽，苍鼠夜啸寒禽栖。珠玑兰麝尽销委，此瓦何幸徒留贻。迁流转徙人文墨，朝夕与古长追随。摩挲抚视发深意，不啻环玮同称奇。鸭头鹦眼亦殊绝，往往伴置争雄雌。那知此物不易得，论价岂肯贪微赀。安得南宫补砚史，濡染大笔抒鸿词。但愿子孙永实用，长共几席亲临池。挥毫作诗寄吾意，长沙东望长相思。"（《瞻麓堂诗钞》卷三）

春昼书事

领略闲中趣，芳阶扫绿苔。鸟呼新雨后，花韵午晴才。风定炉烟直，春深暖气回。幽情寄绿绮，松雪上弦来。

崇祯癸未，张献忠犯宁乡，绅士陶沄等百三十六人聚县城，与知县邱存忠议拒守，贼至被拘，系于北门外，立赤白二帜，持刀胁降，愿降者立赤帜下，沄等相率依白帜，戟手大骂，贼怒骈诛之。见新化邹先生叔绩所撰《宁乡令邱存忠殉难记》，县人就地建祠，岁时展祀，地志语焉不详，知者渐少，湘人不善为名，若在江介中，不知若何表彰矣。诗以纪之

百卅六人同茹刃，煌煌节义冠云霄。玉潭澄澈臣心皎，碧血凄凉石阙标。坏劫红羊天似醉，清流白马恨难消。祠堂日暮灵旗展，如见当年白帜飘。

案：《民国宁乡县志·故事编·官师传》载有“邱存忠”条，云：“邱存忠，云南楚雄人，一名存蘅，崇祯九年丙子举人，才性沈毅，一上公车不第，纵游两京间，益练世务。十四年，继沈之煌知宁乡，威严相似而度胜之，或谓之煌善断而存忠善谋也。壬午冬，大计吏且去而大府令留，将去宁，人忧之，既留皆悦。明年癸未，存忠以他事去县，长沙府照磨莫可及摄县事。八月，张献忠陷长沙，引兵向衡州追吉、惠二王，分兵掠宁乡，存忠适至，可及以印付存忠，死之。存忠怀印稍避，而贼去永州。存忠乃使间谍侦所向，得报将西掠宝庆诸府。念贼西，则宁且被兵，乃召县士大夫谋起义拒战，于是县人故陈州经历陶爔、生员刘为邦等百三十六人先后应召。谋未成，而献忠遽自永北返至道林，县吏黎光烈执存忠付贼。贼饮之酒，仍令就职，以印授之，存忠抗词骂贼，投印几中贼。贼怒，缚之，或告存忠拒战谋于贼，于是杀之于道林，时十月八日也。宁士同死者，贡生姜自明及黄锦，于是贼至县捕百三十六人，皆杀之于县北门。”（《民国宁乡县志》页五九八）

饯春词

蜀禽夜夜啼何处，似促东皇速归去。九十繁华一梦中，过眼流光若烟雾。红雨飘萧香满襟，模糊万树绿荫成。莺娇蝶懒消魂甚，落絮飞花亦有情。花飞絮落纷纷下，莫向东风怨零谢。万事无常有尽期，犹惜余芳委空榭。春至欣迎归便怜，春来春去自年年。何须只惜春归去，春去仍来人不然。

田　家

日落江天远，慈鸟绕树飞。山花笼竹径，薄霭掩柴扉。吹篴牧童返，荷锸老农归。酌酒自怡悦，墟烟暖暖微。

中秋无月

应是嫦娥恨不穷，广寒宫殿掩帘栊。谁家忽弄高楼篴，吹入蒙蒙细雨中。

案：廖基瑜及其兄弟姊妹均有以中秋为题之诗作。如廖基棫《中秋夜对月有怀》曰："桦烛嵌帷咳唾凉，花梢霏露断啼螿。尊罍一笑谁称健，歌管千村此共望。庭静树阴看倦鹘，霄虚云幌弄明珰。不辞隔榭殷勤立，尚有吟情未可忘。"（《瞻麓堂诗钞》卷四）

调　鹤

结柴养仙禽，梳鸽倚庭庑。何以慰啁饥，松花落如雨。

饲　鱼

波面荡轻航，菱歌起夕阳。红鳞浮水出，争唼落花香。

闻　蝉

古树森森绿，当窗结荫深。朦胧掩斜日，寂静一蝉吟。

囊　萤

深院微凉度，粘帘熠耀明。前身何处是，芳草绕堤生。

读《明德马皇后传》

西京重后族，国祚随陨倾。中兴荫郭家，鉴往多谨驯。贤哉明德后，懿嬍难具陈。长才犹可几，厚德罕比伦。慷慨谈大谊，执德何光明。正位入宫闱，四海仰仪型。是家不好乐，书史共朝昏。危词戒母家，千载气犹生。奈何船山老，持论失公平。谓其母子间，相市无真情。诐辞肆吹索，千古少完人。我为发其凡，庶以全令名。

案：明德马皇后，为后汉明帝（显宗）的皇后，伏波将军马援的三女儿，其一生以“俭朴自奉，不信巫祝，侍人和善，约束外家”著称。死后谥号“明德”，为后汉一代贤后。

晓起偕季妹珮霞西园竹屿眺望

树杪铜钲已透光，银蟾犹浸水中央。露摇竹叶侵肌冷，风送荷花掠鬓香。远近炊烟萦屋角，寂寥人语隔林塘。秋来何处增芳艳，一架牵牛引蔓长。

案：珮霞，即廖树蘅小女廖基璿之字，能吟诗作文。成年后适同邑彭菊舫。彭菊舫，字希濂，亦工诗能文章。

春日寄怀伯兄壁耘麓山

一畦新绿涨平芜，晓起深林叫鹧鸪。昨夜小楼新雨过，卖花声到梦中无。

哭兄女镇兰

旧梦如云散，残英逐水流。倚栏方觅句，念汝倍添愁。谁料昙花现，旋悲弱草秋。可怜娇小质，荒土已成丘。

风铃曲

历历鸣寒檐，切切如私语。风来无定向，撩乱声如许。遽然午梦醒，惊听疑新雨。晴院悄无人，惟见飞花舞。

周女士宜男、花君并称才媛，以诗见惠，依韵答之

碧湘人颂女相如，香茗才华岂让渠。漫笑中郎同福畤，文姬掩雅匪虚誉。

交谊吾翁缔若翁，红闺缟纻又相通。梦中曾识班姬面，冰雪肌肤旋去声欲融。

清词幽艳笔生春，何物东施敢效颦。想见联吟芳画永，云笺香洒麝煤新。

案：此诗为廖基瑜与周宜男、周花君的酬赠之作。周宜男、周花君姊妹，为周汉之女，宁乡女诗人。两姊妹合著有《筱村课女录》，光绪十三年（1887）刻本，廖树蘅为之作序。其序云："吾友筱村二女，髫龄以宋氏姊妹称，屡索观其诗文，不可得。春初老妻造访，强夺之归，因获毕览，懿哉乎？德也。才云尔哉。二女诚贤聚，吾友之家训出寻常万万矣。老妻怂恿寿梓爰摘录，传之朱门华族。家置一编，暇以为闺壶课二南之化。古今人庸讵弗相及，即二女姓字不必传，非敢揜其善也。遵吾友志也。亦内则然也。"（《民国宁乡县志》页五〇〇）

周汉，字铁真，湖南宁乡人，道光二十三年（1843）出生，早年投身军旅，积军功被保荐为山西补用道，获二品顶戴。光绪十年（1844）回长沙居住。光绪十七年（1891）四、五月间，安徽、江苏、湖北、江西等省接连发生教案，教堂被毁，教士被杀，一时间长江流域风声鹤唳，各国驶入长江示威护侨的军舰多达二十余艘。教案的频发，引起各国驻华公使密切关注。在华传教士更多方搜求缘故，收集到多种民间排斥洋教书籍、文告、歌词，乃至伪造的中国官方公文，并追踪到大多数反洋教书籍是由长沙的三家书铺所刊刻。此三家书铺则系周汉所有。各国公使以此向清廷施加压力，并要求湖广总督张之洞严厉查办。这就是震动晚清朝野的“周汉反洋教案”。

宁乡廖氏与周汉家族有一定交谊。由梅伯纪编辑、廖镇枢校对的《珠泉草庐师友录》中，收录有周汉致廖树蘅的《誉女篇赠珠泉老农》诗。诗云：“令伯儿息晚，废读去而贾。贫病无与娱，咿唔授两女。两女差不顽，下笔跨其釜。遂成阿爷癖，向客发誉女。客嗤爷不惭，客赞爷更舞。小儿齿未龆，随姊辨鱼鲁。妇幼不谙织，相随亦稽古。父书藏未烧，育女岂微补。半生茶作餐，此味良不苦。老友珠泉农，文行甲俦侣。眉山木假山，峰过燕山五。老圃羡且妒，老农视如土。特有进士双，不栉向人诩。道同癖亦同，相见掌辄鼓。恼恨乡风颓，生女常不举。千金掌上珠，一挥弃之浦。豆泣凄以哀，然萁效丕煮。以圃方老农，圃百一无取。以方溺女人，农圃皆慈父。圃女方农女，农麟圃家鼠。圃女方圃儿，豚犬殆非伍。有女胡不佳，无女庸独愈。况圃选双婿，一龙一绣虎。圃眼亦足愈，相攸不为瞽。老农今伯乐，双目朗如炬。一过群马空，驽骀岂轻许。各得快婿双，重誉蹶孔武。冰清玉复润，乐哉甥馆主。巍巍丈人峰，季生不敢旅。狂歌赠老农，郁积畅倾吐。署曰誉女篇，传为教女谱。相勖弗徘徊，努力劳字抚。幼幼及人幼，挺身为众怙。更告溺女人，改过将婴乳。不信生女好，试观农与圃。”(《珠泉草庐师友录》卷四)

此诗后附有按语曰：“周先生汉，字铁真，自号湘滨渔隐，晚号铁道人。清诸生，壮岁从戎，积功至道员。湘乡刘襄勤锦棠平定新疆，延主营务，深相倚重。因弟浑病没于军，又以事拂其意，愤而求去。襄勤坚留，至于泣下，道人遽将顶戴投诸火，以示决绝。回里以后，专刊善书，并作浅说，劝人毋溺女婴。又恶岛夷见凌，著书诋之。光绪丁酉，总督张之洞委员毁其板，革其二品衔道员，道人诋益力。明年，臬使黄遵宪请于巡抚陈公宝箴，复将道人下狱，公为缓颊，陈公意已移，而道人性倔强，不愿出狱。公谓道人以此蒙祸，诚属无谓，然当道恕此灌夫，未必即成绝大交涉，施者受者，所见各殊，无从解纷。公晚岁言及，犹引为憾事，至于陨涕。道人入狱后，绝食不死，仅饮酒茹瓜果。越十年，光绪丁未，巡警道赖承裕属公拟稿上巡抚，请释其出狱。巡抚允用仪仗送出，仍不肯行。一年后，因病而归，没于长沙西园寓庐。自道人入狱，其子家柱、家树，均以治军贵显，其家习于华朊。道人归，悉令遣去仆婢，中馈井臼，概由妇女躬操，尽复十余年前俭素之风。公与道人早岁交好，而趋舍不同。道人慨慕古之忠烈，以杀身成仁为尚。公弗善其所为，尝从容献规，亦不听。一日，道人以所刊

《杨忠愍集》相贻，公随意置之案头，道人怪而诘之。公笑曰：'吾愿为良臣，不愿为忠臣也。'公长女基瑜著有《绎雅堂诗录》，季女基璿亦通吟咏，道人二女宜男、花君并能诗，常用夸诩，故赋是篇以赠。"又按："道人入狱，公有《驿步门舟次闷坐赋长篇奉怀》三首，《珠泉草庐诗》前后集均不载，兹从周氏子孙钞得原稿，移录于此，读之可以慨想道人之为人也。诗云：'手斩楼兰万里回，拂衣贞隐楚江隈。那堪东北犹蛇豕，空使英雄郁草莱。精卫有心填碧海，功名无梦到云台。可知袄教东来日，只有杨生绝可哀。南怀仁、汤若望至中土时，惟杨光克诋之最力，举世无知者。''腥风怪雨逼江城，愤极聊凭纸墨争。禹鼎象奸魑魅泣，昌黎辟佛鬼神惊。诛奸已罄南山竹，定难曾无北府兵。时局如斯人尽寐，知君块垒未能平。''弋鸿篓凤满张罗，拟和先生正气歌。帝鉴臣心从薄谴，天留砥柱镇颓波。椒山有胆蛇焉用，杜老无家气不磨。不枉此身精铁铸，群儿蠢蠢漫相诃。'"(《珠泉草庐师友录》卷四)

光绪二十四年(1898)二月二十五日，湖南巡抚陈宝箴批捕周汉。廖树蘅《自订年谱》曰："光绪二十四年……县人周汉，恶外邦见凌，著书诋之。臬使黄遵宪言于巡抚陈公，将其二品衔道员咨革，下狱。余为缓颊，公意已移。汉字铁真，人称为铁道人，性倔强，不愿出狱。道人以此蒙祸，诚属无谓，然当道恕此灌夫，亦未必成绝大交涉也。施

者受者，所见各殊，无从解纷。”（徐一士《一士类稿》页一九四）

又，廖树蘅《自订年谱》光绪三十三年(1907)条云：“是岁，巡警道赖承裕属拟上岑抚院，请释周汉出狱禀稿云：‘敬禀者：已革二品衔陕西候补道周汉，湖南宁乡人。光绪某年为传刻单片诋毁外人，经督宪张委员来湘，毁其板片，奏请革职。不料二十四年，外间仍有讪詈泰西人揭帖，署名周孔徒。时当议款初成，前院宪陈恐因此肇生衅隙，饬将该革员发司羁管，无非假惩儆以图保全。不谓该革员入狱之后，激于忧愤，言动失常。庚子八月以后，忧愤愈剧，绝粒纵饮，以祈速死不得。七年以来，仅以瓜果菜茹充食，米汁未尝入口，无谷气养脏，致便溺频数，视息仅存。其愚可悯，其苦可矜。查该革员髫龄入学，弱冠从戎，涉历艰难，屡濒危险。其从刘襄勤出师西徼，硖口、达坂城等役，与士卒植立冰天炮弹间，往往彻夜不曾收队，坚忍卓绝，至今湘军将士犹能言之。甄叙微劳，得保今职。该革员笃于天属，痛其故父生员周瑞西死难广西，终身疏布菲食，不肯赴人宴会。同怀弟周浑同居襄勤幕中，感疾而殒，创痛益深。由此绝意进取，牒请开去本官，以所袭云骑尉世职咨归湘标候补。事虽过中，亦因感愤太深，为此不情之请。回湘之后，专刻善书，到处散发。其劝妇女不缠足，与今所行天足会略同。徒以不顾利害，干冒世忌，致撄法网。在该革员早拼一死，无所顾忌，惟以宽仁敦大之朝，独令此忠近于愚之人身填牢户，良用惜之。查该革员年已七十，衡以古礼耄悼不加之义，亦在矜宥之条，况当日徒有愤戾之空文，尚无挑衅之实害。某等谊托交亲，居同州壤，欲为讼冤，匪伊朝夕。合亟仰恳宪恩，疏求宽释。想该革员难后气平，年齿夙暮，必不再丛世忌，重烦廑虑矣。某等无任屏营待命之至。'牍上，即允用像从送出。汉不肯行，逾年始归，病殁于家。"（徐一士《一士类稿》页一九八至一九九）

读书煮春茶

午晴庭院桐花落，满地轻荫睡孤鹤。开函展诵未完书，孔思周情饶至乐。画阁朱阑尽日遮，竹炉烟袅出帘斜。湘帘踠地无人卷，自向回廊学煮茶。

案：谭钟钧，字秉卿，号古谭，湖南新化人。早年即负诗才，为廖树蘅诗友。同治十三年（1874）八月，谭钟钧曾前往衡田珠泉草庐相访，并作有《访荪畡文学汭宁》四首。其中第二首云："历历林塘噪晚鸦，客途愁绪乱如麻。多君旧酿葡萄酒，为我新煎罂粟花。带月夜锄陶令菊，迎曦晨种故侯瓜。渴虹狂吼论文物，柴火珠泉煮嫩茶。珍珠泉出右宅。"（《珠泉草庐师友录》卷三）

小园偶兴

东风细雨暗相推，文杏荼蘼次第开。应是花香能醉蝶，纷纷粉翅堕莓苔。

伯兄璧耘客漳州年馀赋此寄之

作客天涯近若何，故园花又满繁柯。大雷书札来何日，续史光阴去已多。酒渴诗狂馀结习，云山沧海独高歌。年来氍毹无须打，投笔功名故不磨。

案：廖树蘅自辑《纪年录》云："光绪十五年己丑十月，刘朴堂署理福建延邵建兵备道，招基植入幕。二十九日启行，凄然泣下，余作五古三首广之。由杭至闽，自以航海为便，在杭同乡，多劝其起陆以避风涛之险，盖不计其川赀之丰杀也。及至铅山，旅费行罄，主仆徒步，勉强得达。后始闻之，未尝不悯其识不周而身之瘁也。"（《珠泉草庐师友录》卷二）

廖树蘅《示基植》，共三首。其一："汝年已及壮，迹未离乡陬。一旦被饥驱，远作江湖游。乞食悲泉明，负米伤仲由。此味余久餍，念之犹蒙羞。愿汝秉忠信，身困志益道。投分慎厥始，作事忠于谋。尤须戒疏略，动辄防愆尤。

暇日便温经，旧业勤搜求。上珍白璧躬，下免青蝇投。勖哉崇令名，毋贻老父忧。”其二：“位卑不足愧，志卑斯可哀。家贫虽足忧，学贫尤可咍。所以古贤达，志不在赀财。海澨富淫巧，车马纷喧豗。下士溺其中，浩浩如浮埃。古今貉一邱，污贱羞舆台。要当拓心眼，毋为习所推。立品以捄穷，修德以辟灾。二语出时贤，义精理亦赅。”其三：“祖母年虽高，眠食尚安好。繄余及汝母，年亦未笃老。弟妹余七人，相好无相恼。汝儿及汝侄，健若犊腾皂。家幸富图书，花石纷袅袅。门庭乐事多，不烦思远道。男儿志四方，桑弧配文葆。不驰域外观，焉识井天小。况今门户衰，倚汝支持早。去去汝勿念，毋为伤怀抱。”（《珠泉草庐诗钞》卷二）

刘倬云，字季樵，号朴堂，湖南宁乡人，为湘军名将刘典之弟。因军功起家，一署福建按察史，历署兴泉及延邵建兵备道，实授汀漳龙兵备道。著有《白云亭诗稿》。刘典、刘朴堂家族与宁乡廖氏素有通家之好，且缔结姻亲。刘朴堂曾作有《读廖君荪畡示基植诗书后》。其文曰：“昌黎《送苻读书城南》诗，苏、黄讥其未离富贵利达之习，初疑其说之过，及细玩之，诚所不免。盖世之所贵者，恃乎学，学之能底于成者，本乎志。志不立，则艰难困苦之境足以累之，一入纷华靡丽之场，遂颓然失其所守，安望远到哉。吾县廖先生荪畡，嚼然有守者也。观其送子壁耘游幕福建诗，沉挚清切，悉本平昔所学所守，申其诰诫，无一希荣向利之思，斯真足乎内无慕乎外矣！璧耘性情诚笃，外诱全无，守此而服习之，加以读书明理之功，充其知人论世之识，异日出所蕴蓄，宏济艰难，建树宁可量哉！书此以志慕之诚。”(《珠泉草庐师友录》卷二)

廖基植《将为闽浙之游留别家园》：“朔风吹雪冻云低，白酒无声欲煖谁。不分樵渔老踪迹，岂因湖海惮奔驰。牙籤触眼伤漂泊，灯火深宵照鬓丝。回首高堂渐衰白，闲云翻悔出山迟。”(《紫藤华馆诗草》卷二)

廖基棫《送伯兄之福建》三首。其一：“云鸿海燕纷无主，争似离人怅去群。不唱阳关亦凄断，芦花枫叶暮纷纷。”其二：“听雨情怀不可捐，一杯相劝且留连。天涯此去萍踪阔，想见看云白日眠。”其三：“狼籍巾衫半醉馀，试拈诗笔便踌躇。拟从风雪残年夜，商略平安寄远书。”(《瞻麓堂诗钞》卷二)

廖基植《次韵次峰二弟送别》三首。其一：“卅年同听楼头雨，稳卧空山百不闻。今日旗亭暂挥手，大江东下雨纷纷。”其二：“江山龙虎气雄哉，襆被萧条朔霰催。此去好窥沧海阔，新诗报与子由来。”其三：“未必家山忍遽捐，抚时无计且留连。何当风雪西堂夜，翦烛论文对榻眠。”(《紫藤华馆诗草》卷二)

廖基植《病起登延平城楼寄舍弟》二首。其一：“暖意初添鹤氅裘，强扶残病此登楼。一城烟霭天如醉，绕郭晴岚午未收。丹嶂茫茫连四郡，春波淼淼合双流。天涯芳草如茵绿，勾引乡园万斛愁。”其二：“水竹依依杨柳垂，绿阴深处见丛祠。饧箫闹市初晴候，渔笛冲烟欲莫时。吊古荒陵悲霸业，陈友定墓在对河。怀人天末滞归期。东风城郭荒凉甚，闲剔苔纹读断碑。”（《紫藤华馆诗草》卷二）

廖基植《夏日衙斋漫兴寄诸弟》三首。其一：“佳气蔼阶壖，丛兰吐幽穗。萧间好庭宇，且喜尘嚣避。疏慵得顽仆，昼日隆隆睡。院静悄无声，官槐堕幽翠。摊书悟元妙，玩道诣纯粹。眷怀太古初，心情浩如醉。”其二：“浓荫合深圃，爱此夏日长。轩墀雨乍晴，微闻苔气香。幽禽聒嘉树，丹荔垂邻墙。熏风时一来，几砚生微凉。呼童汲深井，瓦鼎号西廊。临风尽一瓯，舌本留芬芳。”其三：“言怀湘上山，泉石带林谷。清幽绝尘境，历历如在目。吾家好兄弟，闭户勤诵读。想见日斜时，书声出林麓。繄予去乡井，乞米羁荒服。南望重踌躇，还归共茅屋。”（《紫藤华馆诗草》卷二）

立秋后一日涉园一首

才听西风坠井梧，池莲萧瑟叶声枯。夕阳蝉语催新嫁，极浦疏林拟旧图。转瞬流光同过客，经年书信阻江湖。

秋光一色描难尽，万里云罗一雁孤。

元旦试笔

声喧爆竹万家烟，一夕流光是隔年。帘幕东风初解冻，家庭元日又开筵。漫辞酩酊虚佳节，时有欢声杂管弦。正欲拈毫拟椒颂，梅花如雪点银笺。

案：中国的"元旦"，传统上指的是农历正月初一。元是"初"、"始"之意，旦 指"日子"，元旦合称即是"初始之日"，亦是一年的第一天。元旦，《书·舜典》中叫"元日"，汉代崔瑗《三子钗铭》中叫"元正"，晋代庾阐《扬都赋》中称作"元辰"。中国历代以正月初一为元旦，一直沿用至辛亥革命时。中华民国建立后，为了"行夏正，所以顺农时；从西历，所以便统计"，定正月初一为春节，而以西历（公历）一月一日为新年。

廖树蘅《壬戌元旦试笔》二首。其一："又共梅花老一年，一枝犹喜占幽偏。岁朝云物仍书字，盗贼山林幸见怜。绿蚁倾觞宽酒禁，紫毫题壁补春联。过来八十三元日，识得浮生是偶然。"其二："无处能容虮虱身，早抛生事付流尘。佣书阚泽悲前遇，乞米陶潜属幸民。膏沐爱听连夜雨，柳梅犹滞渡江春。红氍毹上髫孩满，倚杖相看杂笑颦。"（《珠泉草庐诗后集》卷二）

廖基植《元日立春》:“几处笙歌闹作堆,东风暖逐笑颜开。花围绮席银尊滟,景丽遥天斗柄回。大地河山环锦绣,九衢车马殷春雷。椒花柏叶纷相映,老去殊惭作颂才。”(《紫藤华馆诗草》卷四)

廖基棫《元旦》:“庭鹊窥檐唤不闻,昨宵人已半成醺。强凭烛烬迎新岁,何日蓬莱换彩云。汉腊竟同刍狗去,春光先与野梅分。兹晨六十馀三日,已分深山伴鹿群。”(《瞻麓堂诗钞》卷八)

春　阴

春阴漠漠雨丝丝,槛外风来竹影移。久病未浇花落尽,空馀残朵最高枝。

雨夜寄从妹湘潭

少小如形影,相离又几霜。昭潭在何许,雁信断衡阳。饥鼠窥檐暗,谯楼报夜长。思君不能寐,况乃雨声凉。

嫂氏边氏张一月之间先后入地,合葬一邱,作诗述哀

埋骨青山绝可怜,那堪零落并华年。生前互惜聘婷

影，死后仍联娣姒缘。灵药无由驱二竖，香魂何处渺双烟。人间视息原虚幻，特为遗芳一泫然。

雨　后

小雨才收又夕辉，露光犹自泣蔷薇。萍开花港鱼苗长，响堕苔阶杏子肥。偶展残编聊破寂，闲调玉轸澹忘机。浮生颇厌沾花絮，手卷疏帘放燕飞。

家大人远客张掖，忽忽一年，违侍日久，怅然成咏

故园容易又秋残，惆怅思亲独倚栏。垂老他乡犯泥滓，残年归梦阻涛澜。焉支山下平沙阔，羌邃声中朔气寒。儿有音书托南雁，天涯万里祝平安。

案：廖树蘅《联语摭余》："吾县人周达武来绾提纂，招余叙其蜀黔军事。以九年七月二十五日，由家别母起程，十一月二十七日抵张掖，至即下榻园中之肖虹亭。……甲申八月初五起程回湘，在一园二百五十日，纪其踪迹，以志因缘。越十年，而信翁薨于位，迄今又二十五年矣。尺波电谢，思之惘然，园中景物，闻已荡然，世事宁有极哉？"（廖树蘅《联语摭余》页五至八）

廖树蘅《癸未七月将为河右之行，二十五日次治城，明

日黄石仙显赞饯憩园，即席有作》，其一：“感遇伤离且莫论，凉堂花气破兰荪。冥鸿欲去仍呼侣，佳日相逢快引樽。池馆微波堆古雪，江楼残笛怨黄昏。浮生聚散浑闲事，狼藉生衣半酒痕。”其二：“丝竹中年兴意阑，西风萧瑟响刀环。权抛短枥三升豆，去看长城万仞山。雁警新寒腾楚泽，马驮残月度峣关。岩松坞桂休腾诮，云自无心任往还。”(《珠泉草庐诗钞》卷三)

廖树蘅《抵甘州呈一园主人》二首，其一：“别来六度逢人日，鬓发惊看渐老苍。帐下风云屯虎豹，镫前鱼麦话湖湘。刀围绮席银尊暖，雪压胭脂画烛凉。今夕不辞濡首醉，相逢主客并他乡。”其二：“衙斋清比玉堂深，乔木千章聒晚禽。河右兵曹依幕府，将军第宅有山林。辕驹伏枥心还在，沧海横流感不禁。安得三千射潮手，秋风关海靖鲲鲟。时法兰西败盟，海上事棘。”(《珠泉草庐诗钞》卷三)

廖树蘅《一园二首，园在提督署后擅林木水石之胜》二首，其一：“暖风晴雪耀祁连，楼观空明泼眼鲜。地扫碱霜新过雨，池松冰缬渐胜船。笛飘蒙逊城边柳，人醉居延塞上天。莫谓殊方苦萧瑟，绿槐红杏尽芳妍。”其二：“苜蓿葡萄满院栽，轻阴如梦罨池台。晴分花气紫帘细，香点芦芽入馔才。雏鸭清波牵荇藻，乳鸦深树啄莓苔。最怜东苑玲珑石，扫磴留云日几回。东苑石假山，李笠翁所叠，虽倾圮过半，尚含飞动之致。”(《珠泉草庐诗钞》卷三)

廖树蘅《八月初十日，渭公率同城文武，饯余于南关外之南华书院，作此述别》二首，其一："闲鸥踪迹去留便，马首西来恰一年。磨盾文章供覆瓿，佣书心事愧行边。敢期诗句同高适，薄有生涯似郑虔。归去江乡足鱼稻，洞庭东望水连天。"其二："晓日城门祖帐开，天山晴雪白皑皑。五凉霜早黄榆陨，八月风高画角哀。上路辕驹惊短驭，中兴将率足边才。相望各有无穷感，世事乘除岂易推。"(《珠泉草庐诗钞》卷三)

廖树蘅曾为一园撰联。如其桥亭联云："胭脂在北，祁连在南，四郡襟喉归揽结；旅宿非舟，陆居非屋，三山楼阁浸虚无。"另一联云："树摇苍空，云气暗遮楼阁；园据绿水，月明如坐潇湘。"廖树蘅还对箭道左毅武营营门撰联。联云："雄剑倚层云，貔貅夜肃天山月；大旗招落日，鼓角霜严敕勒秋。"(《联语摭余》页五至八)

绎雅堂诗录　卷二

寄怀伯兄壁耘长沙

门闭松阴扫绿苔，忽惊远道尺书来。遥知今夜潇湘月，风景依稀似大雷。

上巳侍祖母游西园感赋

园庐又届艳阳辰，喜见繁花照眼新。纤柳影涵流水活，芹泥香垒燕巢匀。扶持白发听莺坐，徙倚红栏爱蝶巡。一事思量转惆怅，相携无复旧时人。次嫂亡已数月，思之黯然。

哭殇弟𣝣咸

吹折庭荆第七枝，返魂无术只空悲。谁知剜却心头肉，妖谶先藏扇上诗。家大人为弟市一小纨扇，上有聂夷中诗。

依依顾影雁行联，忽断群飞去杳然。黄土无情埋恨血，伤心何处觅阿连。

高堂凄痛泪痕斑，一别明知不复还。娇小魂灵何处去？怕听寒雨响空山。

手足生离恨怎轻，何堪重触昔年情。金兰玉树双双瘗，从此人间莫再生。次妹二二与弟皆三岁殇。

生年无几性能奇，学语牙牙鬌发垂。才捉迷藏喧别舍，又来窗下索吟诗。弟随诸侄戏罢，辄依余静坐，授以诗，能成诵。

母梦蟾晖绚彩霞，浮生无处不空花。塞悲只合从虚妄，合手莲台诵法华。弟生时母大人梦彩霞绕月，盖易散之验也。

案：艭咸，即廖树蘅第七子廖基棣之字，三岁殇。出生于光绪十年(1884)，卒于光绪十三年(1887)。

廖树蘅从甘州南返湖湘后，曾作《到家》一诗。诗云："冲泥返家衖，屋角梅初胎。老母闻鹊声，倚闾盼归来。肩舆犹在途，欢笑溢荆柴。上堂拜阿母，抚我如髫孩。喜极翻哽咽，良久色不怡。谓我仅育汝，跬步不曾违。自从汝出门，老眼泪常揩。此后毋再游，使我心徘徊。汝去举一子，白皙体甚魁。又添两孙儿，齿与阿叔侪。仆媪抱持出，命我审为谁。子各肖其母，辨认幸无差。母乃大喜笑，左右同欢咍。是时斗室中，真气弥埏垓。须臾月轮上，照我庭花开。馀子前布筵，香风郁尊罍。千金争一刻，此事能几回。人生重天伦，至乐输庭闱。自非久离别，焉知完聚佳。从兹谢尘鞅，终日守岩扉。”(《珠泉草庐诗钞》卷三)

廖树蘅《哭七儿黼咸四首并序》：“甲申三月二十四日，余方客塞垣，夜梦女佛趺坐先墓，类世所奉普门大士，左手掖一婴。及接家书，儿适以示梦之夕生。其年十一月，余归里门，怜爱倍常儿，儿体皙性慧，能言，授以诗歌，劣能上口。兄子二人与齐年，两儿或憨跳喧聒，辄加诃止，兄或责其子，则口我实使之，非若咎也。兄为霁颜。丁亥九月，感呕泄之疾，医治罔效，先是吾以扇贻儿，绘梨一枝，背书《聂夷中二月卖新丝诗》。又梦琴之幺弦忽断，殆皆兆之先见也。临死常呼归去。连日兄姊抱持，踞蹐甚苦，寝之于床，连呼‘好好’，遂瞑，九月十三日也。无服之殇，义虽有止，情实难忘，以成人礼瘗吾嫡母张太孺人墓右，而悼之以诗。‘丈六湘山佛，婴娩亲手将。三年乳哺毕，万里梦魂凉。问字凭乌几，同巢殿雁行。昙花空示现，薄祜岂能当。’‘割却心头肉，夷中诗谶奇。幺弦断焦尾，六角绘秋梨。归向谁家去，眠来痛楚稀。雪肤看渐冷，举室共悲啼。’‘诸妷年差长，酣嬉共一堂。不群能自重，有过替儿当。翦鬌常依姊，分甘每遗娘。回头成幻梦，凄痛到肝肠。’‘贫贱生多苦，儿休再入怀。世方蕃祸难，吾亦厌形骸。了却三生债，思量百事乖。一抔依旧垄，骨肉竟生埋。’”（《珠泉草庐诗钞》卷三）

廖树蘅《先妣氏墓道述》：“（吾母卒后）葬横田湾住屋后山。自吾母殁，家中丧亡接踵，多附此邱。右下为孙棫妇边氏，樾妇张氏同域。右上为孙穊咸，树蘅客张掖之岁生，体晰，性颖慧能言，授以班史中歌括，略能上口，三岁殇。”（《珠泉草庐文录》卷二）

雨 夜

银镫清夜雨，嘹唳断鸿哀。人语此俱寂，愁怀郁不开。高堂伤白发，弱弟痛泉台。无限悲凉意，心随蜡炬灰。

案：廖基棫亦作《雨夜》诗，云：“冻雨竹窗暝，摇摇满夜庭。孤吟贪烛暖，愁绪与花零。邱壑能偕隐，生涯敢独醒。明朝荒陇上，禾黍际天青。”（《瞻麓堂诗钞》卷七）

风 筝

琼箫声腻卖饧天，才罢秋千又纸鸢。风信恰宜三月晚，云宵凭仗一丝牵。凌波自惜惊鸿影，碧落还疑跨鹤仙。赢得儿童缨欲绝，绿杨人语画桥烟。

澄波楼即景一首

玉潭低衬断霞红，无数归帆趁晚风。楼阁玲珑吾自爱，倚栏人在画图中。

案：澄波楼，为宁乡莓田之梅氏藏书楼。宁乡梅氏为县中望族，其代表性人物梅钟澍，即廖基瑜夫君梅毅杰之祖父。梅钟澍有子三人。长子梅镜源为湖北宣恩县知县；次子梅鉴源为咸丰戊午科举人，先后官云南大姚县知县、浙江景宁县知县；三子梅锦源为徽州知府、直隶州同知。三子均有声绩。梅氏子孙辈克承先德，称其家风，多有成就。后来梅颐杰以澄波楼兴建校址，创立震东学堂，培育家乡后俊。

廖基植作有《题梅氏澄波楼》两首。其一："层楼迢递俯村廛，楼外花枝照槛妍。远岫千峰环碧玉，澄潭匹练泻秋烟。夜窗风雨连床梦，绕郭云岚过眼缘。尊酒相逢成一笑，笛声吹老白苹天。"其二："插架琅函万卷罗，溪山佳处辟行窝。金鳌旧梦前徽远，玉轴长哦后起多。渺渺疏钟山寺雨，萧萧落叶碧湘波。年来佳会惭行役，破帽残衫奈我何。"（《紫藤华馆诗草》卷四）

廖基棫《题梅氏澄波楼次伯兄韵》二首，其一："拓得云岩地一廛，縠廊榕榭得春妍。溪山有约三年梦，亭障低环万竹烟。满眼莺花围绮席，不贳风月证诗缘。楼中不是无丝竹，却有书声和远天。"其二："遗编辛苦费搜罗，琴榻翛然共一窝。九陌尘埃游骑远，一窗风雨夜灯多。林昏野色浮空槛，天纵高楼俯逝波。不必扁舟访东海，才名今已敌三何。"(《瞻麓堂诗钞》卷二)

廖基棫《澄波楼小坐》："偶向江头蹋浅莎，又来楼上俯春波。墟声渐逐东风暖，云岫遥衔落日多。绕槛莺花如过梦，大堤儿女不成歌。溪痕昨夜新添雨，归去山庭理钓蓑。"(《瞻麓堂诗钞》卷五)

思　家

北斗阑干宵柝鸣，绮窗弦静月虚明。杜鹃声里离人泪，一夜乡心枕上生。

小姑四岁，髫发初齐，慧晰可爱，终日牵衣萦带，不离母侧，忆余如小姑之年亦犹是也。赋此写怀

肌肤冰雪髻垂青，巧笑先看两靥生。长日娇憨依阿母，令人回首不胜情。

喜　晴

向晓啼莺破梦来，喜看晴日满楼台。花光树色都增喜，蝶影蜂声闹作堆。曲涧潺湲流水活，农人欢笑积阴开。请瞻郊外文昌塔，已有条风散劫灰。

家园述事五首，示珮霞季妹

几度雠书倦欲抛，忽惊红绽海棠梢。此身不及春林燕，岁岁如期返故巢。

记曾受读阿兄前，嬉戏光阴最小年。十二湘帘齐卷却，画栏丝雨落花天。

名花幽卉绕吾庐，煮茗横琴乐有馀。赢得高堂常笑说，此身何异住蓬壶。

贻园遥接远峰青，云影波光上画屏。好是豆棚新月上，戏挥团扇扑流萤。

连年姊妹赋于归，恼乱吟怀渐渐非。不管花开与花谢，暂时幽赏莫相违。

午节病起偶作

又见榴花照眼明，年华消尽漏声中。孱躯不耐菖蒲酒，偷得闲身倚绣栊。

佳节难逢强举觞，病馀心事转苍凉。遥知弟妹家园宴，不为茱萸也断肠。

季妹珮霞寄诗依韵答之

香销宝鸭篆烟轻，欹枕藤床梦不成。谢汝芳缄勤慰问，释余心绪乱纵横。半生憔悴闲愁累，往事蹉跎岁月更。最是晨钟初断后，离怀如雾不分明。

夜　坐

琴帘风细芷兰香，翠袖生寒夜渐长。蟋蟀声中人未睡，一镫清听雨丝凉。

案：廖基植曾作《初秋夜坐》。诗曰："四壁虫声入耳尖，新凉乍喜一丝添。雨馀苔气宜幽梦，风定荷香扑画帘。

堕地秋容如鹤瘦，眠人新月学眉纤。闲阶坐看星河转，玉露侵肌冷不嫌。”（《紫藤华馆诗草》卷四）

盆菊赠素兰女史

瓦盆墙角护幽苍，几日花开裛露凉。帘卷不嫌人比瘦，节坚何碍叶堆霜。白衣秋酿东离酒，朱邸筵斟益寿觞。莫使残英涴泥滓，捃华能助枕函香。

案：素兰女史，即毛国姬，字孟瑶，“素兰女史”为其号。湖南长沙人，武陵杨孝彪室。著有《素兰诗集》，并辑有《湖南女士诗钞所见初集》八卷传世。

秋日书怀

萧疏垂柳集昏鸦，瑟瑟西风夕照斜。心似缫丝抽乱茧，居临城市杂喧哗。雨余帘幕寒犹怯，人比黄花瘦转加。南望衡门原咫尺，高堂回首鬓双华。

登　楼

危楼百尺占孤岑，俯瞰清波一片阴。远岫堆寒迷楚望，暮鸦如雨入林深。澄江玉练明霞绮，岩石苔花叹陆沉。

人事渐多疏定省，凭栏不少望云心。

元旦试笔

暄风入室日华妍，爆竹如雷万户烟。山县也知无事乐，长红争署太平年。

稚　女

绕膝有娇女，婴倪受性顽。不眠频索果，有怒亦开颜。乳口兰同臭，长眉月样弯。牙牙时引笑，鴂舌本南蛮。

正月十日雪

连日阴云怯启扉，忽疑牖户入方晖。漫天舞絮纷无际，匝地琼瑶听转非。光逼夜阑疑似画，寒生林鹤欲添肥。如磐炽炭犹嫌冷，多少穷檐未授衣。

案：廖基棫曾作《对雪》诗。诗云："北风萧萧吹残更，雪花如掌入户轻。侵晨敛抱对寒玉，墙头竹树森纵横。燃炉作汤暖胸胃，未饮已觉诗肠清。移床曝背南荣下，烘烘暖日悬铜钲。冻蝇触窗响无力，饥乌啄檐时有声。想见穷檐拥衾铁，忍寒抱冻饥肠鸣。安得大裘覆天下，熙熙百室皆阳春。不然负曝献天子，万言伏阙明丹诚。可堪虚愿两难遂，坐令踞蹐无荣名。呼童且进老瓦盆，一饮万事鸿毛轻。”(《瞻麓堂诗钞》卷二)

姒氏周年二十即丧所天，悲苦厉节，令人敬慜，回家省亲，诗以送之

送汝褰帏去，相看共泫然。最难冰雪操，犹是艳阳年。恨血灰钉渍，铅华故箧捐。还须慎调护，白发倚门前。

新　燕

重来认取旧巢痕，双宿双飞梦亦温。细雨衔泥杨柳岸，东风对舞杏花村。似曾相识来何早，莫为垂帘去不存。漫向乌衣寻伴侣，近时门巷不堪论。

玉潭书院在治城东门外，距莓田不远，时家大人适充都讲，余自横田归，因便进谒，呈诗一首

云际归鸦急，遥拖夕照青。褰帷方纵目，邂逅得趋庭。桃李当门植，弦歌隔院听。玉潭桥畔柳，分绿上湘屏。

案：玉潭书院位于湖南宁乡县玉潭镇。原名玉山书

院。明嘉靖二年(1523)知县胡明善建于玉山。廖基瑜之父廖树蘅曾于光绪十八(1892)、十九年(1893)出任玉潭书院院长,以义理、考据、辞章课士。

廖树蘅《玉潭讲舍感旧二首》,其一:"依旧滩声搅夜眠,棋镫书笈感当年。萦帘紫雨春仍闹,沸耳瓶笙梦又圆。载酒人来横舍满,连床书压锦函鲜。祇惭经术输麟士,长日酣歌愧俸钱。"其二:"玉潭千尺水潆洄,拾级高楼日几回。堤柳绿拖帆影去,江风晴卷市声来。盘堆菜甲无羊蹴,门闭槐阴有鹤陪。且喜欵扉无俗辙,旧居池馆长莓苔。"(《珠泉草庐诗钞》卷三)

春昼吟

湘帘冉冉迷春梦,敲断玉钗愁黛重。鹦鹉前头解念经,梵呗喃喃清入听。十二朱栏曲曲遮,流莺偷啄碧桃花。桐荫满院游丝静,一缕榛烟腻碧纱。

春　兰

细雨苍苔茁嫩芽,东风无力斗欹斜。潇湘水次多芳草,占断香心是此花。

仪孝堂主人惠题拙稿，赋此答之

才名我憾识君迟，藤箧深缄绝妙辞。偶擘涛笺呈薄技，竟邀斑管写新诗。瓣香绮阁怀吟侣，拜手花龛觅导师。几许相思不相见，嫩寒江馆雁来时。

莲花丰骨玉精神，绮丽情怀更迈伦。合向瑶宫传彩笔，本来南国有佳人。传书屡盼天边雁，结想频添梦裹因。续史才名动乡国，一门风雅自传薪。

门近清涟景物奇，碧香寮畔柳垂丝。何当东阁吟梅裔，得共西窗话雨时。玉管蛮笺消永画，幽花袅竹映芳姿。生成福慧无人及，桃雪连赓颓面诗。

附录仪孝堂原作

瑶函贶我恨来迟，绮岁仙人幼妇词。女典班姬还作诫，国风周姥本能诗。选楼咏史兄相友，伏胜传经父是师。更有解围青步幛，一家文采擅当时。

袅袅簪花妙入神，芬芳香茗更无论。玉台何日分新咏，锦字于今有替人。修到梅花成秀骨，本来明月是前身。他时傥许聊吟社，自愧铨材叹积薪。

玉尺琅环写韵奇，青箱黄娟界乌丝。琼窗赋就樱桃暖，翠管吟成柳絮知。三月莺花开绮思，一奁秋水想丰姿。楚湘自是骚人国，兰芷芬芳尽入诗。

案：仪孝堂主人，即何承徽（1857—1941），名懿生，湖南衡阳人。工诗，有“海内女师”之称，著有《仪孝堂诗集》。何承徽之夫张通典，字伯纯，号天放楼主，与廖基瑜之父廖树蘅相识较早，后经廖树蘅引荐，得以结识义宁陈宝箴、陈三立父子。光绪二十一年（1895），陈宝箴出任湖南巡抚后，大兴矿务，张通典与廖树蘅皆为湘矿矿业同门。未几，张通典因与陈宝箴、陈三立父子发生矛盾而去职离湘。

打稻四首

沸耳遥闻打稻声，清秋风日喜新晴。香吹野舍禾场净，凉透斜阳笠影轻。洒玉抛珠看错落，肩挑担荷乱纵横。归来更约明朝事，起看天河挂户明。

熹微才露曙光鲜，晓露瓜花正满田。收获况逢新霁候，辛勤宜趁早凉天。茶香小憩疏林影，饭熟残萦屋角烟。

一幅幽风好图画，杖藜人与话丰年。

溪水澄鲜衬落霞，西风枷板正喧哗。黄云渐逐原头尽，白日频防雨脚斜。狼戾岂容抛秉穗，豚蹄曾祝满篝车。乡村此日饶佳趣，篱落红开饱饭花。

萧瑟西风动早秋，前期筑圃信良谋。香濡露穗防乌啄，声急霜镰迫火流。玉粒应怜人汗血，金穰幸验岁丰收。了完租税无馀事，犬吠柴门未应愁。

咏怀古迹七律五首

新康城

新康东望接湘州，依旧青山景物幽。残堞数家烘夕照，渔村半角影寒流。当年市陌春驰马，此日霜蓬冷狎鸥。城郭人民同一辙，沧桑世事感沉浮。

案：据《民国宁乡县志》："宁乡县宋初置。古为荆楚地，吴立新阳县，晋改新康县。隋唐废入益阳，及宋改置沿至今日不变。又：晋武帝太康元年改新阳曰新康，隶衡阳郡。宋齐梁陈四代皆为新康县。治所在今县西十里（冷水铺西）。隋炀帝大业三年，新康入益阳。新康凡立三百二十九年而废。"（《民国宁乡县志》页一六一至一六二）

玉潭镇

画里烟岚带郭斜，城楼咫尺隐千家。渚深秋影拖寒雁，潭底天光衬落霞。茂县铜符仍作镇，前朝铁戟已沉沙。行人日暮频搔首，古戍风烟噪晚鸦。

案：据《民国宁乡县志》："宋太宗太平兴国二年，析长沙、益阳、湘乡三县地置宁乡，隶潭州长沙郡。治故湘乡之玉潭镇。宁乡县治自宋初未改。玉潭镇治在沩水东南也。……廖氏润鸿撰沿革，又以湘乡街之名断玉潭镇在今县南河岸。湘乡街皆未塙，惟廖氏沿革篇虽未必尽当而叙述亦颇详。"(《民国宁乡县志》页一六三至一六五)

道林市

清溪百转市门前，胜地人能述昔贤。古木连汀生远碧，云峦访道锁寒烟。瓦鸥帘影能招客，石柱书声不记年。人世几经沧海劫，岩花幽草尚依然。

案：据《民国宁乡县志》："道林市在靳江北，距县九十里，分上节、下节、半边各街，水陆俱通湘潭，贸易较胜他处。全市商店百馀家。道光戊申，县人周含万独修市中石路里许。"(《民国宁乡县志》页二二一)

嵇峁山

层峦复嶂倚云霄，棢竹连冈入望遥。树裹湘波横匹练，雨馀云气卷轻绡。空山钟磬音犹吼，上界仙真迹已销。

拟蹑丹梯上峰顶，洞庭衡岳举杯邀。

案：据《民国宁乡县志》："嵇峁山，亦曰嵇家。其巅高五千三百二十八公尺，有田有湖。湖曰'仰天。'清泉淙淙，拟雁宕而小晴雨。登眺湖水如带，洞庭如沼。旧传唐嵇真人修炼处，久蓁莽矣。明清间山下有庵，戒僧居之，陶氏汝鼐所称玄释两宫，固非一处者也。西大沩、东嵇峁，皆县之望。嵇峁分两大支，出石仑关者为东大支，西北行者为西大支。"(《民国宁乡县志》页九六)

靳　江

长堤烟柳远依微，今古江天几夕晖。楚望南来飞鸟疾，湘川东下去帆稀。清波尘洗千年污，春草香凋两岸菲。几度临流增怅惘，为怜骚客泪沾衣。

案：据《民国宁乡县志》："靳江，始见宋人元丰《九域志》。即《水经注》之瓦官水也。《康熙宁乡县志》谓之剑江，又作建江。今靳江二源，西源出湘乡县龙泉坳之万岁塘，东向曲折七里南源汇之。南源出湘乡大皂塘，西北行一里，南合石塘冲水。北流经小湖段，又北行东收小石塘水。又北行西收状元坪水，又北大富段，长四里馀合于北源，又东北一里入宁乡南境。……而宁乡尽东出为烧汤河，又道湘潭、长沙，凡六十余里入湘江。"(《民国宁乡县志》页一二四至一二七)

附录家大人拟作

新康原属晋新阳，沿革千年尚可详。地有汤泉蒸大泽，江分燕尾接清湘。人家近水鱼虾贱，云碓连溪秫稻香。名号只今存古驿，桃花三月马蹄忙。

相传马子离群日，郊垒烽烟接此间。曾闪朱旗殷北斗，空余铜柱誓南蛮。平戈事定山河在，城郭风柔燕雀间。赖有兴王来作邑，碧潭依旧响潺潺。

讲道先生返故林，嘉名肇锡到于今。贞栖不改松筠操，月夜犹闻诵读音。石镜晶莹湘月朗，麹生风味酒垆寻。客来山市寻遗迹，莽莽荒台日易阴。

天际真人不可攀，石床丹竈尚人间。峰高不碍登临眼，地迥能宫大小山。篁竹连冈饶纸业，岩泉喧耳隔烟鬟。何人半夜吹长篴，疑是嵇仙控鹤还。

百里清溪屈曲行，一条衣带碧盈盈。青山尚瘗穷奇骨，渌水犹蒙佞幸名。鴡鸠惯来堤畔语，茝兰休向水边生。玉池凿空真堪笑，地望何能作定评。

拟韩昌黎《八月十五日夜赠张功曹诗》

金风萧萧玉露凉，木叶渐脱天欲霜。故人对饮灭华烛，苔阶唧唧闻寒蛩。寥天照彻银蟾影，欲酬佳节惟酩酊。君为我歌还自怜，歌声如咽泪如泉。洞庭波涛流日夜，哀猿断雁啼寒烟。我幸馀生尚无恙，江山到处皆随缘。对此茫茫愈愁苦，感时触物转逌然。君看素月长升降，盈亏不改清辉放。桂树生来知几春，圆辉此夜互如新。人生荣辱原无定，莫将往事徒伤神。屈伸变化贵自得，推移幸免戕其身。古来腾达有期会，何期汲汲嗷虚声。君歌慷慨意未阑，闻之更令摧心肝。慰君寂寥兼自宽，干运秋气纾悲酸。不妨破涕聊为欢。

挽姒氏李宜人宝芬二首

顷刻花飞月露残，返魂无处觅仙丹。华年似水偏难驻，芳榭凝尘不忍看。倩影生前人共惜，遗容死后画应难。忍抛膝下垂髫女，长使河阳泪不干。

黄土凄凉艳骨眠，秋风寥落墓门烟。十年锦瑟伤春梦，一瞬昙花了宿缘。针线飘零悲故箧，银镫辛苦剩题笺。

人间恩爱君应澹，碧海蓬壶自洒然。

案：李宝芬为廖基瑜夫君梅毅杰堂兄梅颐杰的夫人。梅颐杰曾作《悼亡室李宝芬》联。联云："吟评月旦，警戒鸡鸣，最难忘十载深情，盆鼓怎销长夜恨；病未经旬，死疑鹿梦，总不免孤怀痴想，瑶弦愿续再生缘。"

仲兄次峰以竹簟见贻，用昌黎《郑群赠簟》韵作诗酬之

蕲州竹簟尽人知，阿兄所惠尤称奇。节藏肤滑美无匹，光彩照耀欺瑠璃。铺床拂试恣评赏，但有赞叹无人疵。炎歊斗室困蒸郁，浮瓜沉李空尔为。得兹辅体觉神王，酣卧直欲忘朝炊。无人相溷得美睡，有卖未应贪便宜。从来投赠贵适用，微物亦足供取资。凉堂疏帘看棋局，冰纹细蹙含风漪。印痕凉沁水晶枕，银鹿坐弄婴娩儿。阑干花露滴空砌，疑有习习柔飔吹。感公持赠意良厚，顿令火宅无炎曦。兄之真诚通寤寐，久不复梦吾其衰。

焯儿因乳母辞去，昼夜啼哭，仍需召还命其抚养，诗以述意

两载无离日，提携谢汝良。向人初解语，索乳即呼娘。

一旦抛儿去，终宵啼断肠。还须促归棹，日夕倚门望。

案：焯儿，即梅焯宪，字伯纪。廖基瑜长子，文化学者。清光绪二十一年（1895）出生于湖南宁乡县梅氏祖宅之莓田古屋，在青少年时曾先后求学于长沙明德中学、北京京师大学堂（北京大学前身），并追随辛亥革命家周震麟先生。二十世纪二十年代，先后担任宁乡县政府、长沙县政府秘书。三十年代前后，出任安徽宣城专员公署秘书长，其间在当地禁食鸦片、积极救灾，为政清廉，秉公执法，深得好评。抗战时期，梅焯宪回到家乡，在极为困难的情况下仍积极参与《民国宁乡县志》的编撰工作。抗战胜利后，在宁乡鹅山中学任教。五六十年代，在家闲居。1966 年初春，因病辞世，享年七十一岁。梅焯宪整理并编纂有《珠泉草庐师友录》、《民国宁乡县志》、《湘矿丛钞》等作品，协助二舅廖基棫整理并刊刻《沩宁诗选》一百二十四卷，对保存湖南近代文献史料有一定贡献。

次儿初出腹，即奉两姑之命出嗣夫兄，感而有作

银环绣葆闹成堆，博得慈闱笑口开。家世玉堂期汝续，不嫌愚鲁愿无灾。

莫向爷娘怨不慈，生成大义岂能辞。他年葛藟连根

庇，记取桃花颓面时。

案：廖基瑜次儿，即梅焯良，一出生即被过继给梅毅杰之兄梅梓杰为子。

省亲清泉学署，还舟过昭山，遇大风有作

毒雾霾空昼欲冥，奔涛声里客舟停。离人此际浑无奈，竟夜颠风枕上听。

案：廖树蘅《自订年谱》："光绪二十五年己亥六十岁。是岁俞公以宜章隔常宁远，不能兼顾矿场，咨调清泉训导。清泉缺较优美，余辞焉。公不可，曰：'与君无私，无庸辞也。'晤前任梅君鋆，亦曰：'此席谊当属君。吾之莅此也，曾于梦中得句云：湖海句留十二年。吾由湖南海防例入粟得此职，今恰一纪，宁非数乎？'余遂以四月挈眷履任。自是一年强半居官，命儿子植分管银场事。学署在小西门外，与衡阳学同在一隅。"（徐一士《一士类稿》页一九四）

廖树蘅《联语摭余》："衡州小西门外弥望皆莲池，池北红墙碧瓦隐现，柳堤菜畦间，则衡、清两县学宫，西湖书院、西湖寺、文昌宫、衡清书院、清泉观，绵亘将一里，颇类杭之白堤。丁家山清泉学署近湖壖，署右有郑向故宅，周元公所自出也。今为濂溪祠。余以光绪二十四年选宜章训导，巡抚以便矿故，与清泉对调。论地宜边清腹，论饭宜不足

清有余,惧人以管仲见测也。托矿局提调裕庆、黄笃恭辞之不得,自往面陈悃恳。巡抚曰:'我与君非旧,兹为公耳,其无然。'及抵州,受代者为武陵梅鋈,字澹怀,见面笑曰:'此席待公久矣。吾莅任时梦于酒楼与人联诗,有湖海勾留十二年之句,吾以湖南海防捐入赀得此官,两次验看,恰十二年,而君适来宁非数乎?'"(《联语摭余》页十一至十二)

又案:文中"俞公"、"巡抚",即湖南巡抚俞廉三。

廖树蘅《清泉学署,当郡之西郭外,风荷十顷,花时清香不断,晓露未晞,泼取烹茶香味绝伦》:"池荷泫幽露,走盘如明珠。溪童趁晓来,倾泻入冰壶。年时苦肺渴,对之心怡愉。砖炉手自煎,满耳松风嘘。色绀味微苦,清芬生徐徐。流馥入心脾,飞甘从天衢。中冷与惠山,岂得专名誉。新买六筒芽,品与芙蓉俱。烹煎应火候,色味皆清腴。官虽饭不足,清供固有馀。十斛收莲租,百尾税池鱼。馀征及花露,郑虔有此无。大呼桑苎翁,把臂入林菸。"(《珠泉草庐诗钞》卷四)

玩云楼即事,与季妹珮霞同作

故阁依然纳远光,壁间残墨尚留香。暂圆瀞服终宵梦,无复垂鬟旧日妆。插架芸编容蠹饱,排檐铁马语风凉。

莫因云物频增感，且喜重来乐意长。

案：玩云楼，为廖氏旧宅“春泉堂”之藏书楼，亦为廖基瑜兄弟姊妹读书处。谭钟钧《访荪畡文学沩宁》第一首曰：“贾傅长沙万虑纷，况当孤鹤感离群。直披岳麓潇湘雨，遥访沩山靳水云。四面烟鬟皆入画，双丫螺髻雅能文。昔年题咏摩挲在，倚剑高吟对夕曛。”第三首曰：“频夜鸡人报晓筹，耸肩呵笔泣诗囚。铃儿草下参新句，旌节花前拜故邱。节母墓在宅后。文字未灵伤内顾，江山无恙戒西游。玩云楼下应催雨，哲嗣甫十龄，著有《玩云楼诗草》。不似渔洋总不休。”（《珠泉草庐师友录》卷三）

兄公长女适张氏，孀居二十馀年，未尝一日见其欢容，夫家无可恃者，依母家以居，族人嘉其节，为之立后，赋此慰之

珍重寒松冰雪姿，廿年前赋柏舟诗。新愁旧恨凭谁遣，茹苦停辛只自知。早日伤心悲弱息，只今承祀有佳儿。红氍毹上双垂草，慰汝今宵一展眉。

奉怀两大人清泉学舍

晨昏疏定省，忽忽又经年。别梦萦湘水，愁怀诉杜鹃。连年依薄宦，何日赋归田。松竹今皆长，家园景倍妍。

案：廖树蘅出任清泉训导时，儿女亦常居衙署，每逢暇日，他便与儿女吟诗作对，引以为乐。廖基棫曾作有《清泉学署早春偶作》，诗曰："野桃溪柳自成村，烟外残阳漏一痕。照槛林峦腾雨气，唼池花鸭学人言。田园兴与居民共，弦诵声听比舍温。想见故园松竹下，玉梅犹有未苏魂。"（《瞻麓堂诗钞》卷五）

己酉七月十四日夜感赋

愁绝逢今夕，凄凉满目前。不堪华表月，来照墓门烟。残蜡凝寒泪，悲风怆夜泉。蓼莪篇久废，失恃已三年。

黄节妇诗

节妇宁乡黄主事应逵女，幼字湘乡陈氏，年十四所天告陨，节妇闻之，悲涕不胜。请于堂上愿归陈氏守志，父母不忍夺其志，商之陈氏，择日资送抱木主成礼。逾二十年而亡，与夫合葬礼也。都人士钦其节行，遍征题咏以彰之。余亦作诗一首。

于归犹未赋，已赋柏舟篇。凛冽冰霜操，凄凉绮丽年。苔封湘竹泪，魂箓墓门烟。藉甚金闺彦，征题到处传。

案：黄应逵，字渐之，号铁史，湖南宁乡人。清光绪、宣统时出任刑部主事，亦为南社湘集社员。黄节妇即为黄应逵之女黄蕙清。

廖基植曾作有《黄贞女诗》。诗曰："菱花掩彩孤鸾死，湘竹啼烟泪凝紫。碧海青天抱恨深，君不见，古涟贞妇陈黄氏。贞妇家居沩水旁，巍巍阀阅有辉光。兰仪诞发春云丽，柳絮高吟白雪香。颖川公子人中儁，好逑赓续周南咏。牉合曾凭媒氏书，俪皮已喜同心订。艳阳桃李正芳腴，袅袅年华十四馀。伫看乌鹊填河畔，可奈鸺鹠止坐隅。亭亭玉树罡风折，石破天惊肠寸裂。精卫难填大海波，杜鹃苦泣三更血。暂息人间号未亡，麻衣婉娩拜尊嫜。纫香字翦皮金冷，上精风凄素帱凉。饮冰茹檗沈冤海，白日如烟不相待。黄鹄悲歌甫二年，青山埋恨成千载。沩峤苍苍涟水浏，贞操并峙楚天秋。夜台梁孟成佳偶，从此鸳鸯飞并头。皇皇巾帼犹如此，惭愧衣冠彼都士。夜窗彤管述清芬，留与他年续青史。"(《紫藤华馆诗草》卷三)

廖基棫《陈贞妇诗》："青松倚高冈，郁郁冬弥荣。婉婉黄氏女，秉节何幽贞。生小本名家，绣闼蕤琼英。纫兰持作佩，举止殊端庄。父母并爱怜，字之曰蕙清。相攸得陈郎，苕秀迈等伦。郎家涟水壖，女家乌江滨。两家盛门第，累世为婚姻。女年甫十四，郎齿长四龄。陈氏遣媒来，筮日联衿缨。父母饰奁具，稠迭女儿箱。翡翠七宝钗，金泥百裥裙。明珠三五箧，箧箧腾光莹。流苏压腰衱，一一稳称身。摩挲掌上珠，以迨吉与今。何图命不融，罡风玉树倾。凶问促然至，举室皆惊惶。女也窃闻之，泪下沾罗裳。举言告父母，女为陈氏人。所天虽已殒，女志矢不更。女心如井水，不受缁与尘。女命如鸿毛，视等浮云轻。碎我明月珠，焚我紫绮裙。鬟髻谢铅华，百拜摅哀衷。愿爷送儿去，完我结褵情。父母不忍违，送之陈氏门。麻衣拜舅姑，木主奉夫灵。华灯灿缌帷，见者咸悲辛。晨餐修妇职，夕泪掩孤衾。哀哉未亡人，此身未分明。茹痛逾两载，祈死惟一心。寒鸦夜夜啼，急霰凋霜筠。一瞑竟不视，万古北邙尘。只今涟上山，绰楔双峥嵘。作歌告来者，式此贞妇坟。"(《瞻麓堂诗钞》卷二)

又案：宣统元年(1909)九、十月间，廖树蘅携五子廖基杰作京师之游。从北京返回湖湘后，廖树蘅给京师的同乡挚友去信告之近况诸事。从其日记及书信中，亦有关于黄节女事。廖树蘅《珠泉草庐日记》(宣统元年己酉十月初五日)："晴。……经梅、童送至院中，与绍庵、维藩畅谈。案上有黄节女征诗本，作者如林。据维藩云无有出吾与植、棫之右者，取视不诬。"(《珠泉草庐日记》己酉卷页八十六至八十八)

廖树蘅《珠泉草庐日记》(宣统元年己酉十一月十五日)："夜奉院札，派充官矿处总办，按月加薪水六十两，合前成二百两，无故加薪，义不当受，拟上禀辞之。发俞廙轩侍郎、王炳青京堂、黄寿苍郎中、黄渐之比部、刘绍庵员外、陈完夫拟丞、陶晓秋明府、黄次如侍御、胡谔臣中翰书。尚有周振玉观察、王寓生主政二书未缮发。”(《珠泉草庐日记》己酉卷页一四六至一四八)

廖树蘅《与渐之》:“贤女志节,皭然尤难。在髫年即深明大义,处处与古列女处己之义吻合,令人敬叹。征诗表微,自属我辈所应为行富,广征题咏,以扬芳烈。湘绮为海内尊宿,远近一词,得其只字愈人什百。惟近因其世兄得举拔萃,酬应甚多,不久仍当回湘潭度岁,蹔时未便征,索献岁发春。下走当仍来星垣,度其时此翁亦当下省,便可乘闲为之一言,或诗或词,获其吉光片羽,便足以传。不定须哀诔志铭也。此等表彰芳懿之事,此翁并不受润笔,惟能事不促迫,尚须少需时日,俟之俟之。”(廖树蘅《珠泉草庐书札》第二十三卷)

贺新郎·馀园即事

芳草留春住。叹落花,沾茵堕溷。匆匆别去。好是午晴人定后,蜂蝶纷纷绕树。更无数,游丝横路。一院春光浓似酒,倚雕栏,戏馆风中絮。牢绊着,东皇驭。

年来颇识闲中趣,绿荫边,汲泉支灶,安排茶具。燕子不归春寂寂,柳外朦胧烟雾。只可惜,韶华暗度。绿意红情纷满眼，擘云蓝自写芬芳句。蛙又闹，斜阳暮。

案：贺新郎，词牌名。此调始见苏轼词，原名“贺新凉”，因词中有“乳燕飞华屋，悄无人，桐阴转午，晚凉新浴”句，故名。后来“凉”字误作“郎”字。廖基植《贺新凉·题常宁松柏市仙云楼》：“日明催人老。十三年、萍踪飘泊，劳人草草。破帽残衫吟眺处，忽涌飞楼缥缈。更万顷、澄波环绕。枫叶荻花纷掩映，认依稀、一幅云林稿。浮大白，暮天小。　凭阑苦恨朋知杳，早唤起，玉妃东海，金垒共倒。画栋珠帘天一角，赢得风清月皎。休更问、琼楼仙岛。偌大乾坤容我住，倘他年笠屐重来到。应认取，旧鸿爪。”（《紫藤花馆词钞》卷一）

又案：馀园，是衡田廖氏旧宅“春泉堂”内的一处花园，为廖基瑜兄弟姊妹幼年时读书处。廖基瑜所作的这首《贺新郎·馀园即事》，应为早年之作。

廖树蘅《园居久未修葺，命奴子濬池种树，渐还旧观》，其一：“移来芳树露犹霑，新濬淤池绿满奁。怕碍荷花低著槛，旧栽幽筱密遮檐。髫孩绕砌慈颜喜，帘幕围香午睡酣。怪底惊禽落幽翠，旅生梢出海棠尖。”其二：“翛翛小雨晕池痕，梅子黄时昼掩门。鼓石笋掀苔面出，密林云补鹊巢温。墙连薜荔鼪鼯聚，援植瓜壶世界存。纤槿编茆聊自乐，玉津金谷不须论。”（《珠泉草庐诗钞》卷三）

廖基植《馀园漫兴》三首。其一：“寂历茅斋傍竹开，鸟声花气扑帘来。轻阴几日开新霁，细雨闲阶长碧苔。雏鸭浴池新水活，乳莺调舌午晴才。携锄笑向西邻去，乞得芭蕉手自栽。”其二：“绿荫如幕掩窗虚，尽好园亭慰索居。花落晓风沈蝶梦，客来夜雨剪畦蔬。浇愁每藉床头酒，医懒频探架上书。好是几竿新竹子，隔墙分荫满庭除。”其三：“飞花缀锦草如茵，帘卷风和净软尘。池面攫鱼猫哺子，林间锄药鸟亲人。客因避俗门常掩，诗为频删墨未匀。小妹娇痴勤问字，每来花下立逡巡。”（《紫藤华馆诗草》卷一）

廖基棫《馀园即事柬张明府》二首。其一：“篔筜声动井梧翻，萧索秋风已入关。瀹茗风流竹廊下，怀人心事岭云间。偶开晴阁思招鹤，待向邻翁说买山。若得嘉州从论学，亲人鱼鸟日相还。”其二：“绕屋图书不患贫，宵阑人散尚篝灯。不辞小槛频呼月，喜诵清词若饮冰。厨溜响添深院急，离愁纷似海潮腾。寥天雁唳西风起，欲付音书尚未曾。”（《瞻麓堂诗抄》卷一）

绎雅堂诗钞本

虚斋吊伯兄璧耘

书奩凝尘壁鲜滋，深宵冷月照残卮。循阶竹石仍然在，绕榻琴书未忍移。白发有亲犹涕泣，诸雏无恙尽娇痴。霜毫细写家庭事，寄到黄泉知未知。

案：本诗摘自徐一士先生所作《女诗人廖基瑜》。原诗录自《绎雅堂诗钞本》。民国三年（1914）正月二十二日，廖基瑜之伯兄廖基植在衡田老屋不幸辞世，享年五十五岁。

王闿运《湘绮楼日记》："二月壬午朔。阴。梁璧垣来，未见。和尚来，云廖荪畡有子丧。"（《湘绮楼日记》页三二八八）。

又案：邬同寿，字筱亭，浙之姚江人。少孤贫，既长，以通判试用于湘，不乐卑栖，去而入幕。光绪己亥、庚子年间，廖基瑜之父廖树蘅署清泉校官，邬同寿先生则居衡州府知府唐步瀛幕中。廖树蘅与唐公为旧识，因得识先生。廖树蘅调任湖南省矿务总局总办后，邬同寿又为巡抚庞鸿书治文书。彼此踪迹，同在一方。先生专攻七律，著有《一砚楼诗草》，廖树蘅为之撰序。

邬同寿《一砚楼书札》："荪畡仁兄大人道席：客夏于官钱局晤五世兄，接谈片时，备谇辛亥以后所遭，甚为不快，当托代达殷拳，谅尘聪听矣。前数日入城，在湘绮老人处阅其日记，惊悉璧耘世兄遽赋仙游，我公晚年遇此等事，其何以堪？惟修短有数，似应旷达处之，不必过于伤悼，致碍颐养也。弟自黔筑归来，杜门不出，客岁已于附郭卜筑茆庐，敝眷分城乡两处居住，鄙人住乡时多，盖为避嚣杂也。唐蓬叟已于二月初间谢世，享寿七十有九。身后一切，俱依清制，斯人可谓完人矣，盈盈带水，不克亲奠生刍，至为歉疚。手此敬请道安。暮春甚寒，诸维珍摄。弟邬同寿顿首。"(《珠泉草庐师友录》卷九)

廖基棫《伯兄事略》："兄讳基植，字璧耘，湖南宁乡人，清县学生，候选训导，以主办芰源银场功，赏四等商勋、五品顶戴，甲寅正月二十二日卒，年五十有五。兄生而颖悟，三岁时，先大父培吾府君授以王子安《藤王阁序》，背诵不遗一字。七岁学为诗文，十岁作《石假山赋》，词藻妍丽，音节古雅，湘乡洪彭述、张寿璿为文赠之。一日，兄自塾归，以所填唐多令词呈先大父，阅之直喜，而家君不之信，复命题试之，援笔立就，与前作无少轩轾。家君始信其能。兄读书多务冥思，恒若不经意者，家君深嗛之。张先生发濬，兄妇翁也，馆里中杨氏，家君欲就之谈，虑兄嬉游废学，乃豫命十馀题以难之，限五日成。而兄视之若无难者，不三日诸艺毕具，且无弗佳者。张先生大惊，谓家君曰：'知子莫若父，君竟不自知耶?'时兄犹未成童也。既长，补县学生，屡困乡举，又以家贫，故益不自得。乃游幕福建道，由衢州达玉山，舍舟从陆，资用既尽，不能备舆马，主仆二人连日行泥淖中，备极艰阻。生有至性，母殁庐墓数月，自后道及母生前事，未尝不呜咽流涕。或有事为家君严责，屏息悚惕以待，深自引咎，不敢稍违。待弟妹尤诚挚，常喜举儿时事以为笑乐。基棫读书里中之大雾寺，兄时就谈，尝一夕道及少时与群儿角逐山谷间，及拾薪采药诸事，吃吃不休。邻叟闻而异之曰：'语所谓兄弟怡怡者，君等之谓耶？'基棫性褊不能有容，兄则宽大而亟友爱，于妻子纤毫无所私，每自外归，凡布帛果饵之属，于诸妇子侄分给未尝不均。性质直，与人言无少唯阿。朋友有过，常面告之，人亦谅其谅直。作事有终始而能任劳。光绪丙申，家君办矿常宁水口山，兄随侍坑所。家君旋以清泉学官兼理矿务，凡劳苦琐事皆兄任之。后家君调主省局，山中诸务，大府悉以委兄，每日天未明即起，就灯下先读四子书或宋五子书数章，然后乃治公事，日中钞书一纸。数年之间，手写《周礼》一册、《仪礼》一册，县人周世教《医书》一部，首尾端楷若一。夙澹名利，事有功不求表禩，或有誉之者，辄退然若不自胜。财非分一介不取，居矿山十馀年，无一浪费，屡求退未得，卒以积劳成疾，致两患背疽。国变后，辞职还山，未及两年，以劳疾卒。当事录治功呈请优奖，以恤其劳。呜呼！以兄之恬淡，岂以是为荣哉！兄诗文有法度，然不自矜重，作则随手散佚，不常示人。唯江苏李宝淦、江西涂楙儒两先生时有唱和，湘潭王湘绮先生颇称兄贤，先生尝谓家君曰：'吾又得与汝郎君交好矣。'盖兄以居母忧时奉书先生，并享以物。先生责其居丧遗人非礼。兄乃引罪自谢。先生复书云：'昨贡直言，深蒙嘉纳，然非闿运无此戆拙，非吾贤无此虚衷，但引訾太过，使闿运反悔直致也。'先生因此转重吾兄，自是书问往来无虚日。兄所著书，已刊者有《紫藤华馆诗草》四卷、《紫藤花馆词钞》一卷、《净绿轩词钞》一卷，未刊者《文》二卷、《骈文》一卷、《丧礼辑略》二卷、《矿学须知》一卷、《书牍》六卷，《日记》起丙申、讫甲寅，直至卒前三日始绝笔，共二十七卷。呜呼！兄劳勚既久，年命又促他无所成，良足深痛。然即此可见其平生矣。配张宜人，先二年卒。继娶喻氏。子一人，张宜人出，孙一人、孙女三人。基棫庸陋，不能表扬吾兄，惟思托贤人文章，以垂不朽。谨状其略以俟焉。"（《瞻麓堂文钞》卷二）

中元夜书感

凄凉当此夕，而我独情伤。难释心头恨，频添鬓上霜。残烟萦蜡泪，空院咽寒蛩。欲觅昙花影，幽冥事渺茫。

案:本诗摘自徐一士先生所作《女诗人廖基瑜》。原诗录自《绎雅堂诗钞本》。

虚 馆

虚馆萧条落日斜,西风凄恻撼窗纱。香萦宝鼎灵犹在,人去空园鸟不哗。检点遗书皆涕泪,凄凉荒圃剩黄花。愿随极乐西归去,世乱年来更可嗟。

案:本诗摘自徐一士先生所作《女诗人廖基瑜》。原诗录自《绎雅堂诗钞本》。

百花生日感奋,寄怀诸兄弟

韶光荏苒浑如梦,少日欢踪未可忘。官阁聊吟记畴昔,白头含笑费评量。先君官清泉训导,予与诸兄弟随侍署中,每逢胜日,必命赋诗,引以为乐,今忽三十馀年矣。揭来人事多更变,老去情怀易感伤。独有闺中小儿女,彩红争系祝花王。

案:本诗摘自徐一士先生所作《女诗人廖基瑜》。原诗录自《绎雅堂诗钞本》。

上元夜雨有感

旧事回思欲断肠，况逢佳节倍凄凉。曩岁严儿于是日病加剧，不十日即逝世。春回大泽冰初泮，云暗中天月隐光。火树银花纷灿烂，笙歌弦管闹悠扬。游人不解时艰事，笑语欢腾夜漏长。

案：本诗摘自徐一士先生所作《女诗人廖基瑜》。原诗录自《绎雅堂诗钞本》。

咏　菊

乍传芳信到东篱，冉冉寒香破竹扉。冒雨竞开佳节近，无人能插满头归。近世妇女皆前发。高风陶后闻犹鲜，晚节年来见亦稀。不向春风斗芳艳，为嫌蝶绕与蜂围。

案：本诗摘自徐一士先生所作《女诗人廖基瑜》。原诗录自《绎雅堂诗钞本》。

秋宵词

秋宵渐渐长，轻飙袭罗幕。去燕怅离巢，蟋蟀凄繁露。

凉堂语寂兰膏冷，街柝声残莲漏永。震地江声破梦来，寥天昏暗银河影。

案：本诗摘自徐一士先生所作《女诗人廖基瑜》。原诗录自《绎雅堂诗钞本》。

七十初度述怀

偶届古稀岁，浮生叹渺茫。观河徒引感，觅句每多忘。枨触当年恨，凄然暗自伤。骊歌休更唱，游子意彷徨。时儿宪将有陇右之行。

案：本诗摘自徐一士先生所作《女诗人廖基瑜》。原诗录自《绎雅堂诗钞本》。伯纪为廖基瑜长子梅焯宪之字。梅焯宪在年幼时，湘中名儒王闿运曾作联赠之，其联曰："立身宜法李忠定，好学还思曾伯涵。"梅焯宪的曾祖父梅钟澍与曾国藩同榜进士，入选翰林院庶吉士，授礼部仪制司主事。道光二十年(1840)，钟澍因病在京溘然长逝，享年四十四岁。梅钟澍辞世后，邑人李隆萼为之作墓志铭，其友曾国藩为之作传。曾国藩挽梅钟澍联云："万缘今已矣，新诗数卷，浊酒一壶，畴昔绝妙景光，只赢得青枫落月；孤愤竟何如，盛业千秋，贻谋百盛，平生未了心事，都付与流水东风。"

廖基棫《琬芗大妹七十寿序》："吾父母育吾兄弟七

人，女弟三人，四弟生后，吾父甚欲得一女，及妹生，钟爱特甚，后又连育两妹，二妹早夭，存者惟妹与三妹耳。最后，母又生五弟、六弟、七弟。七弟甚聪慧，三岁殇，于是吾兄弟姊妹凡八人，均已长成。而吾母至此缝纫补缀之事为极苦矣。吾兄弟读书姿性均不及妹，时吾家甚贫，不能延师课读，而吾父又连年客外，妹五岁随伯兄读书馀园。馀园者，吾父辟为予兄弟学塾者也。妹每日晨起盥毕，怀书策自内庭出，徐行入塾，拂几，面窗坐，从容启书，命之读即读，未尝以为苦。当日长人静时，缘窗潜扃，花竹掩映，窃听吾妹诵声喃喃不辍，心喜甚。推扉入，为大笑者久之。此时天真烂漫之趣，兄弟姊妹相爱之情，不知人世间尚有何事为至乐也。既而学为诗，出语辄惊长老。时吾父客张掖，妹作诗奉怀云：'儿有音书托南雁，天涯万里祝平安。'字字从至性流出，虽老于诗者，亦无以过。吾父阅之，几莫信其为妹之作。盖此时妹学诗犹未久也。自是为之益勤，境益进，骎骎乎有古人之风矣。既长，适同县梅霖生太史之孙雯青，倡随相得。雯青从予游有年，工文章而不能诗。一日，县令课经史词章，雯青令吾妹作诗，竟列高等，衡文者录其诗入选，即今《绎雅堂集》中所存《打稻》四律是也。妹性恬静，凡世俗之事，不足以撄其心，但取读书自适而已。有四子二女，中间各丧其二，似又有以厄吾妹者。然妹一生，襟怀旷达，虽不免戚形于色，而亦不以自扰其有主之胸。盖于学充然有得于中也。今岁六月十四日，为吾妹七十生朝。尝戒其子弗延贺客，而族姻之必欲来颂祷者，仍得置酒高会。而吾兄弟仅存者三人，年少者亦六十矣。独无一言为吾妹寿，有是理哉？乃叙我兄弟姊妹少时聚首之乐与老大欣戚之怀，为文以祝之。夫人生百年之内，回思往事，可感者恒多，可慰喜者盖少也。今以吾妹观之，而可喜可慰者实居多焉。梅氏为县中望族，门第清高，芬泽绵远，而又内外雍穆，子弟彬彬有礼法，于吾妹前咸知敬礼，吾甥伯纪通敏有干才，为当道所引重，子妇贤孝，操持家政不以琐事累吾妹。诸孙男女皆聪敏能读书，不负当日含饴之乐。凡此皆可喜慰者，何必于生日避客耶？惟予与三弟均近八十之年，不能前往称祝，兹由六弟率诸侄为吾妹进一觞焉。想妹当欣然受之也。”（《瞻麓堂文钞》卷一）

断肠词五章

案：梅焯靖、梅焯严卒后，廖基瑜作《断肠词》五章，以发哀思，有“那堪肠欲断，悲绝此残年”，“凄凉深树鸟，同作断肠声”等句。廖基瑜第三子梅焯严，性行纯笃，嗜学勤读，诗文雅劲有家法，民国十六年（1927）卒，年二十三。四子梅焯靖，学行类焯严，诗文足相亚，民国十五年（1926）卒，年才十九。梅焯严遗稿曰《悔盦诗存》，梅焯靖遗稿曰《樗园诗存》，思清笔健，所诣已颇精，使天假以年，进境尤未可量。廖基棫、梅英杰各为作序，足彰其诗，亦足传其人也。

廖基棫《梅外甥遗诗序》："呜呼！此外甥梅叔常遗稿也。叔常年二十一卒。其所为诗甚多，而存者仅此而已。盖叔常于殁之前数日，将生平诗文悉烧之，家人罔有知者。其兄伯纪哀之，甚不忍没其勤苦之志，于故纸堆中及亲友人所搜录得如干首，编为一卷。欲与叔常存身后之名，乞予一言序之。夫叔常之于书，固已无所不窥，古文亦有家法，诗则自汉魏以及唐宋诸家，皆手录成帙，朝夕讽诵不辍。尝一日与予论诗，谓：'学诗宜从唐宋以上窥汉魏，若先学汉魏，非摹拟不能得，久则必成优孟衣冠。'又云：'诗不以纯静养其体，则词必放诞而不拟所论，凡数十往复无不曲当。'予深韪之。叔常亦窃目喜其所为诗，委婉恬适，有才而不逞，有气而不使之露，选词命意不失风人之旨。此其所以为吾叔常之诗也。嗟乎！叔常之才质既敏矣，而其刻苦励学，实又与才质相称。咸谓可以造于古人之域。惜其早逝，而未成也。然以叔常之虚衷好学，如是充其力之所能及，其不至于古人之域而安往哉？其时，予从孙湘玙少叔常五岁，尝与同学，其勤敏刻励与叔常等，年十六殇。所为经义史论均有卓诣，叔常亦喜与商证得失。然未尝见其学诗，及搜其遗箧，所钞唐宋人诗已成巨册，乃知其有志于诗而未之发也。因序叔常之诗而并及之，以示予之哀，叔常亦以哀湘玙也。”(《瞻麓堂文钞》卷一)

哭长女焯孝

案：本诗题摘自徐一士所作《女诗人廖基瑜》，原存于《绎雅堂诗钞本》。可惜原诗已散佚。

廖基棫《外甥女梅酉姑墓志铭》：“梅酉姑，余外甥女也。其母始生一女，不育，逾年生酉姑。家人以其非男子，遂命之曰‘酉儿’。酉、有谐声，冀母生男，于是人皆称为‘酉姑’。酉姑甚聪慧，父母笃爱之，少时尝随其伯父读书，颖悟异于常儿，旋习针黹，高出诸女。长学作字，即有意致，道州何蝯叟以善书名当世，酉姑习而好之，数月能得其神。既又习隶书，波磔毕肖，尤通文理，常作书寄弟京师，千馀言援笔立就。年十八嫁里中刘氏，家人上下咸宜之婿曰：‘世模好学能诗，与酉姑甚相得。’自是书法日益进，殁之前数月，随其母来余家，书楹帖数幅，见者莫辨其非道州字也。然酉姑不自表褛，故知其工书者绝少。性端静，不苟言笑，事父母惟恐不当其意，待婢媪无疾言遽色，生平未尝一言人短。归宁时，无琐屑私诉语重父母。忧病已殆，自知不起，犹不忍言死，以伤父母也。以乙卯四月某日没于母家，其姑闻之，一痛陨绝，诸父兄弟姊妹哭皆尽哀，感动邻里。其伯父梁杰哭之尤痛，尝曰：'人能道吾酉姑一字之失，吾不信也。何天夺之速耶？'呜呼！酉姑之贤可知矣。酉姑讳焯孝，字湘苹，生于光绪癸巳八月二十五日，年二十有二，无子，葬某山，舅氏廖基棫为文以志其墓铭曰：'孰谓汝穷？有文藻，以昌其躬；孰谓汝亨？胡负才慧而早终，诚天道之莫测，亦理数之难凭，我铭其幽，以塞汝母之恫，汝其憺乎幽宫？'"（《瞻麓堂文钞》卷二）

检阅亡女焯孝小照凄然成韵

案：本诗题摘自徐一士所作《女诗人廖基瑜》，原诗存于《绎雅堂诗钞本》。惜原诗已散佚。徐一士先生曾如此感言："廖基瑜所作《哭长女焯孝》、《检阅亡女焯孝小照凄然成韵》诸诗，均怆恫悲楚，令人不忍卒读。"

挽长女焯孝

长女焯孝，在家为尊属钟爱，适刘氏，自重闱以下，莫不宜之，婿亦相敬如宾，处境恬适，可以无死，一旦溘然，内外亲并加愍悼。余夫妇摧伤几难自克，爰撰联挽之，一以世方多难，生寄不如死归，引此为之解脱，亦以妄塞悲之意也。乙卯四月二十二日绎雅老人并记。

聚为骨肉，散为风烟，明知聚散靡常，奈廿载恩勤，滚滚爱河流不尽！

存也奚荣，亡也奚戚，要识存亡有数，况多生烦恼，茫茫宙合浩无边！

案：本联摘自徐一士所作《女诗人廖基瑜》。廖基瑜长女梅焯孝，字湘苹，淑慧有母风，颖悟过人，通文史，尤工书法，凡名人之字，见即能摹写逼真，学何绍基极神似。适刘氏。民国四年(1915)卒，年二十二。外祖父廖树蘅为其作挽联云："福慧本难双，如此聪明宁耐久；老怀原易恶，那堪殇逝重愁予。"

附录

女诗人廖基瑜

徐一士

清光绪某岁，湖南宁乡县令课士以经史词章，邑士梅毅杰，工文章而不能诗，诗由其妻廖基瑜代作，竟列高等，衡文者录其诗入选。基瑜，字琬芗，诗集有《绛雅堂诗录》，其中《打稻四首》、《咏怀古迹七律五首》即是，知其事者传为佳话焉。

《打稻》云：

沸耳遥闻打稻声，清秋风日喜新晴。
香吹野舍禾场净，凉透斜阳笠影轻。
洒玉抛珠看错落，肩挑担荷乱纵横。
归来更约明朝事，起看天河挂户明。

熹微才露曙光鲜，晓露瓜花正满田。
收获况逢新霁候，辛勤宜趁早凉天。
茶香小憩疏林影，饭熟残萦屋角烟。
一幅幽风好图画，杖藜人与话丰年。

溪水澄鲜衬落霞，西风耞板正喧哗。
黄云渐逐原头尽，白日频防雨脚斜。
狼戾岂容抛秉穗，豚蹄曾祝满篝车。
乡村此日饶佳趣，篱落红开饱饭花。

萧琴西风动早秋，前期筑圃信良谋。
香濡露穗防乌啄，声急霜镰迨火流。
玉粒应怜人汗血，金穰幸验岁丰收。
了完租税无馀事，犬吠柴门未应愁。

与《咏怀古迹》，均脍炙人口也。

《绎雅堂诗录》二卷，刻于清庚戌（宣统二年），皆四十岁以前之作，蕲水郭曾筠（曾国藩子纪鸿之妻）为撰叙有云：

余行年六十馀，于世间纷华可喜之事，都无所好，惟古今诗人呕心披肝之作，则日览数十卷，惟恐其尽，名篇佳句，日讽数十过，不觉其疲；于闺阁之作，尤为细意推敲，以考当时风俗政教，其感动于女子之心而形于兴观群怨者奚若。少年时取正始集批评一过；抵湘则考求湘中女子诗文。其总集若《沅湘集》中闺秀一门，别集中若《湘阴左氏闺秀集》诸家，下至一篇之传钞，一联之摘句，靡不珍而录之。顾裒集虽多，而心折殊罕。今观琬芗之诗，妙句天成，不事雕饰，格律固秉于庭训，机杼实出于慧心。吾乡后进闺阁诗才称何氏懿孙张氏秉彝，得吾琬芗骖靳其间，无优龙劣虎之可言矣。何氏亦击节琬芗，观集中仪孝堂诗可见。余近刊诗集，煞青既竟，当以质吾琬芗，问天宝末年时世妆于今定何如也。

盖前辈女诗人之称许如是。绎雅堂诗，本原家学，清才雅诣，不为父兄所掩。“格律固秉于庭训，机杼实出于慧心”，良为的评。（何氏题其诗稿，有“选楼咏史兄相友，伏胜传经父是师；更有解围青步幛，一家文采擅当时”，“修到梅花成秀骨，本来明月是前身；他时傥许聊吟社，自愧铨材叹积薪”，“三月莺花开绮思，一奁秋水想丰姿；楚湘自是骚人国，兰芷芬芳尽入诗”等句。）四十岁以后，以夫家母家迭有死丧之戚，时生悲感，抑抑寡欢悰，吟兴大减，所作较少，泰半凄婉之什也。裒为续集，尚未付刊，近亦获读钞本。兹更就两集移录十馀首，传见绎雅堂诗风格之大凡：

《春晴》：

雨后闻啼鸟，春寒刺绣难。
潺潺咽流水，皜皜出林端。
野笋掀泥长，园花落地残。
乍晴天气好，鸥鹭满前滩。

《昔昔盬为邻妇成氏作》：

日夕倦登楼，愁见垂阳溪。

垂阳荡空碧，上有孤鸿栖。
荡子隔关山，思妇依空闺。
终掩双鸾镜，常鸣半夜机。
银河影尚明，织女光就微。
藁砧在何许，夜夜梦中归。
悠悠江水长，一去无还期。
年年复岁岁，有泪向谁啼！

《秋夜二首》：

皓月明如镜，清光透碧纱。
乱虫吟不住，香露湿槐花。

风卷浮云去，天空一雁来。
谁家吹玉邃，流韵入池台。

《静室》：

深院无人到，香残满案尘。
落花谁扫去，芳草绿成阴。

《风铃曲》：

历历鸣寒檐，切切如私语。
风来无定向，撩乱声如许。
遽然午梦醒，惊听疑新雨。
晴院悄无人，惟见飞花舞。

《家大人远客张掖，匆匆一年，违侍日久，怅然成咏》：

故园容易又秋残，惆怅思亲独倚栏。
垂老他乡犯泥滓，残年归梦阻涛澜。
焉支山下平沙阔，羌邃声中朔气寒。
儿有音书托南雁，天涯万里祝平安。

《已酉七月十四日夜感赋》：

愁绝逢今夕，凄凉满目前。
不堪华表月，来照墓门前。
残蜡凝寒泪，悲风怆夜泉。
蓼莪篇久废，失恃已三年。

《崇祯癸未，张献忠犯宁乡，绅士陶沄等百三十六人聚县城，与知县邱存忠议拒守，贼至被拘，系于北门外，立赤白二帜，持刀胁降，愿降者立赤帜下，沄等相率依白帜，戟手大骂，贼怒骈诛之。见新化邹先生叔绩所撰〈宁乡令邱存忠殉难记〉，县人就地建祠，岁时展祀，地志语焉不详，知者渐少，湘人不善为名，若在江介中，不知若何表彰矣。诗以纪之》：

百卅六人同茹刃，煌煌节义冠云霄。
玉潭澄澈臣心皎，碧血凄凉石阙标。
坏劫红羊天似醉，清流白马恨难消。
祠堂日暮灵旗展，如见当年白帜飘。

（以上录自刻本。）

《虚斋吊伯兄壁耘》：

书蠹凝尘壁鲜滋，深宵冷月照残卮。
循阶竹石仍然在，绕榻琴书未忍移。
白发有亲犹涕泣，诸雏无恙尽娇痴。
霜毫细写家庭事，寄到黄泉知未知！

《中元夜书感》：

凄凉当此夕，而我独情伤。
难释心头恨，频添鬓上霜。
残烟萦蜡泪，空院咽寒蛩。
欲觅昙花影，幽冥事渺茫。

《虚馆》：

虚馆萧条落日斜，西风凄恻撼窗纱。
香萦宝鼎灵犹在，人去空园鸟不哗。
检点遗书皆涕泪，凄凉荒圃剩黄花。
愿随极乐西归去，世乱年来更可嗟。

《百花生日感奋，寄怀诸兄弟》：

韶光荏苒浑如梦，少日欢踪未可忘。
官阁聊吟记畴昔，白头含笑费评量。

先君官清泉训导，予与诸兄弟随侍署中，每逢胜日，必命赋诗，引以为乐，今忽三十年馀年矣。

揭来人事多更变，老去情怀易感伤。
独有闺中小儿女，彩红争系祝花王。

《上元夜雨有感》：

旧事回思欲断肠，况逢佳节倍凄凉。
曩岁严儿于是日病加剧，不十日即逝世。
春回大泽冰初泮，云暗中天月隐光。
火树银花纷灿烂，笙歌弦管闹悠扬。
游人不解时艰事，笑语欢腾夜漏长。

《咏菊》：

乍传芳信到东篱，冉冉寒香破竹扉。
冒雨竞开佳节近，无人能插满头归。
近世妇女皆前发。
高风陶后闻犹鲜，晚节年来见亦稀。
不向春风斗芳艳，为嫌蝶绕与蜂围。

《秋宵词》：

秋宵渐渐长，轻飙袭罗幕。
去燕怅离巢，蟋蟀凄繁露。
凉堂语寂兰膏冷，街柝声残莲漏永。
震地江声破梦来，寥天昏暗银河影。

（以上录自钞本。）

其诗盖均名隽饶韵致，不同凡响。（兼善倚声，不常作，所见惟诗录卷末《贺新郎·馀园即事》一首，亦甚工倩。）基瑜幼慧，初学为诗，出语辄惊长老。思亲张掖一首，至性流露，真挚动人，“儿有音书托南雁，天涯万里祝平安”句，见者莫不称叹，时学诗未久也。（集中伤逝怀离诸作，语挚情真，均见天性之笃厚。）湘乡张发濬为其伯兄基植之外舅，博学多闻，每至其家，与其父树蘅谈艺，闻其学为诗，即命题面试，时戒途将发，限刻呈稿，挥毫而就，未逾晷刻。《绎雅堂诗录》卷一《伫月》、《待燕》、《登楼》、《听莺》、《焚香》、《试茗》、《看云》、《扫屋》、《对镜》等九首是也。工而且速，髫年已然，发濬尝遍告同人，共惊其慧捷焉。树蘅夙甚钟爱，于此亦引为得意之事，晚年犹每欣然称道及之。

梅廖两家，宁乡望族，均累世书香，一门风雅。梅钟澍以翰林改官礼部，学行高卓，名重当时，未及有所展布，遽卒。其友曾国藩至深悼惜之。子三人，宣恩知县镜源，景宁知县鉴源，徽州知府锦源，咸有声绩，无忝名父。子孙辈克承先德，称其家风。（锦源长子英杰，著述美富，其《胡文忠公年谱》甚翔核，尤推杰构。胡林翼少时以年家子问业于钟澍，后官湖北抚巡，引锦源参幕府，通家之谊甚笃，故闻见特为亲切。）基瑜之夫毅杰，镜源第五子也，基瑜为廖树蘅长女，（自幼最为父母珍爱。树蘅《珠泉草庐诗钞》卷一《春日杂感》第二首有“更有牵衣女，娇小好眉目。晴晓报花开，镫窗乱笺牍。痴憨倚大母，言笑多婉淑”等句，即谓基瑜也。又卷三《长女归梅氏诗以命之》三首，词意殷谆，亦征钟爱珍重之情。）树蘅宿儒，以名诸生长玉谭书院，官清泉训导，擅文学，与陈宝箴三立父子暨王闿运曾广钧等相切磋，世所称珠泉老人也。其事功之著，在办矿。受命大府，主常宁水口山矿务，运以精心，持以毅力，绩效大彰，誉播中外。长子基植于其调主省局，接办斯矿，遵其成画，亦著劳勋。虽今已去世有年，言湘省矿事者，犹乐道廖氏父子不置。树蘅子女长成者凡六子二女，基植、基棫、基朴、基懋均基瑜之兄，弟为基杰、基栋，妹则珮霞（适彭）。兄弟姊妹共治学时，怡怡相师友，家庭乐事，洵足美也。基瑜适梅后，为妇为母，皆有淑闻，家世儒素，勤俭持之。生子女八人，长成者凡六，近惟长子焯宪奉侍，养志承欢。次子焯良，于襁褓中出嗣夫兄梓杰为后。两女淑慧有母风。长女焯孝，颖悟过人，通文史，尤工书法，凡名人之字，见即能摹写逼真，学何绍基极神似，适刘氏，民国四年卒，年二十二。（基瑜诗以哭之，并挽以联云：聚为骨肉，散为风烟，明知聚散靡常，奈廿载恩勤，滚滚爱河流不尽！存也奚荣，亡也奚戚，要识存亡有数，况多生烦恼，茫茫宙合浩无边！附识：“长女焯孝，在家为尊属钟爱，适刘氏，自重闱以下，莫不宜之，婿亦相敬如宾，处境恬适，可以无死，一旦溘然，内外亲并加愍悼。余夫妇摧伤几难自克，爰撰联挽之，一以世方多难，生寄不如死归，引此为之解脱，亦以妄塞悲之意也。乙卯四月二十二日绎雅老人并记。”又树蘅联云：“福慧本难双，如此聪明宁耐久。老怀原易恶，那堪殇逝重愁予。”基棫为撰墓志铭，著其生平，深嗟其贤而不寿。）次女焯怡，适张氏，事翁姑能得欢心，民国十四年卒，年二十四。三子焯严，性行纯笃，嗜学勤读，诗文雅劲有家法，民国十六年卒，年二十三。四子焯靖，学行类焯严，诗文足相亚，民国十五年卒，年才十九耳。（焯严遗稿曰《悔盦诗存》，焯靖遗稿曰《樗园诗存》，思清笔健，所诣已颇精，使天假以年，进境尤未可量。基棫、英杰各为作序，足彰其诗，亦足传其人也。）基瑜屡遘子女丧亡之酷，伤悼难释，焯靖、焯严卒后，作《断肠词》五章，以发哀思，有“那堪肠欲断，悲绝此残年”、“凄凉深树鸟，同作断肠声”等句，与所作《哭长女焯孝》、《检阅亡女焯孝小照凄然成韵》诸诗，均怆恫悲楚，令人不忍卒读。

去年夏间，基瑜七十生日，有《七十初度述怀》云：“偶届古稀岁，浮生叹渺茫。观河徒引感，觅句每多忘。枨触当年恨，凄然暗自伤。骊歌休更唱，游子意彷徨。（时儿宪将有陇右之行。）”盖隐痛未忘也。其仲兄基棫（年垂八十，文坛老宿），寿以序，谓：

吾兄弟读书姿性均不及妹。时吾家甚贫，不能延师课读，而吾父又连年客外，妹五岁随伯兄读书馀园。馀园者，吾父辟为吾兄弟读书者也。妹每日晨起盥举，怀书策自内庭出，徐行入塾，拂几面窗坐。从容启书，命之读即读，未尝稍以为苦。当日长人静时，缘窗潜扃，花竹掩映，窃听吾妹诵声喃喃不辍，心喜甚。推扉入，为大笑者久之。此时天真烂漫之趣，兄弟姊妹相爱之情，不知人世间尚有何事为至乐也。……妹性恬静，凡世俗一切之事，不足以撄其心，但取诗书自适而已。有四子二女，中间各丧其二，似又有以厄吾妹者。然妹一生襟怀旷达，虽不免戚形于色，而亦不以自扰其有主之胸，谓非由学识中来与？……夫人生百年之内，回思往事，可感者恒多，可以慰喜者盖少也。今以吾妹观之，而可喜可慰者实居多焉。梅氏为县中望族，门第清高，芬泽绵远，而又内外雍穆，子弟彬彬有礼法，于吾妹前咸知敬礼。吾甥伯纪，通敏有干才，为当道所引重。子妇贤孝，操持家政不以琐事累吾妹。诸孙男女皆聪敏能读书，不负当日含饴之乐。凡此皆可喜可慰者，夫岂易得耶？

述曩慰今，友爱之怀若揭。其家庭状况，于斯亦可略知其概焉。掌珠咸霞，玉树迭摧。（其间冢妇宋氏亦病殁。）夫君忧伤卧病，又于民国十八年下世，主年怅触，自有不易忘情者，而如基棫所云，可慰者固有在也。（伯纪为其长子焯宪字，幼时王闿运书联以赠云："立身宜法李忠定，好学还思曾伯涵。”以字同李纲，先世又与曾国藩有交也）。

案：本文原载于《大风（香港）》（1938 年 5 月 25 日出刊）第九期。由魏绍昌总主编，吴组缃等卷主编，1996 年上海书店出版社出版发行的《中国近代文学大系 1840—1919 第 12 集 第 30 卷 史料索引集 2》中亦有编目索引。

徐一士（1890—1971），原名徐仁钰，字相甫，号蹇斋。曾自号亦佳庐主人。辛亥革命前后，以“一士”为笔名为各大报章撰文，遂以徐一士之名行世。作为近代掌故大家，徐一士所撰掌故小品，保存了不少珍贵的历史资料，被誉为“晚近掌故史料之巨擘”。生于山东，北京宛平人，祖籍江苏宜兴。徐一士祖上为宜兴大族，清中叶以后科举极盛，即其家乘《繁衍集》所谓“父子三翰林”、“三代十科十二举人”、“祖孙父子叔侄兄弟同登科”、“一时同堂五进士”等等。其兄徐凌霄（1882—1961），原名仁锦，字云甫，号简斋。曾任农林部主事、北平大学艺术学院戏剧讲师、平民大学新闻文学教授、盐务专门学校教员、《京报》创始人、上海《时报》特约撰稿等，与邵飘萍、黄远生并称“清末民初三大记者”。宜兴徐氏与宁乡廖氏有通家之好，徐一士之堂兄徐仁铸，曾任湖南学政，积极参与维新变法，与廖树蘅、廖基植父子颇有交谊。廖树蘅外孙梅焯宪与徐一士亦多有诗书往来。

廖基瑜年谱简编

廖志敏

清同治七年戊辰(1868)　出生

廖基瑜于农历六月十四日(7月31日),出生于湖南省宁乡县衡田老屋。

案:廖氏先世原籍江西泰和。在南宋时,其先人廖庸,字以名,号奇聪,一号明甫,素谙方略,与名将孟珙一道抗金,因为护驾有功,被宋理宗皇帝敕封为"护国公",镇守潭州,世袭"指挥职"。廖庸的曾孙廖城景,字庆云,官"指挥职"。元朝延祐年间,由长沙卜居宁乡之衡田,世居于此,即衡田廖氏之由来。自四世祖廖城景以降,数百年来,宁乡廖氏,不仅资财丰厚富甲里中,而且家族文脉源远流长。

廖基瑜的高祖父名锦江,其经济、文章均被时人所称颂,被清政府赠"荣禄君"。曾祖父名含章,字芬田,国子监生,被清政府赠"奉直大夫"。廖含章是湘中宿儒,学者称为"芬田先生",他为人识量宏朗,颇有名德,以让产闻名乡里，县人称之为“宁乡第一孝友”。廖含章著有《松泉书屋文钞》、《春泉堂诗钞》、《廖氏五云庐志》等。晚清湘中名儒王闿运先生为其撰述墓志铭。祖父名新端，字培吾，国子监生，府知事衔，被清政府赠“修职郎”。廖新端曾任宁乡县知事，“正直檄使，治一方之事，亭决可否，一秉至公”。

父亲名树蘅，字荪畡，一字笙陔。道光庚子(1839)十月二十三日出生，民国癸亥(1923)五月二十七日卒于家，年八十四。廖树蘅是湖南近代著名诗人、实业家、湖南近代维新运动的重要人物、水口山铅锌矿开拓者、中国近代铅锌矿业先驱。他曾先后出任宁乡玉潭书院院长、水口山矿务局首任总办、郴州宜章县训导兼水口山矿务局总办、衡阳清泉县训导兼水口山矿务总办，湖南省矿务总局提调、总办。清政府为了表彰他开发湖南矿业的功绩，特赐二等商勋、加三品衔，并授“荣禄大夫”。

母亲张清河，湖南宁乡二都瑶里人。道光十八年(1838)出生，咸丰七年(1857)十九岁时适同邑廖树蘅。光绪三十三年(1907)七月十四日卒，春秋六十有九。王闿运先生为其撰述墓志铭。张夫人与廖树蘅先后生育子女十人，除七子基棣、次女二二殇外，长成者八人，分别为基植、基棫、基朴、基懋、基杰、基栋六子及基瑜、基璿二女，子女均各有成就。基植，附贡生，候选训导，湖南近代著名诗人，水口山矿务局第二任总办，以经营管理水口山矿有功，被清政府赐四等商勋、五品顶戴。基棫，附贡生，州同衔，湖南近代著名诗人，水口山矿务局早期管理者。基朴，中书科中书，早期亦曾参与水口山矿务局的管理。基懋，主薄。基杰，县丞，湖南近代著名画家。基栋，同知衔。长女基瑜适梅，三女基璿适彭。基瑜、基璿均负诗才，长于吟咏。

同治八年己巳(1869)　一岁

是岁，基瑜居衡田老屋。时父亲廖树蘅在岳麓书院读书求学。

廖树蘅《游麓山记》："岳麓踞湘水以西，去郡郭约六七里。自宋以来建书院，经朱、张讲学，名益彰。余以同治丙寅庚午之岁读书山中。"(《珠泉草庐文录》卷一)

夏，山潦暴涨，宁乡滩山铺、横市沿河堤围多冲断。

《民国宁乡县志·故事编·县年记》："同治己巳，夏，山潦暴涨，滩山铺、横市沿河堤围多冲断。"(《民国宁乡县志》页一五五至一五六)

冬，父亲廖树蘅与族叔祖廖祖桢共同主持修葺乌牛山廖氏四世祖祠。

廖树蘅《族父啸汀八十寿诗并序》："祖墓在县西乌牛山，同治己巳，父老倡建族祠，命余与君董其事。"(《珠泉草

庐诗后集》卷二）

案：廖祖桢，字啸汀，宁乡诸生，候补知县。与廖树蘅同四世祖，平生契合，终始无间。廖树蘅撰《五云庐志续编》云："祖桢有刘季绪之癖，好词人文章，尤不喜谈诗。五十以后，自陇上归，忽耽吟咏，甚工，人笑之以为季绪将变为高常侍矣。惟诗多苦心，将毋因时局日艰，瞻乌靡止，有激而云耶？同治时，乌牛山建祠，祖桢实与树蘅共之。当日鸠工庀材，经之营之，祖桢出力尤多，功不可没也。卒年八十三。"（《珠泉草庐师友录》卷四）

同治九年庚午(1870)　两岁

是岁，基瑜居衡田老屋。父亲廖树蘅仍在岳麓书院读书。从衡田至长沙道过靖港，为水神庙撰写楹联。

廖树蘅《联语摭余》："同治庚午，买舟赴岳麓道此。守邸者索书神联，仓卒以应，集骚与之。句云：'驷玉虬以乘鹥，朝发苍梧，夕至县圃；登白苹兮骋望，沅湘无波，江水安流。'"（《联语摭余》卷一页二）

四月初三日(5 月 3 日)夜，宁乡哥老会聚众起事，盗去县团练局枪支，劫北门钱庄。

《民国宁乡县志·故事编·县年记》："庚午同治九年四月初三夜，盗劫团练局枪械及北门钱庄四家，死者二

人。”(《民国宁乡县志》页一五六)

《湖南近代百年史事日志》(1870):“四月初三(5月3日),宁乡哥老会聚众起事,抢团练局军械,劫北门钱庄。”(《湖南近代百年史事日志》页六六)

十二月十三日(1871年2月2日),祖父廖新端辞世,享年六十四岁。

廖树蘅《先考墓道述》:“先考培吾府君既殁二十有九年,碑墓未立,不肖子树蘅夙夜丛疚,不能释然,会将之学官任,惧去远而修治无期,乃召工伐石,封筑如式。匆遽未及求名公撰表,爰自叙述府君一生行事,刻石以揭于阡。我廖氏先世,大抵皆务农,至我高祖克昇公,以勤俭起家,为里中富人。曾大父孔殷公始读书。大父芬田公益勤其业,精研经史,往往得要旨,复躬行孝悌,推让同气为人情所难。育府君兄弟三,伯季两父均能文章,工书法,郡县屡试高等。府君少病瘵,辍读最早,然所为文艺,词理均可观。二十以后屏居一楼,慎自调护,三年未尝食盐醢,后遇良医,疾得痊。年三十余,吾嫡母张太孺人无出,生母杨太孺人育一子,即树蘅。府君以三世劬书皆未遇,课树蘅读特勤,甫四龄即令随季父桂汀先生读书,九岁出就外傅,稍长命赴有司试。尝徒步遣送,天雨泞淖,不以为劳也。道光末纪,谷贱钱荒,有司征漕逾常额数倍,闾里重困,吾家亦由是中落。府君素喜治田,至是为之益勤,日役佣保百余指，亲历陇畈周察。府君既恃医药为命，病诸鬻药者多杂伪品，动至杀人，乃就家列肆储良药，以应人之需。府君性质直，遇事不苟为掩阿。粤寇起，乡人奉令练团，宁乡分十都，都有长，都析十区，或十数区，区有率，助令长清查保甲，严守望，略同汉世游徼啬夫之任。县令廉府君正直，檄使治一方之事，亭决可否，一秉至公。乡族之顽，颇不便之，间亦因此受累。及府君殁，则无贤不肖，并称颂无异词。或遇难处之事，辄曰：'使廖公在，宁有是哉！'吾家自四世祖庆云公由长沙迁宁乡横田，支裔散居湘乡、安化、益阳、新化各属，祖墓在今二都乌牛山之椒，数百年来，祠祭缺如。自吾大父芬田公于道光庚子襄买墓田，然后梡蕨有可供。自府君于同治庚午添修丙舍，然后主祏有所庇。大母伍氏、姜氏、曾氏、孙氏，葬里中神山庙之左原，蓬蒿未剪，则列碑甃石以表之。复为五世祖万熙公、十八世祖子成公襄立祭会，岁时率子姓奠献如仪。宗牒旷三十余年未修，卒葬渐不可考，发议赓续之。凡属宗族之事，知之靡不为，为之靡不力。时公私皆无羡余，并由艰苦拮据勉强以几于成，人谓非府君之诚不至此。府君虽老于田间，于当世之事最留心。咸丰初元，粤寇俶扰南服，府君于邸钞中见曾文正、袁端敏言事之书，慨然曰：'有臣若此，贼不足平矣。'就灯下亟录之。时树蘅甫十一岁，见府君忻喜之情，至今犹依然在目也。凡遇名臣疏议有关时政之大者，必手钞之，积久合为巨帙，殁之先数月，犹钞纂不少疲。湘乡洪彭述赠府君诗句云：‘满院松花点苍雪，白头编写史宬书。’盖纪实也。府君一生勤俭刻苦，无一日自逸。周甲后，树蘅以诸生负米于外，已有四子绕杖而嬉，府君顾而乐之，惜乎其不久也。府君讳新端，字培吾，国子监生，府知事衔，以树蘅官宜章训导，得赠修职郎。同治九年十二月十三日卒，享年六十四，葬龙窠塘墓屋后山。子一，树蘅，廪贡生，宜章县训导。孙七：基植，贡生；基棫，附生；基樾，监生；基懋，从九职衔；基杰、基栋，皆监生；觻咸，殇。基樾出后世父福臣先生。先生故有子曰灿昕，十二岁殇。昕幼慧，六岁时戚某以水雷公属对，村儿浴于池，以手合水作霹雳声，俗称水雷公，昕以火星子对，远近诧为神童。府君绝爱怜之，殇已数十年，言及未尝不流涕也。命樾后之，盖不忍昕之死而陨大宗之祀也。曾孙二：镇觻、镇丹。光绪二十四年中夏，树蘅述。”（《珠泉草庐文录》卷二）。

十二月中下旬，二妹二二出生。

廖树蘅《悼殇女二二并序》：“二二，同治庚午十二月生，余方居先子忧，营葬山间，家人来报，意未属也。”（《珠泉草庐诗钞》卷二）

同治十年辛未（1871）　三岁

四月，宁乡复议治团练防益阳土寇。

《民国宁乡县志·故事编·县年记》:“四月,复议治团练防益阳土寇。佥主按田亩派钱万缗,以响团兵,是为田赋附加之始。”(《民国宁乡县志》页一五六)

同治十一年壬申(1872)　四岁

是岁,三妹廖基璿出生。

案:廖基璿,字珮霞,湖南宁乡人。廖树蘅三女,工诗能文。成年后适同邑彭菊舫为妻。

同治十二年癸酉(1873)　五岁

是岁,基瑜随伯兄廖基植读书馀园。

廖基棫《琬芗大妹七十寿序》:“妹五岁随伯兄读书馀园。馀园者,吾父辟为予兄弟学塾者也。妹每日晨起盥毕,怀书策自内庭出,徐行入塾,拂几,面窗坐,从容启书,命之读即读,未尝以为苦。当日长人静时,缘窗潜扃,花竹掩映,窃听吾妹诵声喃喃不辍,心喜甚。推扉入,为大笑者久之。此时天真烂漫之趣,兄弟姊妹相爱之情,不知人世间尚有何事为至乐也。”(《瞻麓堂文钞》卷一)

五月十三日(6月7日),祖母张夫人卒,享年七十岁。

廖树蘅《先妣氏墓道述》:“先妣姓张氏,为树蘅嫡母,性慈俭,识大谊。归先君时,吾家内外累数百指,母氏循分承接，罔有疏密，上下安之。先君少患咯血疾，屏居一楼，三年未尝食盐醯。母氏秤药量水，时其起居服食，积久而不倦，极勩而忘其疲，自树蘅生母来，始辍劳焉。遇吾生母有恩礼。自奉极约，一皮衣历三十余年不肯易。所制纱纻，见者叹为精绝，以为虽苏松浏产蔑以过也。树蘅鲜兄弟，祖以下孑然一身，母氏怜之，抚爱如己出，稍长教之习书算，每夕必载笔砚，命条记日用于籍，以备遗忘，自髫年至于授室有子，莫不然。咸同间，家中落，母氏恤然忧之。树蘅或有所费，戒之曰：'时绌举赢，吾惧汝之难于继也。'闻命悚然，为之抑止。树蘅疏脱不耐事，或有非分凌索，宁称贷以餍其欲，勿与校。人或讥为愚，独吾母善之，谓此实省事之一法，汝能及此，吾知免矣。及树蘅有子，其用爱亦如之。悯子妇饎爨事烦，则牵率孙雏出厅事前，或涉园，以免其萦扰。树蘅性卞急，儿子或顽钝不任读，动加笞扑，往往过当，母氏尝从容谕之曰：'子固当教，然不可偏于严，老人闻扑挟声辄心悸，以后无以为也。'自是有督诲不敢令吾母闻。先君尝拾女婴，命母氏鞠之，及笄，遣嫁如是。呜呼！此皆吾母之实也。同治癸酉五月十三日卒，享年七十。以树蘅选宜章县训导，得赠太孺人。葬横田湾住屋后山。自吾母殁，家中丧亡接踵，多附此邱。右下为孙棫妇边氏，樾妇张氏同域。右上为孙皪咸，树蘅客张掖之岁生，体晰，性颖慧能言，授以班史中歌括，略能上口，三岁殇。

左为樾继娶宋氏、孙女二二、曾孙女毓。呜呼！诸殇环厝一隅，推吾母慈幼之心，其相庇以慰兹寂寞乎？光绪二十四年六月，树蘅述。（《珠泉草庐文录》卷二）

是岁，父亲廖树蘅的诗友隆观易将客游秦陇，父亲设宴为之饯行。

案：隆观易（1838—1878），清代学者、著名诗人。字无誉，别号卧侯。湖南宁乡人。幼奇慧好学，诗才清妙，为廖树蘅诗友。曾入甘肃狄道州喻光蓉幕。著有《罘罳草堂诗集》、《西征续舭》等传世。

同治十三年甲戌(1874)　六岁

五月，小妹二二去世。

廖树蘅《悼殇女二二并序》："十三年五月，偶感微疾，误投凉剂，遂殒。"（《珠泉草庐诗钞》卷二）

八月，父亲廖树蘅的诗友谭钟钧从新化远道来衡田，专程造访珠泉草庐，对廖基瑜、廖基璿姊妹称赞有加。

谭钟钧《访荪畡文学沩宁》四首，其中第一首中的"双丫螺髻雅能文"即指基瑜、基璿姊妹。诗云："贾傅长沙万虑纷，况当孤鹤感离群。直披岳麓潇湘雨，遥访沩山靳水云。四面烟鬟皆入画，双丫螺髻雅能文。昔年题咏摩挲在，倚剑高吟对夕曛。"（《珠泉草庐师友录》卷三）

案：谭钟钧，字秉卿，号古潭，湖南安化人。中岁客游，远出嘉峪关，后竟卒于塞上。谭钟钧与廖树蘅、张发濬、杜俞等友善。曾于同治十三年八月，远来衡田相访。著有《古潭诗钞》六卷。

光绪元年乙亥(1875)　七岁

是岁，五弟廖基杰出生。廖基杰，字叔怡。

案：廖基杰，字叔怡，为廖树蘅第五子，湖南近代著名画家。卒于民国七年(1918)，年仅四十四岁。

是岁，基瑜与兄弟姊妹读书馀园。

父亲廖树蘅曾作《春日杂感》，诗中记录基瑜与兄弟姊妹读书学习的情景，其中“更有牵衣女，娇小好眉目。晴晓报花开，镫窗乱笺牍”，即指廖基瑜。廖树蘅《春日杂感》中第二首云：“呼僮缚苕帚，扫我桐荫屋。清风散缃帙，勉课群儿读。日长庭宇静，书声出林木。臣痴与臣笔，要当各有属。更有牵衣女，娇小好眉目。晴晓报花开，镫窗乱笺牍。痴憨倚大母，言笑多婉淑。一家春融融，团圞聚骨肉。只憾灵椿树，严霜摧太速。幽幽慕屋山，宰树悲风肃。感此忽凄然，泪滴深尊�。”(《珠泉草庐诗钞》卷一)

光绪二年丙子(1876)　八岁

是岁，基瑜向伯兄基植、仲兄基棫学习诗文写作。

案：请参阅廖基棫所作的《琬芗大妹七十寿序》。

五月，父亲廖树蘅前往湘乡大富之状元坪，看望诗友张发濬，并作《靳源银杏歌》。

廖树蘅《靳源银杏歌》："距余家二十里曰大富，属湘乡，靳水发源之所也。富训畈地高平，宜稻菽，嘉名肇锡，有自来矣。迤南近山之处曰状元坪，宋礼部侍郎王容故居，容中淳熙十四年明通榜，相传赴礼部试时，于袁州逆旅，梦女子赠以词云：'嫦娥翦就绿罗衣，待留到蟾宫与换。'家有园名南涧，园中故有银杏树，今尚存。数百年来柯干益古，垂荫可数亩。丙子五月，偕张福荄憩树下，歌以志之：'昭阳作噩日在井，我从靳源见银杏。十人聊臂抱不交，鱵鱵孙枝蔽阳景。虬根迸露龙起蛰，拳枝倒挂树生瘿。长风忽激林籁鸣，万绿如潮向空涌。朅来吾党二三子，单衣却立同延颈。问树何年植，树古难具言。但闻宋时王状元，曾移鸭脚当庭轩。平泉草荒金谷毁，老树郁郁蟠秋原。绿罗衣冷青甃润，碌碌科名原幻梦。榜花零落杏花存，日月烟霞老岩洞。淳熙到今七百年，霜日炙剥无真坚。紫阳之樟野火燎，此树胡为能久延。将母植根幽涧底，得以臃肿全其天。深山大泽龙蛇窟，劫灰不到湘川隩。冥冥气蓄沩云寒，飒飒枝摇靳波绿。可惜湘人不好事，洞天清异无人录。几度攀条感不支。夕阳西下鸟归迟。恨无子美传神笔，貌此参天溜雨姿。'"(《珠泉草庐诗钞》

卷一）

七月，长沙府录科，父亲廖树蘅列第一名。

廖树蘅《自订年谱》："光绪二年丙子三十七岁。七月，长沙录科列第一名。"（徐一士《一士类稿》页一八六）

九月，父亲落解归，陈宝箴约请其明年担任笺牍，兼子弟教读。

廖树蘅《自订年谱》："九月落解归，义宁陈公右铭由镇筸道解任回省主营务，约明年司其笺牍，兼教读。"（徐一士《一士类稿》页一八六）

案：陈宝箴，字右铭，晚号四觉老人。江西义宁州人，清举人。出生于清道光十一年（1831）。历任浙江、湖北按察使，直隶布政史。光绪二十一年（1895）冬授湖南巡抚，锐意变法，以图富强。戊戌变法时，遭罢官。光绪二十六年（1900）逝世于南昌西山。廖树蘅与陈宝箴、陈三立父子交谊极深，陈宝箴抚湘时，即委任廖树蘅为常宁水口山矿局总办，全力开发水口山铅锌矿，成效大彰，为五洲第一，开启了湖南近代工业之先河。

九月，州县例举孝廉方正，宁乡知县唐步瀛拟以廖树蘅应之，树蘅力辞。

廖树蘅《自订年谱》："新主纪元，州县例举孝廉方正，

知县唐公步瀛拟以树蘅应之。自知不称力辞，唐公亦不另举。”（徐一士《一士类稿》页一八六）

案：唐步瀛，字蓬洲，四川乐山人。清举人。以即用知县分发湖南，历宰巨邑，卓著政声。后升衡州府知府、调常德府知府，升岳常澧道，调衡永郴兵备道，最后任湖南劝业道。唐步瀛与廖树蘅有数十年情谊，相交至深。

光绪三年丁丑(1877)　九岁

初春，基瑜诗文水平大有长进。

《春晴》诗即廖基瑜此时所作。

年初，父亲廖树蘅到陈府闲园从事教读，与陈公子三立投契甚欢。

廖树蘅《自订年谱》：“光绪三年丁丑三十八岁。是岁馆陈氏闲园，在长沙局关祠右。学生三人，陈公次子三畏，兄子三恪，侄婿黄黼丞。时公以内艰辞去戎政，无笺奏之烦，专主课徒。公营葬平江。公子三立，字伯严，同居园舍。”（徐一士《一士类稿》页一八六至一八七）

案：陈三立，字伯严，江西义宁州人。湖南巡抚陈宝箴长子。清进士，吏部主事，曾协助父亲陈宝箴在湖南推行新政，为晚清维新运动的重要人物。陈三立亦为晚清宋诗派领袖，著有《散原精舍诗文集》。民国二十六年(1937)卒于北平。自光绪三年廖树蘅与陈三立相识，数十年交契至深。

七月，父亲廖树蘅因事从长沙归里，陈三立赋诗见赠。

廖树蘅《自订年谱》："七月，因事暂归，伯严赋诗两首。"（徐一士《一士类稿》页一八七）

陈三立《苏畡新秋归家赋此赠之》二首，其一："碧湘如梦得归迟，芳草天涯共酒卮。尽好园林从论学，最难怀抱与敲诗。春风桃李朱张渡，秋雨蘅芜屈贾祠。千载人文荆楚记，遥遥今古一相期。"其二："海内文章惜抱翁，诗篇坛坫亦称雄。多君识取名通论，后起居然淡泊风。绛帐青衫花寂历，深樽凉烛月玲珑。寥天鹳鹤秋风起，湘树沩云在望中。"（《珠泉草庐师友录》卷三）

光绪四年戊寅(1878)　十岁

是岁，六弟廖基栋出生。廖基栋，字幼陶。

案：廖基栋，为廖树蘅第六子，出生于光绪四年(1878)，州同衔。卒于民国三十五年(1946)，享年六十八岁。

光绪五年己卯(1879)　十一岁

是岁，父亲廖树蘅馆益阳知县唐步瀛之县衙，司其两子教读，兼阅览课卷。

廖树蘅《自订年谱》:“光绪五年己卯四十岁。是岁唐公步瀛官益阳知县,具书招司教读,兼阅课卷。三月赴馆。”(徐一士《一士类稿》页一八七)

夏,父亲廖树蘅自益阳归家。

廖基瑜作《喜家大人自益阳归》诗。

光绪六年庚辰(1880)　十二岁

是岁,基瑜因作诗工且敏速,在宁乡一带已负声名。

张发濬先生既是基瑜之父廖树蘅的诗友,后来两人又成为儿女亲家,即张发濬长女张有妧嫁给廖基植为妻。张发濬每至衡田老屋探望时,都要小住数天,与树蘅谈诗论文。当他听说基瑜能诗会词时,某天当即命题面试,要求基瑜限刻呈稿,而基瑜挥毫而就,未逾晷刻。《绎雅堂诗录》卷一之《伫月》、《待燕》、《登楼》、《听莺》、《焚香》、《试茗》、《看云》、《扫屋》、《对镜》等九首,即为命题之作。基瑜作此数诗,工整且快速。张发濬为此遍告同人,大家莫不惊叹廖基瑜诗词创作之慧捷。

案:廖树蘅《珠泉草庐笔记》云:“吾乡人士,专骛速化之学,见有古人之书,学为诗古文者,辄摇手戒子弟勿得近。独苐荄以诗学倡导后进,门下如洪彭述及其从弟象恒,皆斐然成章。乡人学蔀之开,繄苐荄是赖。性平易,尤喜诙啁。其长女为余冢妇，亦粗解文墨。茀荄每来余家，必流连旬日，小女基瑜常从问字。以内亲，数至后堂，童稚闻其履声，则跫然喜。顾不常作诗，有作辄工。”（《珠泉草庐师友录》卷三）

七月，父亲廖树蘅赴长沙，过闲园为陈宝箴、陈三立父子赴河北道送行。

廖树蘅《自订年谱》：“光绪七年辛巳四十二岁。七月，陈公右铭赴河北道任，至省送行。”（徐一士《一士类稿》页一八八）

案：廖树蘅至长沙送陈宝箴赴河北道任，当在本年，而其《自订年谱》系于光绪辛巳，误。

光绪七年辛巳(1881)　十三岁

春间，父亲廖树蘅的诗友杜俞、陈三立先后从河南武陟来函，托其打探安化王村农之妹是否“堪与伯严为偶”。

杜俞《海岳轩书札》（二）：“又伯严谓：‘锐志功名，以求表见，当此乃流俗之常情，不必志士，苟非鸡鸭虫蚁，亦孰肯老死牖下？’鄙人深叹以为伯严哀悼之余，发此狂语，然亦未尝不赏叹，以为至言。荪畡名之士也，而伯严贬之如此，岂可甘心忍受，而不思所以报之耶？欲求报之，谨献一策，尚祈鉴采。伯严自去岁九月抱安仁之痛，苟令神伤，不足喻也。高堂衰病，势不能效商瞿。右丈旌节至汴，媒妁塞门，或夸咏絮之才，或述如花之貌，而右丈之意，不惟为子择媳妇，兼欲为己择亲家。伯严之意，不惟欲求外舅必雅，亦欲妻弟俱美。是以尽谢诸议。安化王村农者，隆卧侯谓为诗人，谭秉卿称其奇士，家有待字之妹，齿虽长而寄怀甚远，处虽僻而读书甚多。鄙人盖闻之熟矣，遂以陈之右丈，右丈慨然许诺。兹恐闻见不实，致负推诚之雅，乞仁兄亲自到彼，察访的确。如果未字，即请竟与定婚，不必往返函商。以荪畡之精明警敏，应一见即知。至村农或有势分之俗见，荪畡晓之，自足了事。苟得此严师置之闺中，则虽以伯严伶俐之口，亦当三战三北，然后鄙人乘其新败之余，揶揄而嬉笑之。是所以为荪畡报之之道也。语戏情真。伯严之事，荪畡所最关心者，幸早赐好音。弟近来文兴勃发，十日必有一篇，因小史腕硬笔钝，暂录二篇呈教。伯严本欲作书以道契阔，所刻悼亡诗文尚未成书，俟成书时，必有奉候。伯严文亦钞三篇，外诗一首呈览。”（《珠泉草庐师友录》卷七）

案：李开军教授所著《陈三立年谱长篇》有按语云：“杜俞此书云‘天渐暖伏’，以武陟而论，殆在二三月间；又云‘所刻悼亡诗文尚未成书’，则是刻而未成，或即二月前后？”（《陈三立年谱长篇》页一〇四）

三月二十日，宁乡麻山雪林塘一带雨雪雹大如鸡卵，

碎屋瓦，击伤人面。

廖基植《梅花精舍笔记》：“三月二十日，麻山雪林塘一带雨雪雹大如鸡卵，碎屋瓦，击伤人面。”（《民国宁乡县志》页一五六）

暮春，伯兄璧耘、仲兄次峰就学于崇睦祠廖氏族校，伯兄、仲兄均有诗，基瑜作诗以和。

廖基瑜所作即《伯兄璧耘、仲兄次峰读书崇睦祠，各成七律两章，索和赋此奉酬》二首。

是岁，基瑜与父亲廖树蘅常竞相吟咏，而父亲逊其敏速。

曾广钧《题廖荪畡珠泉诗集》：“君长女绎雅，幼能吟咏，十二岁与君竞吟，君逊其敏速焉。又余年十六，即与君抗手论交。义宁以臬司获谴居湘，余与君皆蒙优许。君又介湘士之英奇者于陈伯严，后义宁抚湘，得士之助，多君先所介绍者，其误义宁之人，则别以他途进，君所不知。此事惟余知之最详。（《珠泉草庐师友录》卷三）

光绪八年壬午(1882)　十四岁

三月，伯兄廖基植入岳麓书院读书，与梅英杰、王世琪、罗顺循等为书院同窗好友。

《珠泉草庐师友录》卷十之《周尚书书札》后附有按语

云:"公子基植入学在八年,当公未赴甘之前。"周尚书,即甘州提督周达武。公,即指廖树蘅。光绪九年,廖树蘅应周达武之聘作河西之行,游幕提署,为其撰述《武军纪略》。

《珠泉草庐师友录》卷十之《西问书札》后附有按语云:"(卢泳清)先生历官甘肃礼县,光绪六七年奉讳家居,县令涂鸿孺强起襄钱漕局事。八年,服阕入都,公子基植于是年三月入学,故作贺柬。言重午可抵都,则此函当作于四月也。"公,即指廖树蘅。

夏,宁乡大旱。

《民国宁乡县志·故事编·县年记》:"光绪八年,夏大旱。"(《民国宁乡县志》页一五六)

是岁,伯兄廖基植在家信中盛称麓山寺树石幽丽,于是基瑜作诗相赠。

廖基瑜所作即《伯兄读书岳麓书院,书来盛称麓山寺树石幽丽,赋此贻之,用东坡〈与器之游南塔寺寂照堂〉韵》。

光绪九年癸未(1883)　十五岁

三月,父亲廖树蘅与友人刘朴堂欲同赴杭州访陈宝箴,不果。

廖树蘅《自订年谱》:"光绪九年癸未四十四岁,是岁三

月，刘君朴堂邀赴杭州访义宁陈廉访，不果。”（徐一士《一士类稿》页一八九）

案：朴堂，即刘倬云之号。刘倬云，字季櫆，号朴堂。湖南宁乡人，清陕西巡抚刘典之弟。以廪生随刘典征战，并平湖南土寇，积功至道员。法人败盟之岁，海疆戒严，奉调办理台湾防务，复奉调赴浙防守宁波。事定，以道员留闽，一署福建按察使，历署兴泉及延邵建兵备道，实授汀漳龙兵备道。刘廖两家，素有通家之好，后又结为姻亲。

七月，父亲廖树蘅由家起程远赴甘州。十一月抵达张掖，入周达武幕。

廖树蘅《联语摭余》：“光绪三年，吾县人周达武来绾提纛，招余叙其蜀黔军事。以九年七月二十五日，由家别母起程，十一月二十七日抵张掖，至即下榻园中之肖虹亭”。（《联语摭余》页五）

光绪十年甲申(1884)　十六岁

三月，七弟艭咸出生。

案：艭咸，廖树蘅第七子廖基棣之字，

秋，基瑜作《家大人远客张掖，忽忽一年，违侍日久，怅然成咏》。

八月五日(9月23日)，父亲廖树蘅从张掖起程，南返

湖湘。

廖树蘅《联语摭余》:“自计癸未十一月二十七日抵甘州,甲申八月初五起程回湘,在一园二百五十日,纪其踪迹,以志因缘。越十年,而信翁薨于位,迄今又二十五年矣。尺波电谢,思之惘然,园中景物,闻已荡然,世事宁有极哉?”(《联语摭余》页八)

冬,父亲廖树蘅从张掖平安抵家。

廖树蘅《联语摭余》:“自光绪甲申冬,由河西归,母年逾六十,终鲜兄弟,不敢远游。”(《联语摭余》页八)

光绪十一年乙酉(1885)　十七岁

三月,父亲廖树蘅葺西园茅庐,浚池种树。

廖树蘅《自订年谱》:“光绪十一年乙酉四十六岁,是岁家居。三月,葺西园茅庐,浚池种树。陈考功三立撰《珠泉草庐记》。”(徐一士《一士类稿》页一八九)

廖树蘅《珠泉草庐记》:“余所居当宁乡西南鄙,与湘潭、湘乡接壤,前矗高峰,后枕平冈,良畴广衍,清溪贯其中,所谓珍珠泉者是也。地宜杉槠松枥,弥望郁然。先世自元延祐时卜居于此,地既僻远,故患害不至,仍世免于播迁。宅西有小园,先大父芬田府君所垦辟,杂植桃、李、梅、杏、山茶、牡丹、紫薇、木香之属,而拳曲臃肿之枝,玲珑瘦丑之石，骈罗舛互于回廊曲磴间。中有小丘可眺远，菉竹丛翳，猗猗送寒。下为荷池，珠泉坠其中。池南老梅一株，矫如游龙，花时飞英散馥，真香雪海也。自府君下世，园渐陊剥，近始稍稍葺治。另于园西添置椽榱，榜曰'珠泉草庐'。敞其中桯，其左右翼以长廊，以通居室，日扶老母率诸髫稚嬉游其中，以为笑乐。或隆冬夜静，挈儿子读书庐中，溪声夜豪，霜月晶皎。呼僮汲泉支鼎，燔霜叶烹沩山新焙，水火相搏，飕飕作松风鸣，泉声书声赓续而起，仰视天宇寥碧，万象孤迥，洒然不知人间世复有许事。庐占地绝高，出缭垣之上，方春东作兴，佣人叱犊田中，倚树观之，林雨溪烟豁然呈露，是不第便于课读，且便课耕焉。嗟嗟！余懒人也，生世蹇浅，动多乖戾，年来稍涉世途，见夫奔走四方者，蹩躠焉穷殚精力以求遂其亡等之欲，卒之赋命有定，所望有遂有不遂。即遂矣，而本实先拨，不移瞬如落英堕溷，水潦归壑，终亦销耗泯没，嗒然悉丧其所有。山木自寇，膏火自煎，不亦重可哀哉？即或有不为利疚，勤一世之力于学问之途，又往往怙其记丑而博之业，以意气相排笮，冀垂空文于后世，所诣虽与干禄有间，蔽则一也。向尝读仲长统《乐志论》而慕之，公理故豪士，而情不忘于一丘。今所谓川岩之美居游之适，余皆具体焉。置此不怡，重蹈世人之劳攘，不且为达人笑乎？妇善操家，子能习农，薄田虽芜，勤力治之足以自赡。庐乎，庐乎，其将倚汝为菟裘乎？既守知止之训，虚寂固所不辞。吾生也有涯，何取于享荣名膺厚实，然后谓之大丈夫哉？书此揭之庐壁，以稔后人，俾知生世之所乐固在此不在彼也。光绪十年甲申十月，树蘅自记。”（《珠泉草庐文录》卷一）

八月，父亲廖树蘅挈长兄廖基植秋试，假寓福源巷。

廖基瑜作《寄怀伯兄璧耘长沙》一诗。

廖树蘅《自订年谱》：“光绪十一年乙酉四十六岁，是岁家居。……八月，挈基植秋试，假寓福源巷。右铭廉访自武林免官来湘，偕罗惺四太守来寓。本届四书文题《而尽力乎沟洫》，予文取资《沟洫志》、《河渠书》，右公极赏之。”（徐一士《一士类稿》页一八九）

光绪十二年丙戌(1886)　十八岁

秋，仲兄廖基棫赴岳麓书院求学。甘州提督周达武致书以贺。

周达武《周尚书书札》：“荪畡仁兄大人阁下：鹭堠遥睽，鱼书互答，言念君子，靡日不思，辰维起居纳祜，潭第增荣为颂。昨接舍间书，欣悉令郎得传衣钵，喜掇芹香，从此捷足蟾宫，题名雁塔，知不独为吾邑光。弟宦陇干，忽忽九载，今岁陈情乞退，书凡三上，皆为当道所慰留。翘首云天，未审何时解组，朱陈村里，看儿辈穷经致用，相与把酒酣吟，婆娑风月，得逍遥于人间世也？专此驰贺，并颂文

安。愚弟周达武顿首。”(《珠泉草庐师友录》卷十)

按:仲兄廖基棫入岳麓书院读书在光绪十二年,此简为贺廖基棫而作。

光绪十三年丁亥(1887)　十九岁

六月十三日(8月2日),宁乡暴雨,房屋多有倒塌。

《民国宁乡县志·故事编·县年记》:“六月十三日,大雨,平地水深数尺,沿河庐舍多倒塌。”(《民国宁乡县志》页一五七)

九月十三日(10月29日),七弟觻咸去世。年仅三岁。

廖基瑜作《哭殇弟觻咸》六首。

廖树蘅《哭七儿觻咸四首并序》:“甲申三月二十四日,余方客塞垣,夜梦女佛趺坐先墓,类世所奉普门大士,左手掖一婴,及接家书,儿适以示梦之夕生。其年十一月,余归里门,怜爱倍常儿,儿体皙性慧能言,授以诗歌,劣能上口。兄子二人与齐年,两儿或憨跳喧聒,辄加诃止,兄或责其子,则口我实使之,非若咎也。兄为霁颜。丁亥九月,感呕泄之疾,医治无效,先是余以扇贻儿,绘梨一枝,背面聂荑中《二月卖新丝诗》。又梦琴之么弦忽断,殆皆兆之先见也。临死常呼归去。连日兄姊抱持,局蹐甚苦,寝之于床,连呼‘好好’，遂瞑，九月十三日也。无服之殇，义虽有止，情实难忘，以成人礼瘗吾嫡母张太孺人墓右，而悼之以诗。‘丈六湘山佛，婴娩亲手将。三年乳哺毕，万里梦魂凉。问字凭乌几，同巢殿雁行。昙花空示现，薄祜岂能当。’‘割却心头肉，夷中诗谶奇。么弦断焦尾，六角绘秋梨。归向谁家去，眠来痛楚稀。雪肤看渐冷，举室共悲啼。’‘诸姝年差长，酣嬉共一堂。不群能自重，有过替儿当。翦鬌常依姊，分甘每遗娘。回头成幻梦，凄痛到肝肠。’‘贫贱生多苦，儿休再入怀。世方蕃祸乱，吾亦厌形骸。了却三生债，思量百事乖。一抔依旧垄，骨肉竟生埋。’”（《珠泉草庐诗钞》卷三）

是岁，基瑜的闺阁诗友周宜男、周花君姊妹合著《筱村课女录》刊行，父亲廖树蘅为之撰序，基瑜为之题集。

廖树蘅《筱村课女录序》：“吾友筱村二女，髫龄以宋氏姊妹称，屡索观其诗文，不可得。春初老妻造访，强夺之归，因获毕览，懿哉乎？德也。才云尔哉。二女诚贤繄，吾友之家训出寻常万万矣。老妻怂恿寿梓爰摘录，传之朱门华族。家置一编，暇以为闺壸课二南之化。古今人庸讵弗相及，即二女姓字不必传，非敢揜其善也。遵吾友志也。亦内则然也。”（《民国宁乡县志》页五〇〇）

廖基瑜著有《周女士宜男、花君并称才媛，以诗见惠，依韵答之》。

案:《民国宁乡县志》:“树蘅长女基瑜,字婉芗,适梅毅杰,有题集诗,见所著《绎雅堂诗录》。”(《民国宁乡县志·故事编·艺文录六》之《闺秀》页五〇〇)

光绪十四年戊子(1888)　二十岁

是岁,基瑜适同邑梅毅杰为妻。

案:宁乡梅氏为县中望族,梅毅杰为翰林院庶吉士、礼部主事梅钟澍之孙,湖北宣恩县知县梅镜源第五子。

廖树蘅作《长女归梅氏诗以命之》诗赠基瑜,共三首。其一:“女生愿有家,语本邹峄贤。嘉礼既牉合,内职修宜虔。枣栗奉堂上,苹蘩荐嘉笾。良人身所天,偕顺期百年。筑里与小姑,敬慎相周旋。下及臧获辈,使令毋自专。以此供妇职,庶以免尤愆。汝上有两姑,承事不宜偏。爱敬一不至,何以免猜嫌。汝生粗识字,大义习遗编。所愿践行之,夙夜常乾乾。听汝贤声播,免我寸心悬。”其二:“宛陵县旧姓,门望殊清华。贤哉庶常公,砥行无纤瑕。有蓄未及施,食报宜无涯。茑萝施乔松,所托良已佳。婚姻万福原,人道所萌芽。尚其谐琴瑟,静好宜其家。庶几福禄绵,远近颂柔嘉。吾门久已衰,汝命当不差。”其三:“雪苑有贤女,秉志何坚明。谓男重立品,青紫非所荣。妇女贵有德,珠玉在所轻。雨薪与霜臼,裙布及钗荆。是皆分内事,努力勤支撑。又云人间世,万事皆虚名。惟有力行善,庶不负所生。落落只数言，足与班诫衡。吾家故寒窭，装送难取盈。女其学侯媛，识量期深闳。守汝淡泊风，谅爷拮据情。”（《珠泉草庐诗钞》卷三）

光绪十五年己丑(1889) 二十一岁

十月二十九日(11月21日)，伯兄廖基植从家中启行，入福建延邵建兵备道刘朴堂幕。

廖树蘅自辑《纪年录》云：“光绪十五年乙丑十月，刘朴堂署福建延邵建兵备道，召基植入幕。二十九日启行，凄然泣下，余作五古三首广之。由杭至闽，自以航海为便，在杭同乡，多劝其起陆以避风涛之险，盖不计其川赀之丰杀也。及至铅山，旅费行罄，主仆徒步，勉强得达。后始闻知，未尝不悯其识之不周而身之瘁也。”（《珠泉草庐师友录》卷二）

廖基植《将为闽浙之游留别家园》：“朔风吹雪冻云低，白酒无声欲煖谁。不分樵渔老踪迹，岂因湖海惮奔驰。牙籖触眼伤漂泊，灯火深宵照鬓丝。回首高堂渐衰白，闲云翻悔出山迟。”（《紫藤华馆诗草》卷二）

廖基棫《送伯兄之福建》三首。其一：“云鸿海燕纷无主，争似离人怅去群。不唱阳关亦凄断，芦花枫叶暮纷纷。”其二：“听雨情怀不可捐，一杯相劝且留连。天涯此去萍踪阔，想见看云白日眠。”其三：“狼籍巾衫半醉馀，试拈

诗笔便踌躇。拟从风雪残年夜，商略平安寄远书。”（《瞻麓堂诗钞》卷二）

光绪十六年庚寅(1890)　二十二岁

伯兄廖基植远客福建漳州。暮春，基瑜作诗以抒兄妹之情。

廖基瑜所作即《伯兄璧耘客漳州年馀赋此寄之》诗。

光绪十七年辛卯(1891)　二十三岁

是岁，基瑜居莓田古屋。

光绪十八年壬辰(1892)　二十四岁

春，三嫂张氏、二嫂边氏在一月之内相继亡故。基瑜甚为悲伤，作诗悼念。

廖基瑜作《嫂氏边氏张一月之间先后入地，合葬一邱，作诗述哀》诗。

三月三日(3月30日)，基瑜侍祖母游西园。

廖基瑜作《上巳侍祖母游西园感赋》诗。

父亲廖树蘅于是年出任玉潭书院院长。春夏间，基瑜从娘家省亲回莓田，前往玉潭书院探视父亲，并呈诗一首。

廖基瑜作《玉潭书院在治城东门外，距莓田不远，时家大人适充都讲,余自横田归,因便进谒,呈诗一首》。

《民国宁乡县志·故事编·礼教录·学宫书院九》:“玉潭院长曰……廖树蘅有传,光绪十八年、十九年主讲。”(《民国宁乡县志》页三五二)

四月十二日(5月8日),亲祖母杨氏卒,享年七十一岁。

廖树蘅《生母氏墓道述》:“生母姓杨氏,善化平山人,年十九归先君,逾年生树蘅。先世颇丰于财,至是微矣。吾母尝语树蘅曰:‘汝出腹时,家无婢媪,或深夜溲溺在床,辄自起持汝入厨洗濯。素畏雷,或阴雨震电,则瞑目屏息,持汝愈谨,电止复行。汝幼多疾,余晓夜在视,夏夜蚊蚋噆肤至不可忍。一夕病剧,至后苑撷苿莒饮汝,阴虫如沸,露草中蛇动索索有声,至今思之犹悸也。汝父喜治田,先业在数里外者,皆自种之,获时佣僮数百指,馌馈皆余主之,寻常宾祭之事,未尝一烦庖人。每盛暑执爨,汗下如溜,衣无寸缕干者。余待人不敢从薄,道光己酉岁大饥,里人采夏枯草杂粞以食,饿莩盈路,余请于汝父汝嫡母,宁节缩口食,用米汁沃焦以食饿者。亲串中有求于我,必设法赒之,于汝外家尤厚,故汝张氏诸舅父,视我无异同生。汝诸姑诸母中,间有持大体以相压者,余惟隐慼自饬,不敢宿留于心。顾念仅育汝一人,非读书难望有成,故四岁即延师授读,九岁附学外塾,离家数里,非不念汝,惧以姑息害成也。

凡此汝或不尽知，然余苦矣。'树蘅聆之，嗷然以悲。吾母性肫质，一生无亹言。习中馈，工针黹。先大父履絇鞶帨，非吾母手制不适于用。所绩之布，密韧耐久。自树蘅有妇，饎爨之事虑新妇难独任，犹时助之。及先妣张太孺人卒，始以内事授子妇，而年齿已近六十矣。慈爱孙曾，抚恤倍至。树蘅频年客外，出门时必相向涕泣。光绪癸未，属有河陇之游，逾年归，吾母喜甚，忽泫然曰：'汝以后其毋再游。'自是不敢远离。树蘅所能言者止此。以光绪十八年四月十二日卒，得年七十有一。葬龙窠塘墓屋后山，距先父所葬右下数十武。光绪二十六年四月，树蘅述。"(《珠泉草庐文录》卷二)

光绪十九年癸巳(1893)　二十五岁

八月二十五日(10月4日)，长女梅焯孝出生。

廖基棫《外甥女梅西姑墓志铭》："西姑讳焯孝，字湘苹，生于光绪癸巳八月二十五日，年二十有二，无子，葬某山。(《瞻麓堂文钞》卷二)

是岁，父亲廖树蘅仍执掌玉谭书院。

廖树蘅《自订年谱》："光绪十九年癸巳五十四岁，是岁居玉谭书院。"(徐一士《一士类稿》页一九〇)

光绪二十年甲午(1894)　二十六岁

十一月,父亲廖树蘅雇舟从家中启行,途经武汉作吴越之游。

廖树蘅《自订年谱》:“光绪十九年……十一月,发长沙,拟游明圣庙。至武昌,值陈公右铭以明日赴直隶藩司任,即夕见之。明日与通州范当世送之登舟。居数日,雇轮东下。”(徐一士《一士类稿》页一九〇)

案:廖树蘅《自订年谱》将之列为光绪十九年事,误。当为光绪二十年十一月。

廖树蘅《嘉平二日,舟次武昌,夜饮提刑署,赠陈吏部一首》:“千里相思一命舟,孤云落日接南楼。江山鄂渚看应倦,宾从溪堂闹未休。海内论交轮我早,风尘揩眼觉君优。酒杯商略平生业,未用悲伤岁月遒。”(《珠泉草庐诗钞》卷四)

陈三立《廖笙陔诗序》:“其年冬,雨夜,召客饮提刑官舍。吾友廖君笙陔忽自湘抵鄂,入相见,有与廖君游故者,咸问所向,廖君曰:‘久处僻壤间,聊及吾未衰惫,得出览吴越山水佳特处足矣。’闻者以谓廖君才智文学,方为时所称,乃若不知有世变然者,私叹其高致,又颇惜廖君遗外世物,务遂其沈冥不返之思。廖君终不顾而行。”(《散原精舍诗文集》册下页八三二)

案：廖树蘅，字荪畡，一作笙陔。

光绪二十一年乙未(1895)　二十七岁

是岁，长子梅焯宪出生。梅焯宪，字伯纪。

案：请参阅本书附录《梅焯宪先生传》。

春，父亲廖树蘅从吴越之地归家。

廖树蘅《自订年谱》："光绪二十一年乙未五十六岁。二月，由上海换江轮返汉口。过江访伯严，留居旧邸，招饮菱湖楼。伯严为余序诗，劝刊行。"（徐一士《一士类稿》页一九〇）

廖树蘅《鄂城阻雪与陈大伯严夜谞并怀罗孝廉顺存黄茂才修原天津》："寒雪粘天入螟愁，瓦沟犹自响飕飕。炉盆已具仍能冷，风势排櫩未易休。沧海一樽朋辈在，昏鸦万里阵云浮。津门数子应凄断，砚铁冰凝檄草修。"（《珠泉草庐诗钞》卷四）

入夏以来，宁乡旱涝连发。

《湖南近代百年史事日志》(1895)："入夏以来，宁乡大旱，禾苗枯槁。"（《湖南近代百年史事日志》页一〇四）

《民国宁乡县志·故事编·县年记》："光绪二十一年，六月旱，七月大雨，旬日山潦骤发。初高原田禾枯槁，及雨甚，谷尽生芽。"（《民国宁乡县志》页一五七）

十一月，陈宝箴抚湘，奏兴矿务，属父亲廖树蘅襄事。

廖树蘅《自订年谱》："十一月，陈公右铭抚湘，奏兴矿务，属为襄事。诺献岁赴省面商进止。"（徐一士《一士类稿》页一九〇）

光绪二十二年丙申(1896)　二十八岁

是岁，湖南巡抚陈宝箴委任父亲廖树蘅为常宁水口山矿务局首任总办。二月底，由省河角解缆，伯兄廖基植随侍。三月初，抵衡州。三月中旬，廖树蘅整顿矿区，探寻矿脉，以"明窿法"开矿，受到省城保守势力的极大阻挠，而陈宝箴、陈三立父子却全力给予支持。八月，水口山始见矿。九月，矿甽出。十月，则所获更多。于是，水口山之名喧腾海内外。廖树蘅由此开启了中国近代铅锌矿业的先河。

廖树蘅《自订年谱》："光绪二十二年丙申五十七岁。是岁正月往长沙省城。巡抚陈公右铭委以常宁水口山矿务，素乏讲求，未敢自信，重违其意，勉诺试办。先与公约，既经信委，请饬官局勿荐人，勿掣肘，勿以意度未曾经临之事谕办，有效幸也；无效自行投劾，不烦举错。公韪之。"（徐一士《一士类稿》页一九〇）

《清实录》二月丁亥："湖南巡抚陈宝箴奏拟办湘省矿务，设局试行开采，得旨：'所奏甚是。该抚其悉心妥办，以观厥成。'"（册五七页三九）

廖基植《覆抚部院端询问水口山历年开办情形帖子附》："光绪丙申春，职父树蘅奉前院宪陈檄主此山矿务，基植随侍到山。"（廖树蘅《荽源银场录》卷一页四九）

案：端方，字午桥，号陶斋，清末大臣，金石学家。满洲正白旗人，官至直隶总督、北洋大臣。光绪三十一年(1905)，端方出任湖南巡抚，不久即离职，廖树蘅有诗赠别。

《湖南近代百年史事日志》(1896)："三月十二日(4月24日)，清廷准陈宝箴的奏请，为湖南矿务总局颁发章程，对铜、煤、铅、磺等矿藏试行重点经营。三月，常宁水口山铅锌矿开办，陈宝箴委任廖树蘅总理该矿。"（《湖南近代百年史事日志》页一〇六至一〇七）

光绪二十三年丁酉(1897)　二十九岁

正月十七日(2月18日)，大雪深尺许，地震有声。

《民国宁乡县志·故事编·县年记》："正月十七日，大雪深尺许，地震有声。"《民国宁乡县志》页一五七）

长子梅焯宪因乳母辞去，昼夜啼哭，基瑜命人急忙追回，请其抚养。

廖基瑜作《焯儿因乳母辞去，昼夜啼哭，仍需召还命其抚养，诗以述意》诗。

光绪二十四年戊戌(1898)　三十岁

三月,前山西侯补道周汉以言论文字忤巡抚陈宝箴,臬使黄遵宪言于陈宝箴,将其二品衔道员咨革,下狱。

周汉为廖基瑜的闺阁诗友周宜男、周花君之父。廖基瑜曾作《周女士宜男、花君并称才媛,以诗见惠,依韵答之》三首。

廖树蘅《自订年谱》:"光绪二十四年戊戌五十九岁。是岁在水口山银场。二月赴省吊陈中丞夫人之丧。县人周汉,恶外邦见凌,著书诋之。臬使黄遵宪言于巡抚陈公,将其二品衔道员咨革,下狱。余为缓颊,公意已移。汉字铁真,人称为铁道人,性倔强,不愿出狱。道人以此蒙祸,诚属无谓,然当道恕此灌夫,亦未必成绝大交涉也。施者受者,所见各殊,无从解纷。"(徐一士《一士类稿》页一九四)

五月,父亲廖树蘅选授宜章训导。

廖树蘅《自订年谱》:"五月得选授宜章训导之信。"(徐一士《一士类稿》页一九四)

八月,戊戌维新变法失败。光绪皇帝被软禁,陈宝箴、陈三立父子被革职,湖南维新事业大多被摧毁,唯有水口山矿务不仅没有停办,反而产量大增。

陈三立《先府君行状》："二十四年八月，康梁难作，皇太后训政，弹章遂蜂起，会朝廷所诛四章京，而府君所荐杨锐、刘光第在其列。诏坐府君滥保匪人，遂斥废。既去官，言者中伤周内犹不绝。于是府君所立法次第寝罢，凡累年所腐心焦思废眠忘餐、艰难曲折经营缔造者，荡然俱尽。独矿务已取优利，得不废；保卫局仅立数月，有奇效，市巷尚私沿其法，编丁役自卫，然非其初矣。"（《散原精舍诗文集》册下页八五四至八五五）

廖树蘅《自订年谱》："八月陈中丞因事去位，承其任者为山阴俞公廉三。十月赴省辞矿差，公未允。遂乞假还山度岁，场事暂交儿子基植照料。"（徐一士《一士类稿》页一九四）

王闿运《廖荪畡先生七十寿序》："俄而陈公抚湘，康梁得志，亟用热心之言，举国若狂。湘人被知用者，皆旋踵放弃，独常宁矿利大效。海外腾书，以为巨厂。部尚书移文湘抚，称廖氏私产，即先生为陈抚所开辟也。方其受事时，与巡抚约，一不得掣肘，荐一人，授一策，即请退矣。故其举事皆自经画，以成此伟绩。无尺寸之柄，而御数千万人。外排众议，内检罅漏，为湖南所恃以立国，陈抚所赖以雪谤。"（《珠泉草庐师友录》卷二）

《湖南近代百年史事日志》（1898）："八月二十一日（10月6日），清廷命湖南省城新设南学会、保卫局等一并裁

撤;南学会中所有学约、界说、札记、答问等书,一律销毁。着张之洞迅即遵照办理。”(《湖南近代百年史事日志》页一一四)

《湖南近代百年史事日志》(1898):“八月,清廷将陈宝箴、陈三立一并革职,永不叙用;江标、熊希龄革职,永不叙用,并交地方官严加管束。”(《湖南近代百年史事日志》页一一四)

光绪二十五年己亥(1899)　三十一岁

年初,湖南新任巡抚俞廉三调廖树蘅任清泉训导,以便兼顾管理水口山矿务。

廖树蘅《自订年谱》:“光绪二十五年己亥六十岁。是岁俞公以宜章隔常宁远,不能兼顾矿场,咨调清泉训导。清泉缺较优美,余辞焉。公不可,曰:‘与君无私,无庸辞也。’晤前任梅君鋈,亦曰:‘此席谊当属君。吾之莅此也,曾于梦中得句云:湖海句留十二年。吾由湖南海防例入粟得此职,今恰一纪,宁非数乎。’”(徐一士《一士类稿》页一九四)

是岁,次儿梅焯良出生,即过继给梅毅杰之兄梅梓杰为子。

廖基瑜作《次儿初出腹,即奉两姑之命出嗣夫兄,感而有作》两首。

光绪二十六年庚子(1900)　三十二岁

是岁,基瑜携长女梅焯孝、长子梅焯宪从宁乡来到衡阳,看望父母。每逢胜日,父亲必命赋诗,引以为乐。

廖基瑜作有《百花生日感奋,寄怀诸兄弟》诗。

案:百花生日,旧指农历二月十二日。花朝节,简称“花朝”,俗称“花神节”、“百花生日”,是汉族传统节日。

冬,基瑜从衡阳清泉学署返回宁乡莓田,还舟过昭山,遇大风。

廖基瑜作有《省亲清泉学署,还舟过昭山,遇大风有作》诗。

光绪二十七年辛丑(1901)　三十三岁

是岁,次女梅焯怡出生。

廖基瑜作有《稚女》诗。

光绪二十八年壬寅(1902)　三十四岁

九、十月间,父亲廖树蘅被巡抚俞廉三保举经济特科。

廖树蘅《自订年谱》:“光绪二十八年壬寅六十三岁。是岁在清泉学任。……抚院俞保举经济特科凡六人:三品衔内阁中书浏阳欧阳中鹄,署山西宁远县通判江宁举人吴廷燮，宜章县训导宁乡廖树蘅，举人湘潭梁焕奎，山阴副贡生傅以潜，湘潭县廪贡生王代功。树蘅考语：学问渊博，践履笃实，性情爽直，条理井然，经史而外，中西政艺讲求有素。调署清泉县训导，委令就近办理常宁水口山矿务，已著成效。臣于前年赴衡州阅兵，亲往查看。见该山横亘十余里，厂屋栉比，丁夫数千，悉以兵法部勒，井然不紊，足征威足御众，力能任事。其时学院柯特疏加保，随由排封催赴省领咨，有毋得匏系一官辜负破格求才之意云。自顾疲钝，不能应召，具启辞之。”（徐一士《一士类稿》页一九六至一九七）

《湖南巡抚俞片奏》：“查清泉县训导廖树蘅，学问渊博，践履笃实，性情爽直，条理井然，经史而外，中西政艺，讲求有素。调署清泉县训导，委令就近办理常宁矿务，已著成效。臣于前年赴衡州阅兵，亲往查看，见该山横亘十余里，厂屋栉比，丁夫数千，悉以兵法部勒，秩然不紊，足征威足御众，力能任事。”（《珠泉草庐师友录》卷一）

十二月十四日(1903 年 1 月 12 日)，父亲廖树蘅禀巡抚俞廉三辞经济特科。

廖树蘅《禀抚部院俞辞经济特科》（十二月十四日）：“窃树蘅于十二月初三日，准清泉沈令移知，奉宪台札开，遵旨保送经济特科，蒙采及葑菲，以贱名附入剡牍。伏念树蘅生长穷乡，学识梼昧，自蒙宪台委办矿务，不过率所应尽之分委，非别有专长，乃蒙善。善从长优加考语，并于性情、学术推许逾分。捧读之馀，且感且愧。窃特科为朝廷旷典，较康熙、乾隆博学鸿词之举更觉优崇。自顾何人敢膺兹选，且年逾六十，气体衰疲。今年二月大病之后，至今尚未复原，无论铨材薄植，不足以玷巍科。即此孱病之躯，其不能当明试也。审矣。先是本月之朔，奉学宪柯札开，亦蒙举荐特科，与宪台不谋而合。诚不意肤学浅识，叠蒙大府之知，征檄频仍，彷徨终夜，欲计偕以副盛，举崦嵫之馀景无多，欲却扫以谢简书知遇之隆，情难拂出。处进退惝恍难双，继而思之，与其滥竽充数，致累知人之明，不若善刀而藏，得安愚陋之素。为此缕叙下忱，乞加宥察。凡所陈乞委非矫情，诚得谅。及隐微不相敦促，则骀驽伏枥，当长鸣以报知己之恩，蝼蚁全私，益矫首而荷，成全之德矣。”(《荄源银场录》卷一页四三至四四)

《民国宁乡县志·故事编·县年记》:“县人程颂万、廖树蘅、邓承鼎被举经济特科。树蘅为湖南巡抚俞廉三、湖南学政柯劭忞同举。颂万、树蘅辞不应。”(《民国宁乡县志》页一五九)

是岁，父母远在衡阳，基瑜作诗寄怀。

廖基瑜所作即《奉怀两大人清泉学舍》诗。

是岁，宁乡妇女始多放足。

《民国宁乡县志·故事编·县年记》:“妇女始多放足。湖广总督张之洞刊布《劝不缠足歌》,县人周汉劝诫尤切,至是右族妇女倡行之。”(《民国宁乡县志》页一五八)

光绪二十九年癸卯(1903)　三十五岁

八月,宁乡出现匪患,基瑜母家衡田老屋增建碉楼防盗。

案:《珠泉草庐师友录》卷二中,在刘倬云的《读廖君荪畡示基植诗书后》文尾,附有按语云:“光绪二十九年,公在水口山,函属家人建碉楼防盗,观察虑建不如式,躬来衡田指画,归后数日,遽卒。”公,即指廖树蘅。观察,则为刘倬云。

十月中旬,父亲廖树蘅调任湖南省矿务总局提调,旋升总办。母亲张夫人亦随之离别衡阳,回居衡田老屋。

廖基植《覆抚部院端询问水口山历年开办情形帖子附》:“自二十九年冬,职父经赵升抚檄调回省,派充矿务总局提调,此局改委基植接办,力小任重,时用兢兢。”(《荚源银场录》卷一页五三)

仲兄廖基棫《先考行状》:“府君讳树蘅,字荪畡,一字深侅。……岁癸卯,俞公移抚山西,继者为赵公尔巽,初莅任即调府君主省城矿务总局。水口山委先兄基植继任,先兄悉遵府君成画,前后十六年,都费银一百一十九万两,而

加设西法厂实占十之四五，获赢利在六百万两外。”（《珠泉草庐师友录》卷十一）

光绪三十年甲辰（1904）　三十六岁

是岁，三子梅焯严出生。

光绪三十一年乙巳（1905）　三十七岁

十一月，宁乡大雪，林木多冻折。

《民国宁乡县志·故事编·县年记》：“十一月，大雪旬日，林木多冻折。”（《民国宁乡县志》页一五九）

光绪三十二年丙午（1906）　三十八岁

正月十日（2月3日），湘中名儒王闿运从长沙至衡田访珠泉草庐，给长子梅焯宪赠联。

王闿运《湘绮楼日记》：“十日，阴，晨起，荪畡已兴，议游沩山。杖云告归，早饭后去。游廖园，楼旁一室甚佳，楼不可住，房屋在古今之间。小坐，仍还廖书房，围炉纵谈。书门扁一额，五郎请书联一幅。设正酒，客去无陪宾，荪畡外孙梅童子十岁，云知西历史。及二、五、六郎同坐。良农不出，似熊师家，盖不接俗客耳。”（《湘绮楼日记》页二七〇九）

徐一士《女诗人廖基瑜》：“王闿运书联以赠梅焯宪云：

立身宜法李忠定，好学还思曾伯涵。"（《大风（香港）》一九三八年第九期）

春夏间，宁乡乱民排户索食。

《民国宁乡县志·故事编·县年记》："是年春夏，谷稍贵，乱民乘机蠢动，或借阻禁相攘夺，一都有啸聚排户索食者，知县罗馀莅乡，劝解乃散。"（《民国宁乡县志》页一五九）

夏，湖南各地连降暴雨，引发灾害。

《湖南近代百年史事日志》（1906）："湖南各地连降暴雨，洪水泛滥成灾，数百里汪洋一片，死者三四万人，被灾者三四十万人。此次水灾为湖南两百余年来所未有。"（《湖南近代百年史事日志》页一三六）

光绪三十三年丁未（1907）　三十九岁

春，父亲廖树蘅捐主事，加四品衔。

廖基棫《先考行状》："巡抚岑公春蓂以府君有功湘矿，特疏保举，奉旨交部从优议叙，旋为部吏所格，仅以寻常劳绩加级纪录。"（《珠泉草庐师友录》卷十一）

七月十四日（8月22日），母亲张夫人卒，春秋六十九。基瑜从梅田古屋回衡田赴母丧。

廖树蘅《祭亡妻张氏文》:“玄化细缊,有缘成偶。万古北邙,同归乌有。緊余与君,结欢较久。结褵之初,年十八九。四十九年,乌飞兔走。曾是不意,蓦然分手。呜呼哀哉!君性婉嫕,慈惠是师。上奉尊嫜,委宛愉怡。调以甘旨,夕膳晨卮。雨薪霜臼,一手撙持。新妇能贤,公姥一辞。鞠育勤斯,三女七子。各殇其一,积痛成痏。存者八人,雁行齿齿。纫针补缀,血淤十指。中岁荐凶,两丁亲丧。养礼均缺,灩焉增伤。君实共之,泪涴衰裳。生事奇绌,黾勉同当。饥驱乞米,异县他乡。亲无强近,藐焉寡俦。上事生母,下抚诸雏。惟君是赖,内顾纾忧。每逢出门,有棘在喉。魂折骨惊,君犹记不。男女疾疢,黄小殇殒。连丧五妇,哀怀尤轸。卅年以来,悲劳接踵。胆虚善惊,闻病先恐。人非金石,岂免销烁。气血内虚,肌肤外削。丙申之秋,疠疟大作。幸遇国医,施以良药。黍谷温回,刀圭命夺。随宦衡南,礼岳浮湘。银场冰署,五阅星霜。莲露共瀹,苜蓿同尝。素不解吟,亦渐成章。因闲生慧,思绪芬芳。先劳后逸,蹶困稍偿。卯秋归田,倏更四载。一家春融,至乐无改。余虽不才,虚声众采。俸钱过万,差免冻馁。余笑谓君,生常畏贫。此非贪泉,饮之勿惊。自今伊始,毋虑亏盈。坤为吝啬,厥性靡移。鸡豚粟帛,纤悉必稽。余或妄费,从容献规。我达君悫,伯伦之妻。宁知今日,一瞑不视。何有何无,一棺长闭。卜兆家林，虚其左窀。他日溘然，从君入地。独我老矣，情实难支。每入君室，有泪如縻。虚帷故香，帘衣下垂。无母女孙，涕洟相随。无小无大，噭然同悲。君有何德，致人哀思。无形之化，是谓真慈。念君一生，夫何间然。存顺没宁，众口称贤。会葬山阿，车马骈阗。所不足者，两子未回。远道承凶，戴星归来。靡盬之叹，今古同哀。愿垂护佑，毋使崩摧。我实心悸，不堪再劘。呜呼！生存华屋，零落山丘。对此茫茫，有泪难收。爰命儿孙，薄具肴蔬。君不胜酒，勉尽此瓯。濡泪和墨，摛词写忧。知君鉴此，也应泪流。呜呼哀哉！尚飨。”曾般庵曰：“文生于情，故为擅场。苟令神伤，理不空绮。其原出于《大招》、《李夫人赋》诸篇，粗观之似有冗句，细按始知不可增减。”（《珠泉草庐文录》卷二）。

廖基棫《先妣事略》：“先妣张氏，宁乡二都瑶里人。外祖讳运广，积学能文，妣杨孺人，早卒，遗子女三，先妣次长。继娶彭孺人，生二女一子，外祖旋卒。不二年，彭孺人又卒。张氏家故丰，至外祖大落，先妣时年十五，备历艰辛，常语不孝兄弟曰：‘自汝外祖母殁后至来汝家，中间数年吾实苦矣。汝外祖兄弟六人，才而有文誉者五，数年之间相继凋丧，汝外曾祖大母痛不欲生，家人百计防护。予日夜侍侧，多方劝慰，寝处食饮未尝跬步离。日举稗官及乡井琐事以资遣慰，老人安之，忧以渐释。如是者有年。

汝外祖母所遗子女，予以下有五人，中惟汝四舅差长。然尚未成童，不能治生。每日须其出贷方得食。既出，诸弟妹无所依，常负暄坐檐下，望其兄归。日昳犹未归，知无复望，遂相率入内室忍饿而寝，岂非割心剜肉乎？汝贺氏姨才二岁，每问母安在，便嗷然哭。予忍泣为之慰止，或终夜提挈绕室以行，常连夜不得寝。如是者又有年。而五人衣履垢，则为之浣濯，敝则为之改。为皆予竭蹶任之。予又脆弱，未惯苦役，家既贫，又无仆媪分任其劳。予之苦不第身，未能闲心，亦未尝安也。汝其念哉。'先妣年十九来归吾父，明年为咸丰己未，伯兄基植生，又二年基棫生。其后十年，生基朴、基懋及大妹、二妹、三妹。二妹甫三岁殇，由是益怜。三妹夜必三四起始安卧。乙亥至甲申，基杰、基栋、基棣生。基棣甚聪慧，貌簫伟，两岁即能指楹帖中某字知所自来，教以诗歌，虽日久能背诵，未四岁以腹疾殇。当来归时，大父母犹在堂，先妣事之谨于两姑，委婉周至，奉滫调羹，恒日中犹未食，未尝有愠容。事吾父承顺无违，吾父或怒，辄屏息不发一语，从容改为，冀适其意。补缀缝纫，终夜不释手，故基棫兄弟每岁入塾，衣履无不整洁，或盛暑曝衣，赤日中汗流如渖。冬寒浣衣，致两手皲裂，未尝言苦。大父母皆嗟叹以为贤。家素贫而先妣安之，然耻言借贷，故畏贫又特甚。基棫少时，喜从先妣问字，尝一夕举簿籍中逋欠人名以请，遽挥手止之曰：'儿以此问，徒令我心悸也。'久乃知吾母在室时,外祖以贸迁致贫困,岁暮索逋者匈匈噪门。吾母备尝其苦,是以抚基棫兄弟姊妹十人,皆躬亲劳勚者,诚恐负债为儿女累也。先妣性慈和,好施与。御家人宽而有法,不加疾遽,而人自畏服。生平与人言无龃龉,有身受其恩而以怨报者,亦不与较。尤不喜言人短,或有以人失德事告者,必正色止之。且戒后勿复言。光绪甲戌后,吾父以清泉学官兼主常宁矿务,家以稍赡。先妣粗衣粝食,不改常度。居署中,每食未尝用重肉,虽至是始置婢媪,得稍安逸。然终不以居官署为乐,或语及家园,辄劝吾父作归计。岁癸卯,巡抚赵公尔巽调吾父入主省局,乃挈眷归。归四年而先妣卒。年六十有九,丁未七月十四日也。先是吾父于三十年前梦至一室,室中镜高数尺,旁有杜鹃花一株,落红满地。吾父服四品官服坐镜中。醒谓先妣曰:'杜鹃名断肠花,非休征也。予若官至四品,恐于汝不利。'先妣笑曰:'君以一贫士,安所得四品官耶?'后大府以吾父教官不能辖全省矿务,遂疏请以分部主事加三品衔、赏二等商勋。先妣愀然语诸子曰:'吾其死矣。夫盖汝父之梦无不验也。'基棫以吉语慰解之,不意其验之速也。时基棫与伯兄尚在常宁,吾母心望其归而口终不言。卒之前一日,顾吾父曰:'绿杨门外即天涯,此何人诗也?'他不复问,明日遂瞑。基棫等闻状驰归,已不及六日。时秋暑未退,已濒渴葬矣。天乎痛哉!"(《瞻麓堂文

钞》卷二）

是岁，四子梅焯靖出生。

光绪三十四年戊申(1908)　四十岁

秋，梅颐杰毁家兴学，将梅氏藏书楼澄波楼作为校址，建震东学堂，培养家乡学子。

梅湘宁《宁乡梅家田（莓田）梅氏简介》："梅颐杰，字雨苏，清光绪三十四年毕业于宁乡驻省师范。时各县竞兴学，梅颐杰商之梅鼎杰先生及全家捐资，创立震东学堂。即以梅宅澄波楼兴建校址，造就不少人才。"

宣统元年己酉(1909)　四十一岁

春夏间，宁乡出现饥荒，米价大涨。

《宁乡县志·大事记》（1995年版）："春夏间饥荒，米价一日数涨，村民有的吃树皮、草根、观音土度日。"（《宁乡县志》页九）

七月十四日(8月29日)夜，基瑜作诗抒发对母亲张夫人的念怀之情。

廖基瑜所作即《已酉七月十四日夜感赋》一诗。

七月十八日(9月2日)，母亲张夫人忌辰，衡田老屋设内外八席。子梅焯宪、梅焯严等时居外家。

廖树蘅《珠泉草庐日记》（七月十八日）："晴。撤灵座，化楮，镪石皆梅潭、介卿、稌香侄、琼卿弟并集，刘生静庵、家锡林适来，梅外孙，内外八席。"（《珠泉草庐日记》己酉卷页七）

七月二十日（9月4日），子梅焯宪、梅焯严等兄妹从衡田归莓田古屋。

廖树蘅《珠泉草庐日记》（七月廿日）："晴。……四钟即起，月色如昼，送梅外孙兄妹归。启行黎明矣。"（《珠泉草庐日记》己酉卷页八）

九月十二日（10月25日），父亲廖树蘅示基瑜书，并馈食物。

廖树蘅《珠泉草庐日记》（九月十二日）："阴。遣局丁至家调查买谷事。示基瑜书，与诸外孙食物。"（《珠泉草庐日记》己酉卷页五五）

九月十五日（10月28日），六弟廖基栋举一女。

廖树蘅《珠泉草庐日记》（九月十五日）："雨止。……夜接棫儿信，栋儿举一女，四育皆女，一殇存三，真雌风不清也。"（《珠泉草庐日记》己酉卷页五七）

九月二十一日（11月3日），父亲廖树蘅携五弟廖基杰作帝京之游。晚即上湘江轮船，主客并跟丁共九人。

廖树蘅《珠泉草庐日记》(九月廿一日)："雨甚，燥。御袷衣。蒋少牧招饮天然台。拟酒罢即上船，同往者为芝麓亲家、竹林卢绍云及杰儿，感寒发热，坚欲随去，家僮二人。夏、卢各带一人，主客并跟丁共九人，僦湘江轮船，约以黄昏上船，明日四钟展轮，秋水横江，雨意不止，计时可到，亦快事也。吾自十九年十一月赴杭州，坿小拨船，节节阻风，甚以为苦。今乃曰汽轮之利，世变不测如此。以后另立日记，此号从此止书。"(《珠泉草庐日记》己酉卷页六〇至六一)

案：本条中"吾自十九年十一月赴杭州"有误，当为光绪二十年十一月。

十月，父亲廖树蘅七十岁生日。王闿运先生受湖湘矿业界人士之请，作《廖荪畡先生七十寿序》。

王闿运《廖荪畡先生七十寿序》："近世论士，必曰热心，而刘岘庄尚书独自号冷稳，若冰炭之不相合也。非热不足以济人，非冷不足以应世。士君子怀才抱道，要必有发见之时，乃后不为虚声。不然者，岩谷枯槁，而自以为冷，声华喧赫，而自以为热，其可嗤也均矣。当东南鼎沸之时，天下波靡，而独有湘乡曾侯，倡为求人才分国忧之言，于是左、胡和之，虽走卒下吏，一艺之长，得以自达。闿运弱冠，亦与其议论，湖外人才，搜访遍矣。宁乡近邑廖氏名族有荪畡先生者，与刘克庵兄弟游，称名诸生，竟寂然不相闻。其后湘军愈昌，诸将分旄，而周提督得称大将，专阃固原，乃始礼接之。邀游列营，历览关原，赋诗而还。陈巡抚故宦湘中，颇与唱酬，名声乃稍稍闻于省城。未几而海外耀兵，疆臣失职，征调惶扰，陈公自鄂臬调藩畿辅。江湖波荡，而先生拏扁舟越重湖，游虎邱而还，其于世盖翛然矣，可谓冷矣。俄而陈公抚湘，康梁得志，亟用热心之言，举国若狂。湘人被知用者，皆旋踵放弃，独常宁矿利大效。海外腾书，以为巨厂。部尚书移文湘抚，称廖氏私产，即先生为陈抚所开辟也。方其受事时，与巡抚约，一不得掣肘，荐一人，授一策，即请退矣。故其举事皆自经画，以成此伟绩。无尺寸之柄，而御数千万人。外排众议，内检罅漏，为湖南所恃以立国，陈抚所赖以雪谤。身杂丁役之间，躬畚锸之事。食不兼味，居不重幕。亦哑然自笑，不自知其何所求也。人之目之者，皆以拥厚赀，握全权，一语不合，则以求去要必胜。省局尝欲驾驭之，排挤之，而卒不能。徐视其容色，听其言论，若不知有开矿之利，而遑恤人言乎？闿运长先生八岁，相见时，年逾六十矣。未暇问其设施，但观其诗文，春容高华，无寒俭之音，不与冷官相称。未几，果以学官改部司，主省局，天下言矿政者交推之，而亦垂垂老矣。今年正满七十，同事诸君，皆欲称觞致词，而以余知先生最深，属为文张之。予以先生性冷而心热，蓄道德，能文章，而不见用，偶见之于纤小之事，已冠当时，名海内。

使其柄大政，课功效，必能扩充之无疑也。士无所挟持，诚虚生耳，虽膺高爵，享厚禄，何益？先生家固小康，以勤俭治之，男妇各有所职。六丈夫子，俱有才能，恂恂雍雍，门庭儒雅，尤余所叹羡。尝戏语云：'君毋自夸能教，此福非他人所及也。生平得接贤人君子众矣，先生得天独厚，而不自表襮，特假矿以发之。今七十既老，当古人致政之年，宜及斯时谢事闲居，饮酒赋诗，传子课孙，以福泽长曾元，而何汲汲远游避客遁世之为？'先生笑曰：'吾前者西征东游，子未闻一言，今独欲吾具衣冠，延贺客，仆仆亟拜，以为子酒肉计，子言谬也，姑待吾归而论之。'然闿运窃自喜。相见晚而相知深，吾文果足用也？遂书以为寿。"（《珠泉草庐师友录》卷二）

十月廷试，梅焯敏列优等授举人。

《民国宁乡县志·故事编·县年记》："十月廷试，日本士官毕业童锡梁、袁宗翰、梅焯敏均列优等，授举人。锡梁副军校，宗翰、焯敏协军校。"（《民国宁乡县志》页一六〇）

案：梅焯敏为梅钟澍之曾孙，基瑜之夫梅毅杰堂侄，字勋彝，毕业于日本武备学堂，归赏举人。

十月二十七日（12月9日），父亲廖树蘅从北京回到长沙。廖树蘅被清政府赏赐二等商勋、三品顶戴，伯兄廖基植被赏赐四等商勋、五品顶戴的公牍已奉部文准行。

廖树蘅《珠泉草庐日记》（十月廿七日）："雨，大北风。管驾钱并谓船吃水四尺五寸，由此上驶只四尺二寸，恐于乔口沩口一带当换民船，已而北风沧浪，湘水跃起，竟得平抵省，群称运气使然。连日跼蹐舟中，体为不舒，忽然近省，为之欣然。舟中口占一首云：'北风吹水立，寒日闇无光。漠漠风烟白，萧萧浦树黄。近乡心转急，卷席仆先忙。久役形神倦，今宵引梦长。'晚二钟泊驿步门外，遣家人至局。速轿来。逾时至局，同事皆为问讯，欢然如久别重逢。院送公牍三品阶已奉部文准行，治矿十四年，始得一换头衔，不似近来运动家之容易入手。正惟其难得，免于俗，不敢怨天尤人。"（《珠泉草庐日记》己酉卷页一三一至一三二）

十一月二日（12 月 14 日），侄女出嫁黎家。基瑜挈儿回母家送亲。

廖树蘅《与梅殿香》："儿棫于初二日嫁女，小女瑜挈十一儿回家送亲，初五日仍回去。以老姑在堂，不能久留。"（《珠泉草庐书札》第二十三卷）

十一月五日（12 月 17 日），基瑜从母家衡田回莓田古屋。

案：请参阅本年"十一月二日，侄女出嫁黎家。基瑜挈儿回母家送亲"条。

十一月二十一日(1910年1月2日),父亲廖树蘅复梅英杰信,商谈梅钟澍入祀乡贤祠事。

廖树蘅《与梅殿香》:“来示诵悉。先德遗稿亦收到。礼部公入祀瞽宗一节,同乡在京者皆极力赞成。昨与提学吴子翁谈及,请其照转,亦欣然抧允,容当与院司再言之。公呈列名,丙青、少庵、重坨、渐之、谔臣、册襄、瀛仙、翰宾固当首署,即钱旭人、黄寿苍亦在应选之列。外官如毅夫、石贞、谔林、蕙纫。在籍如云昆、寿堂、贳钧、子谅、次山、毓卿,似均不可遗。不知当有应列者否?贤昆仲可留神一查。暂时似不宜宣露,恐有持异议者生出阻力,牍词不敢推诿。昨巨嵚来省,嘱其将寒香饴底稿清出见付。子修学使云,渠之先人亦曾邀此,典箧中存有公呈稿议,清出送交鄙人,并详示办法。凡一生事迹、著述皆应随呈送院,以便咨部查。礼部公家书,阁下曾抄有底稿,《薜花岩诗文》已刷成者,并此次钞本,与家书一例锓板更妙,此事贤昆仲虽不乏诵芬扬烈之才,要以由阁下一手办成,为更详密。事不宜急,迻侭可从容料理,明春能回府一行,藉得面晤,商定一切,则举无遗憾矣。办事固不免需费,然查用项大约亦不甚多,况君家当非筹措艰难乎?在京与令侄勋彝接见,其意亦甚踊跃,观其质性,沵沇见事明白,不愧佳子弟,令兄可谓有后。忠厚人多福,理有征矣。鄙人在京,略有吟事,颇为湘绮、葵园许可,刷成单片请教知音。付呈六分，以备览鉴，当送郡县之解此者。腊初行将归里，矿事竟难脱身，明年二月仍当再来，令庶伯母体先违和，近已愈，可告知闻清，如尚未动身，缓归亦可，祈告之。冬初暖，想起居康豫。不尽缕缕。”(《珠泉草庐书札》第二十三卷)

十二月四日(1月14日)，梅焯敏回湘充常备新军管带。

廖树蘅《珠泉草庐日记》(腊月初四日)："晴。……至吉祥旅寓，报梅勋彝孝廉步。勋彝自日本入武备学堂归赏举人，回湘充常备新军管带，其尊人现在水口山办事，人甚谨厚。此子所以报也。”(《珠泉草庐日记》己酉卷页一六七至一六八)

十二月七日(1月17日)，父亲廖树蘅未刻抵家，基瑜及小妹廖基璿并家人欢迎于庭。房舍新修，家人假箭楼下灯前夜话。

廖树蘅《珠泉草庐日记》(腊月初七日)："霁，风亦息。未刻抵家，瑜、璿两女，孙男女及子妇辈欢迎于庭，幼稚迎前，为之一慰。新修房舍，假箭楼下栖止，灯前夜话，得团圆之适，惟受田揭债颇重，差可虑耳。”(《珠泉草庐日记》己酉卷页一七二)

十二月十四日(1月24日)，夫梅毅杰及堂兄梅英杰给父亲廖树蘅馈寿礼。次子梅焯良亦随至外家。

廖树蘅《珠泉草庐日记》(腊月十四日):"晴。已刻阅《曾文正日记》。连日劳扰,稍一涉猎,便昏昏欲卧,耽藤椅小憩,以定神思,是日竟两卷。梅婿及其兄殿香馈礼。殿香紫色花衣一袭,太矜重,璧之。梅甥送沈道宽字条一首、碎磁炉一个,受之。梅外孙出嗣其世父者来。夜月如昼。"(《珠泉草庐日记》己酉卷页一七五)

案:本条中"梅外孙出嗣其世父者来",即指梅焯良,为廖基瑜次子。梅焯良出生后,即过继给梅毅杰之兄梅梓杰为子。廖基瑜曾作有《次儿初出腹,即奉两姑之命出嗣夫兄,感而有作》两首。

十二月十七日(1月27日),高祖父廖锦江、曾祖父廖含章、祖父廖新端皆被清政府赠荣禄大夫,祖母及母亲张夫人皆赠夫人。

廖树蘅《珠泉草庐日记》(腊月十七日):"晴。为三代祖考、妣及室人改题。曾祖、祖、考皆赠荣禄大夫,妣皆夫人,亡室亦赠夫人,合享于庭。崇睦堂祠下子孙到者十馀人。"(《珠泉草庐日记》己酉卷页一七六)

十二月十九日(1月29日),基瑜携幼子归莓田古屋。四兄廖基懋因清理宁乡县城各店往来账目,与基瑜同往。

廖树蘅《珠泉草庐日记》(腊月十九日):"阴霏,大北风。瑜女携其幼子归去。懋儿亦同往清理县城各店往来

账目。"(《珠泉草庐日记》己酉卷页一七七)

十二月二十一日(1月31日),长子梅焯宪都学毕业,经县官出题面试,约一时许脱稿,县尹极赏其文,拟置第一。

廖树蘅《珠泉草庐日记》(腊月廿一日):"晨霜,晴,旋晦。懋儿自县回,云四都抢谷案,由都总王石峰、一萧姓粮户酿成,经杨姓讦发,比将萧收押示警。梅外孙焯宪都学毕业,经县官朱面试题《汉文帝唐太宗宋仁宗合论》,入场固未怀挟片纸只字,约一时许脱稿,朱县尹极赏其文,拟置第一,嗣以都学童子压卷,恐县学增惭,改第二。旋询其所自出,知为吾外孙,执手赞叹不已。是日阅《曾文正日记·克复金陵》一卷。"(《珠泉草庐日记》己酉卷页一七九至一八〇)

十二月二十二日(2月1日),县官专差送信至父亲廖树蘅,言四都抢榖米事,并称长子梅焯宪年稚学优。

廖树蘅《珠泉草庐日记》(腊月廿二日):"阴,微霁。龙温冲宋戚遣人馈岁。朱县宰专差送信,言四都抢榖米事,并称梅外孙年稚学优。作书报之,稍嫌辞费。新修房室,将近落成。再从侄女适成、适王者,各携子女来,并馈鸡、豚。其嫂刘氏同来,设席款之。刘氏回去,两侄女留宿。适成侄女,内人在日遇之厚,哭泣甚哀,旋与妹至墓上泣拜。昏时县公又遣差来，为火煸痞徒阻縠事，由经手采縠之萼楼呈报。余不乐与闻，听其自行。老佣王吉顺，年七十五，乘轿来视余，见之留宿。龙钟已甚，殆难再来，给钱六百文。至夏、罗两戚家送年节人归，两家均平安。栋妇母女亦无恙。”（《珠泉草庐日记》己酉卷页一八〇至一八一）

宣统二年庚戌(1910)　四十二岁

仲春，基瑜所著诗集《绎雅堂诗录》在长沙刊刻而成。著名女诗人郭筠为之作序。

郭筠《绎雅堂诗录序》：“光绪七八年，叔舅忠襄公以所居贡院西街宅西头屋为书塾，儿子广钧从公讲肆。公曰：‘敬业善矣，尤当乐群，古人以文会友，有能古文词为诗歌者，事之以师友之间。’小子志之，弗敢忘。忠襄攻江南时，健将曰罗旋吉，其居宅为塾对街之北。宁乡廖君荪畡假寓于罗氏，儿子诣罗氏，因得交廖君，记其新诗数篇归，以之举似忠襄，请评骘。公掀髯举酒曰：‘嘻，此才人之笔，异日必有所表见。道光之季，余观罗罗山、江岷樵诗，决其不仅以诗人名，今廖生之诗殆近似之。得友如此，为尔贺。为尔母画荻之训贺。’匆匆二十余年，儿子幸成名，廖君果以治矿有勋。父子膺朝旨褒，异惜忠襄不及见也。儿子既得友廖君，辄以所为诗乞君弹正，君有所作，亦必以示儿子，君刊所为古文、诗歌各二巨册，既以就正湘绮，又令儿子为刘季绪。虚怀若此，盖其天性不自满，假集众思求至善。自其佐军书兰州，佐陈义宁抚湘行政，治银场荚源，则既有然不独于诗文，嗛然乐他山之助也。君有六子皆俊才，能负荷，儿子笑谓：‘斜川集有胜大苏处。’君亦笑出。绎雅堂诗，乃君长女名基瑜字琬芗绣余所为诗词也。儿子归，以此册呈，余行年六十馀，于世间纷华可喜之事都无所好，唯古今诗人呕心披肝之作，则日览数十卷，惟恐其尽，名篇佳句日讽数十过，不觉其疲，于闺阁之作，尤为细意推敲，以考当时风俗政教，其感动于女子之心而形于兴观群怨者奚若。少年时取正始集批评一过，抵湘则考求湘中女子诗文。其总集若《沅湘集》中闺秀一门，别集若《湘阴左氏闺秀集》诸家；下至一篇之传钞、一联之摘句，靡不珍而录之，顾裒集虽多，而心折殊罕。今观琬芗之诗，妙句天成，不事雕饰，格律固秉于庭训，机杼实出于慧心。吾乡后进闺阁诗才，称何氏懿孙、张氏秉彝，得吾琬芗骖靳其间，无优龙劣虎之可言矣。何氏亦击节琬芗，观集中仪孝堂诗可见。余近刊诗集，煞青既竟，当以质吾琬芗，问天宝末年时世妆于今定何如也。琬芗适梅氏，为阿舅文正戊戌同年霖生先生之孙妇。儿子幸得奉交于廖君，两世通家，重以诗家之纻缟，因备论其源流，以为绎雅堂诗叙言之不足，又长言之，亦诗人之心尔。宣统庚戌五月十六日，蕲水郭曾筠

书。”(《绎雅堂诗录》卷首)

三月,长沙饥民闹事,宁乡三百多乱民应之,怒捣米店、官钱局等。梅氏藏书楼澄波楼亦被焚毁,这一湘中著名藏书楼的数万册古籍多被焚毁。

梅湘宁《宁乡梅家田(莓田)梅氏简介》:“宣统二年长沙饥民闹事,宁乡乱民应之,焚震东学堂。乱定,以玉潭书院考棚上课三年,后再迁净土庵。梅颐杰于宣统三年就任玉潭学校校长,后即家居不出。”

《民国宁乡县志·故事编·县年记》:“三月,奸民焚县城警局、学堂、教堂,乱延各乡。知县张致安捕斩数人,士绅公推在籍福建补用知县刘本钟练团防匪。”(《民国宁乡县志》页一六〇)

是岁,长子梅焯宪赴北京,入京师大学堂深造。三子梅焯严、四子梅焯靖读书外家,兄弟自相师友。焯严因悉发草庐藏书纵观之,学日以进。

案:请参阅本书附录《梅焯宪先生传》。

宣统三年辛亥(1911) 四十三岁

是岁,长女梅焯孝年十八,适同邑刘氏。

案:请参阅本书廖基棫所作《外甥女梅酉姑墓志铭》。

九月初一日(10 月 22 日),长沙新军起义。次日,湖

南宣告独立。

《湖南近代百年史事日志》(1911)："10 月 22 日(农历九月初一日)，长沙新军起义，攻占巡抚衙门，杀巡防营统领黄忠浩。巡抚余诚格潜逃上海。是晚各界集会，宣告湖南独立，成立中华民国军政府。"(《湖南近代百年史事日志》页一五九)

冬，父亲廖树蘅辞去湖南矿务总局总办职，幅巾还山，退居衡田老屋。

廖基棫《先考行状》："国变后，幅巾还山，乃与世绝。"(《瞻麓堂文钞》卷二)

民国元年壬子(1912)　四十四岁

春，伯兄廖基植因病辞去水口山矿务局总办职，回衡田老屋休养。

民国三年甲寅(1914)　四十六岁

正月二十二日(2 月 16 日)，伯兄廖基植在衡田老屋辞世，享年五十五岁。

廖基瑜作《虚斋吊伯兄璧耘》诗。

廖基棫《伯兄事略》："兄讳基植，字璧耘，湖南宁乡人，清县学生，候选训导，以主办茭源银场功，赏四等商勋、五品顶戴，甲寅正月二十二日卒，年五十有五。兄生而颖悟，三岁时，先大父培吾府君授以王子安《藤王阁序》，背诵不遗一字。七岁学为诗文，十岁作《石假山赋》，词藻妍丽，音节古雅，湘乡洪彭述、张寿璿为文赠之。一日，兄自塾归，以所填唐多令词呈先大父，阅之直喜，而家君不之信，复命题试之，援笔立就，与前作无少轩轾。家君始信其能。兄读书多务冥思，恒若不经意者，家君深嗛之。张先生发濬，兄妇翁也，馆里中杨氏，家君欲就之谈，虑兄嬉游废学，乃豫命十馀题以难之，限五日成。而兄视之若无难者，不三日诸艺毕具，且无弗佳者。张先生大惊，谓家君曰：'知子莫若父，君竟不自知耶？'时兄犹未成童也。既长，补县学生，屡困乡举，又以家贫，故益不自得。乃游幕福建道，由衢州达玉山，舍舟从陆，资用既尽，不能备舆马，主仆二人连日行泥淖中，备极艰阻。生有至性，母殁庐墓数月，自后道及母生前事，未尝不呜咽流涕。或有事为家君严责，屏息悚惕以待，深自引咎，不敢稍违。待弟妹尤诚挚，常喜举儿时事以为笑乐。基棫读书里中之大雾寺，兄时就谈，尝一夕道及少时与群儿角逐山谷间，及拾薪采药诸事，吃吃不休。邻叟闻而异之曰：'语所谓兄弟怡怡者，君等之谓耶！'基棫性褊不能有容，兄则宽大而亟友爱，于妻子纤毫无所私，每自外归，凡布帛果饵之属，于诸妇、子侄分给未尝不均。性质直，与人言无少唯阿。朋友有过，常面告之，人亦谅其谅直。作事有终始而能任劳，光绪丙申，家君办矿常宁水口山，兄随侍坑所。家君旋以清泉学官兼理矿务，凡劳苦琐事皆兄任之。后家君调主省局，山中诸务，大府悉以委兄，每日天未明即起，就灯下先读四子书或宋五子书数章，然后乃治公事。日中钞书一纸，数年之间，手写《周礼》一册、《仪礼》一册，县人周世教《医书》一部，首尾端楷若一。夙淡名利，事有功不求表襮，或有誉之者，辄退然若不自胜。财非分一介不取，居矿山十馀年，无一浪费，屡求退未得，卒以积劳成疾，致两患背疽。国变后，辞职还山，未及两年，以劳疾卒。当事录治功呈请优奖，以恤其劳。呜呼！以兄之恬淡，岂以是为荣哉！兄诗文有法度，然不自矜重，作则随手散佚，不常示人。唯江苏李宝淦、江西涂懋儒两先生时有唱和，湘潭王湘绮先生颇称兄贤，先生尝谓家君曰：'吾又得与汝郎君交好矣。'盖兄以居母忧时奉书先生，并享以物。先生责其居丧遗人非礼。兄乃引罪自谢。先生复书云：'昨贡直言，深蒙嘉纳，然非闿运无此戆拙，非吾贤无此虚衷，但引瞖太过，使闿运反悔直致也。'先生因此转重吾兄，自是书问往来无虚日。兄所著书，已刊者有《紫藤华馆诗草》四卷、《词》一卷、未刊者《文》二卷、《骈文》一卷、《丧礼辑略》二卷、《矿学须知》一卷、《书牍》六卷，《日记》起丙申、讫甲寅，直至卒前三日始绝笔，共二十七卷。呜呼！兄劳勚既久，年命又促他无所成，良足深痛。然即此可见其平生矣。配张宜人，先二年卒。继娶喻氏。子一人，张宜人出，孙一人、孙女三人。基棫庸陋，不能表扬吾兄，惟思托贤人文章，以垂不朽。谨状其略以俟焉。”（《瞻麓堂文钞》卷二）

民国四年乙卯(1915)　四十七岁

春，长女梅焯孝病卒，年仅二十二岁。

廖树蘅作挽联云：“福慧本难双，如此聪明宁耐久；老怀原易恶，那堪殇逝重愁予。”（徐一士《女诗人廖基瑜》）

四月二十二日(6 月 4 日)，基瑜作诗念怀长女梅焯孝，并作挽联。

廖基瑜作有《挽长女梅焯孝》、《哭长女焯孝》、《检阅亡女焯孝小照凄然成韵》诸诗，以示对长女梅焯孝的思念之情。

民国五年丙辰(1916)　四十八岁

四月十七日(5 月 18 日)，王闿运为基瑜之母张夫人撰墓志铭。

王闿运《湘绮楼日记》：“四月十七日，阴。作《廖荪畡妻墓志铭》。”（《湘绮楼日记》页三四二八）。

王闿运《湘绮楼日记》：“四月十九日，阴。适遣罗童送廖志去。"并给廖树蘅作书一封。书云:"辞别以来,风声日幻,近乃有汤郭相攻之谣,事不关己,不宜过问也。但恐一旦被劫,致负宿诺,今遣人送上嫂夫人志铭初稿,即希改定。节录较略,文笔冗沓,殊不足赞扬盛美,恃有大匠加以绳削,则成章矣。农忙不宜闲游,故未得诣。并颂诸郎侍安,不具。"(《湘绮楼日记》页三四二九)。

王闿运《廖郎中妻张恭人墓志铭》:"恭人张氏,宁乡人。父讳运广。先世富于资,道光时,旧族尽衰,张亦贫窘。恭人母杨,生子女三人,早卒。继母彭,有二子一女,后于父二年卒。祖母刘,痛子伤贫,悲悯诸孤。恭人年十五,谨率弟妹,上奉重帏,浣濯缝补,针灰恒具,复时婉愉,以释沉忧,贤孝之称,有闻三族。年十九,归同县廖氏。夫曰树蘅,字荪畡,衡田旧族,礼法夙名。贵女莱妇,恒当自矫。恭人习成若性,婉娩执笄,善事两姑,无劳训督。时廖亦中落,夫恒远馆,恪承羞饍,黾勉有无。子女十人,并躬自抚育。既无漱裳之妾,常嘲拥絮之儿。粲粲成行,劬劳惫矣。然习于华膴,尤持门户,匪独不言假贷,尤乐施与。辛勤卅年,乃获优暇。廖君以徇友治矿,遂开湘利,适以军功补宜章训导,当檄之官。巡抚资才,特移清泉,俾得将家,就近理事。水口山者,本唐宋银场,新收砂利,西洋估价,岁银百万,为五洲第一。将假便宜,不承台命,大利所在,喧赫一时。恭人椎髻青裙,其容不改,督饬家政,在富如贫。时诵淑言，劝夫偕隐，如此一纪，果获全归，功成身退，盖由内助。廖君年届悬车，恭人亦六十有九。光绪三十有三年七月十四日，终于内寝。卒前，廖君感异梦，衣冠临镜，章服四品，镜满落花。时犹老诸生，旋以奏司总局，由郎中晋阶四品，恭人未及受封，遽从前逝。勤勚无酬，吁其衋矣。况诸子承训，靡恃靡依，出入靡瞻，廓然何寄。既遗命薄葬，封树虚从，是用铭德刻哀，昭兹懿美。其词曰：珠泉如沸，清淑蕴灵。克配贤媛，有闻无形。爰在孤幼，已彰劬孝。提挈弟妹，成之繈褓。初笄外成，作配文儒。恭承素业，媚顺两姑。天锡多男，夙夜劳矣。有孩有婴，不遑朝矣。勤俭翼翼，耄而犹力。岂曰好勤，虔恭是职。家门俄盛，驷马喧阗。朅来官舍，机声轧然。赢金非富，庭松伊旧。言返吾庐，提瓶浣漱。诸妇济济，嗣徽斯美。偕老齐眉，息我以死。天地风尘，吾返吾真。不污浊世，桂隐为邻。”（《珠泉草庐师友录》卷六）

四月，宁乡盗匪四起。三十日，一百六十余匪围衡田老屋，掠去厩马等。父亲廖树蘅赴东关外莓田梅宅避匪。

廖树蘅《前避寇六首》：“丙辰四月，乡闾盗匪蜂起，湘乡沈伯纯、宁乡谢文彬其魁也。谢支党踞石潭口之鳜鱼砦、南田坪，均隔余家不远。是月晦，突来百六十馀人围余宅，掠去厩马、纸币。五月十一日，谢率众数千犯县治，陷之，知事避去。旋来军队数起，有隶程潜者，有云经长沙汤督军派来者，与谢党杂居。谢本西门外甿隶，自以根势已立，与各军首尾暂归息。十六日辰刻，外军驻关岳庙者，邀谢计事，其妻虑不测，劝勿往，不听，至即逢枪毙。或曰程潜所为，或曰非也。谢党鸟兽散。未几，余党复集县属七都、五都，重经扰害。六月十六日，有居石潭口外之冯德卿，率十数人来，口称奉湘乡沈司令牒委索枪支，儿子辈以难可与语，探知治城自谢受诛粗安，送余赴东关外莓田梅宅。时南田坪、龙凤山一路氛尤恶，漏夜改道渡乌江，沩循西大路入城，午抵莓田。'篝火妖狐啸，潢池又弄兵。出亡诚卤莽，属耳尽风声。束缊连宵发，驱车避道行。婿乡差可隐，小乱暂居城。''坤维纷解纽，群盗满江湖。兵贼看难辨，官曹事有无。凭谁游羿彀，失喜落蝥弧。大泽犹余警，中宵感喟俱。自甘知事行遁，无人承乏，旋有易、张、丁、杨四人先后入县廨，皆不久自去。城乡自相保集，图苟安。主客难分，纪纲未立。邻县如益阳、长沙犹时有寇警，殊惴惴也。''薛花崖畔路，渴爱碧泉凉。向夕犹馀热，幺荷尚有香。偶逢渔父语，弥觉故情长。何处炊烟起，萧疏古柳庄。薛花崖下临玉潭，距莓田仅数武，崖畔石泉清冽，烹茶最佳。时方苦热，日晡偕童孺纳凉崖下，旁有渔庄垂柳荫中。渔人结网鸣榔，相逢问讯，真意可掬。''世乱交亲在，兼旬饫老饕。江迥鲜鲫美，林密赤乌逃。一饭思冥报，诸梅太兴豪。毋容矜独醒，泽畔共餔糟。梅宅居东郊外，负山面流，竹树蒙翳，自其先人礼部君以来，仍世居之。结构谨严，后院尤邃，婿家兄弟、叔侄排日治觞邀饮，令人忘乱离羁旅之思。''手爪姜芽拙，朋知颇嗜痂。相看撤寒具，见赏到僧伽。绾处难为蚓，涂来只似鸦。息机由守黑，妙义本南华。素拙临池，到此无闲，僧俗竞以笺素索书，爱而忘其丑也。梅氏有楼，后枕高岩，藓石凝结。每晨起阴凉适体，辄登楼吮墨，为竟数纸。时主客军屯，尚有数千，桴鼓声相闻。乘暇为此乌唇濡袖之事，殊自笑也。''一片潭桥月，乡心九处同。渐闻蛮触远，未忍故巢倾。家祭仍荆俗，商歌补楚风。墙头频过酒，谋野速溪翁。仓皇出走，全家迸散，分为九处，其实能坚守望之。义亦无须仆仆也。节届中元，当归荐新，十一日黎明，由莓田首途至银花桥早尖，午抵家，仅棫、楙两儿挈佣数名居守，房栊阒寂，不胜离散之感。惟中庭夹竹犹花，秋兰无人自芳，若留待主人归者。家人避居近邻者，亦次第归。向夕举行家祭，念我先人汍澜不已。盖感极而悲也。'"（《珠泉草庐诗后集》卷二）

五月十一日（6 月 11 日），匪首谢文彬率数千人攻克宁乡县城。湖南都督汤芗铭派兵弹压，谢兵败被杀。

《宁乡县志·大事记》（1995 年版）："三月，谢文彬聚众瓦子坪，称'护国军'。湖南都督汤芗铭派兵镇压，谢兵败。"（《宁乡县志》页十）

《湖南近代百年史事日志》（1916）："6 月 11 日（农历五月十一日），谢文彬在宁乡起事，汤芗铭命团长陈策往平之。适程潜率军由湘乡至宁乡，将谢捕杀。"（《湖南近代百年史事日志》页一八三）

民国六年丁巳(1917) 四十九岁

九月,湘军朱泽黄旅溃卒过境衡田,父亲廖树蘅率眷避入洞冲老屋。

案:请参阅民国九年庚申(1920)"四月二十五日"条中之廖树蘅《后避寇五首》。

十月前后,王道平等聚众起事,攻占宁乡县城,驱逐知事田兆龙。莓田古屋亦受匪众骚扰。后王道平等遭湖南督军傅良佐遣部弹压。

《湖南近代百年史事日志》(1917):"11月9日(农历九月二十五日),'宁乡护国军'数百人占领县署,宣告独立。傅良佐派兵前往镇压,'护国军'退据安化一带。"(《湖南近代百年史事日志》页一九三)

民国七年戊午(1918) 五十岁

初春,南北军阀混战,湘粤桂联军后撤,多由靖港入宁,沿途劫掠,民怨沸腾。

《宁乡县志·大事记》(1995年版):"三月,北洋政府派曹锟、张敬尧率部攻湘,南北军阀混战。湘粤桂联军后撤,多由靖港入宁,沿途劫掠,民怨沸腾。"(《宁乡县志》页十一)

四五月间，宁乡暴雨成灾。

《湖南近代百年史事日志》(1918)："五月，长沙、株州、醴陵、湘潭、宁乡、湘阴、湘乡、耒阳等地山洪暴发成灾。"(《湖南近代百年史事日志》页一九九)

十二月四日(1919年1月5日)，长孙女梅玖培出生于莓田古屋。

是岁，五弟廖基杰在衡田老屋辞世，年仅四十四岁。

案：请参阅光绪元年乙亥(1875)"是岁，五弟廖基杰出生"条。

民国八年己未(1919)　五十一岁

十月二十三日(12月14日)，父亲廖树蘅年序八十。基瑜回衡田老屋为父亲祝寿。

民国九年庚申(1920)　五十二岁

四月二十五日(6月11日)，湘中一带南北军混战，南军一师一旅一团副团长某持其团长手书，率百余人围基瑜母家衡田老屋。是日夜，母家数十人避居洞冲老屋等地。

廖树蘅《后避寇五首》："庚申四月，北军驻防衡州者，因换防全军浮湘东下，南军督起永郴桂之师，收衡州，克宝庆，下长沙。湘督张弃城走，资械丧尽。湘中乱氓乘南军逐溃兵往岳，四处搜取枪支，杀人越货，在所不免。幸南军连诛十馀人稍止，然馀氛未尽殄也。二十五日，有南军一师一旅一团团副某持其团长某手书，率百馀人围吾宅，长副皆与余家有娅经，余面问遂解围去。复有李姓来，不肯道名称，一师五团中有两人尤狞悍，闯入屋后，枪林弹雨，合家惵惧，任其登楼发箧，大索数时。然先后来者只持去团局寄存枪支，未及他物也。是夜余家男女三十馀人皆迸散，余止于先曾祖祀庐，越数日风气犹未息。二十八日夜，复移居去家三里之洞冲老屋，原先高王父所营缮，分授季房者。院宇深静，居处甚适，当丁巳九月朱泽黄溃卒过境，余亦曾率眷避入此宅。今第二矣。五月十一日，有张某者匿冲内人家，引党窥伺。是夜，乘月仍回家。时靡有宁，无穴可逃，拟从此听客所为，不出雷池一步矣。当丙辰六月谢寇扰乱，曾赴县城梅宅作避寇诗纪事，今用原韵，再拟五首，以见世变。月异而岁不同。'洞口仍充隐，天心未厌兵。宵征趁荧火，甚雨壮溪声。不道龙钟叟，重为避地行。四维今已裂，何处有金城？''镫火穿篱出，苔深古屋凉。到门闻犬吠，积雨发林香。捧杖怜余惫，铺床引睡长。途穷安用哭，有尔道南庄。''兼旬骇龙战，碧血染重湖。债帅骑猪去，腰缠跨鹤无。举幡难息斗，载鬼竞张弧。海客乘桴便，群思击檝俱。''一物归人有，非其不敢饕。如何藏壑密，竟尔负舟逃。共说黄天立，都成赤帻豪。放怀齐得丧，埋照且铺糟。''运数无由测,艰危到处同。多生徒速辱,有胆向谁倾。晋郑共和局,纵横战国风。一般无可说,输与嗫嚅翁。'"(《珠泉草庐诗后集》卷二)

夏,张敬尧部过宁乡,烧杀抢劫。

《宁乡县志·大事记》(1995年版):"六月,湘军进长沙,驱走张敬尧。张部刘振玉、王记三率部过宁乡,纵火焚烧回龙铺信义堂及县城南正街商店数家,杀民众百余人。"(《宁乡县志》页十一)

民国十年辛酉(1921)　五十三岁

是岁,基瑜因避乱,率全家暂居母家衡田老屋。

案:请参阅本书附录《梅焯宪先生传》。

五六月间,婆母王太宜人卒,无疾而终。享年七十四岁。

案:请参阅民国十一年壬戌(1922)"年初,夫梅毅杰乞仲兄廖基棫为婆母王太宜人撰述墓志铭"条。

民国十一年壬戌(1922)　五十四岁

年初,夫梅毅杰乞仲兄廖基棫为婆母王太宜人撰述墓志铭。

廖基棫《梅母王太宜人墓志铭》:"宣统逊位之九年五

月某日，梅母王太宜人避兵于乡，越十九日无疾而逝。明年二月，将葬于县东之石嶙关，其子毅杰以状请名。毅杰，予妹婿也。予常往来其家，知太宜人懿行详。宜人姓王氏，河南人，年十岁遭捻匪之乱，随家人避徙长沙，十五归宣恩县知县梅公镜源，为少室，生三子，长栋杰，次梓杰，次毅杰。毅杰五品衔、候选州同。梅氏为宁乡望族，宣恩之父讳钟澍，以翰林改官礼部，宣恩兄弟皆贵显，家亦裕。宜人来归时，其姑高太夫人犹在堂，治家严而有法，稍拂意即厉声呵责。宣恩尤俭约，凡井臼中馈浣濯缝纴之事，无仆婢可任，使宜人操作，穷日夜不倦。高太夫人嘉之。宣恩既卒，嫡子妇及众子异爨，栋杰、梓杰又相继先卒，宜人总核家政，秩然有序，宾祭昏嫁丰俭适宜。自奉薄，生平不常衣纨绮，饮食淡素，子妇或加丰腆，则曰：'吾不习也。'而姻族中有贷钱不能偿者，辄焚其券，终身不复言。性庄而和，教子甚严，接娣姒则退然自抑，家人咸敬礼之。晚年好花木，常于院落中植兰、菊数百本，日率诸孙灌溉为乐。卒年七十有四，卒之日家人哭之，感动邻里。时予妹亦以避乱来予家，闻讣痛不欲生。宣恩兄弟之子感其贤而有礼，无少长皆为持服，论者咸叹为未易得也。子三人，孙五人，曾孙一人。铭曰：'坤之德薄，而厚宜人，秉之贤以寿，生有令闻仪，众妇没有，遗施昌厥，后石嶙之冈，郁深秀卜，万世藏终不朽。'"(《瞻麓堂文钞》卷二)

民国十二年癸亥(1923)　五十五岁

五月二十七日(7月10日),父亲廖树蘅在衡田老屋辞世,无疾而终,享年八十四岁。基瑜及夫梅毅杰携三子焯严、四子焯靖赴衡田吊丧。

梅焯严代父梅毅杰撰《祭文》。文曰:"缅维辛卯,童年弱植。甥馆载登,东床忝厕。翕翕两家,姻娅琐琐。饮之食之,爱我诲我。茭源主矿,手辟榛菅。清泉讲学,发昧启顽。十里西湖,花开菡萏。撰杖徜徉,我亦同览。于时公子,问视如婴。伯埙仲篪,锵然翕鸣。暇则偕行,携壶挈醯。石鼓祝融,酣嬉跌宕。流光飘忽,兔走乌飞。回首旧游,邈焉莫追。功成身退,林泉偃息。沧海横流,山河故国。丙辰之岁,盗起仓黄。公率家人,避地婿乡。收召惊魂,浑忘客主。朝盘暮卮,欢腾笑语。薜花岩畔,沩水潆洄。么荷余馥,向夕徘徊。留止敝庐,淹旬匝月。诗满奚囊,清兴勃发。胡天降乱,骨肉连伤。十数年来,接踵死丧。外姑先逝,裂我肝肠。家君继之,叔弟旋亡。岐嶷文孙,双摧玉树。死丧之威,老泪如注。怡怡外孙,宁氏常依。谓可向学,为之择师。牙牙学语,奖藉时加。我之自出,用以相夸。去岁今年,抠衣趋晤。公之孙曾,后先婚娶。酡颜白发,见我之来。语笑都温,喜溢尊罍。公年虽高,公神犹旺。私心窃喜,期颐可望。讵知凶问,一夕遽闻。仙袂飘然,无疾而终。乌乎哀哉!公之生平,炳蔚渊美。研精大道,力行身体。陋彼腐儒,性理空谈。博文有耻,服膺昆山。公于世务,靡不详究。风俗利病,有书未奏。公之文章,百家一冶。神近大苏,千里一泻。诗探汉魏,下涉苏黄。芳鲜澄澈,时贤之评。嫜婀诡随,乃所大耻。有蓄未施,瞬然不滓。遗书累箧,名山是藏。越千百年,大放厥光。公子四人,渊源家学。济济孙曾,峥嵘头角。福寿兼备,茹笑归真。乌乎我公,遗憾谁云。悯予小子,私衷是痛。怅触平生,卅年如梦。王父清德,公所夙钦。见辄诏我,典型是循。怜我贫困,周急不遑。每一念之,如何可忘。我之内子,惧公年高。每闻使来,情怯心忉。畴昔之日,遽告公危。戴星西奔,良医莫为。嗟我长子,饥驱岭峤。道阻且修,公心是搅。羽书烽火,阻隔天涯。一朝闻讣,泪陨如縻。乌乎公乎,而竟已矣。委蜕遗形,终古莫起。昔我晋谒,语挚情深。今我之来,顿邈音容。伤心内子,归宁此后。触目生哀,奚堪回首。写辞可罄,莫尽我悲。公灵仿佛,鉴此隐微。乌乎哀域!尚享。”(《珠泉草庐师友录》卷十一)

廖基棫《先考行状》:“府君讳树蘅,字荪畡,一字深侅。我廖氏先世,南宋时有淇惠公者,以端平二年由江西泰和随孟珙破金积功,官指挥,镇潭州。其曾孙城景,以元延祐年由长沙迁宁乡衡田,即府君今所居衡田老屋也。传十七世至孔殷公，讳锦江，为府君曾祖。祖讳含章，学者称芬田先生，识量宏朗，以让产闻乡里，县人袁侍读名曜，称为‘宁乡第一孝友之人’，湘潭王先生闿运尝撰文以表其墓。考培吾公，讳新端，质置好义。芬田公有三子，惟培吾公生府君一人，芬田公极珍爱之。性敏异，初读书，能通大义。七岁，芬田公教以声韵并四声反切法。一日，塾师授李太白《蜀道难》古风，至‘子规啼夜月，愁空山。蜀道之难，难于上青天’，疑其句读。府君曰：‘删先古通，当以山与天为一韵。’塾师惊异之。吾家先世丰于财，府君时中落，又多家难。其时谷贱钱荒，吏法刓敝，愚顽敢于干纪。族子某素无赖，以田索售，不能应，即掘塍伐竹木，凶悍莫敢与抗。讼于族，不得直，大父遂称贷与之，坐是家益困。府君忧之，一日偶涉园，见橘树为蛛丝蒙幂就萎，而园丁日加灌溉。未几蠹蛀灭，生气复盛。府君悟曰：‘人不当如是耶？’由是益励志读书。时粤寇大起，咸丰甲寅二月陷宁乡，分党劫掠，乡人大恐。府君侍芬田公冒风雪避深山中，不敢动者十余日，而府君读不辍。年二十四补县学生，逾年食廪饩。同治庚午大父病剧，时不孝等尚幼，吾母张夫人娠将娩，家贫无仆役，府君日夜扶侍，衣不解带者五十余昼夜。大父殁后，以大母年老，一意授徒于家。光绪癸未，县人周公达武提兵甘州，招府君往。府君为奏销贵州兵饷历年未结之案，并为撰《蜀黔战事书》二卷，即今刊行之《武军纪略》也。留二年归。壬辰出长玉潭书院，院例向课制艺，府君为置群籍，仿姚先生姬传义理、考据、词章分课，并编立学约，使诸生知敦品励学，通古今，习时务。岁乙未，巡抚义宁陈公宝箴大兴矿政。先是陈公备兵辰沅，延府君课其次子三畏，其长子三立与府君尤善。故陈公父子知府君深，遂委办常宁水口山矿务。矿场在万山中，其地狭隘，商人开采久，窟穴重叠，积潦甚深，入夏即当停采。府君旁皇筹度，得开明礲一法。将朽壤揭去，开一大口，上哆下敛，使积潦归于一泓，用田家龙骨车汲之，水易尽，然后隧地深入。规画既定，削牍上陈，已报允行，兴工两月，主省局者悉反前议，谓古今中外无此办法。函牍交驰，百端诮让，府君不为动。先是府君至山，适地方苦饥，贫民掘白泥和野菜以食，味微甘，土人呼为观音米，食久腹胀，多死。府君急发米振之，全活无算，皆感奋竭力，至十月乃获大矿。明礲成效卓著，泰东西人来视矿者，咸称为五洲所无，且极言土法之善，水口山之名远腾中外。戊戌，府君部选宜章训导，巡抚俞公廉三以水口山矿事不可易人，遂调署清泉，兼顾矿场。在任五年，所定下乡宣讲兴学、种植、水利章程，俞公备录原禀，通饬所属仿行。会朝廷会试经济特科，俞公及柯督学劭忞各疏举府君名以应，府君以年老辞未赴。岁癸卯，俞公移抚山西，继者为赵公尔巽，初莅任即调府君主省城矿务总局，水口山委先兄基植继任。先兄悉遵府君成画，前后十六年，都费银一百一十九万两，而加设西法厂实占十之四五，获赢利在六百万两外。府君既入省局，力将积弊廓清，常谓治矿有如经商，当保官本，图渐进，毋务恢张，在事八年，官商大和，利无旁溢。巡抚岑公春蓂以抚君有功湘矿，特疏保举，奉旨交部从优议叙，旋为部吏所格，仅以寻常劳绩加级纪录。谕出，岑公歉然，府君笑曰：'某素无宦情，不遇命也，而天恩固已及之矣。'岑公再疏，请以分部主事，得赏三品衔、二等商勋。府君治矿虽久，然未经手一钱，当开工时，作文誓山神，有'洗手奉公，免存朝气，有渝此盟，明神殛之'等语，而言者不察，谓有私财百万，府君弗与辩，而人亦不复言。方府君在常宁时，奉檄为地方除剧盗数辈，解剽匪百余人，又为地方置义租三百石，人以是感之，受代日送者几及千人。矿场至松柏市十里，沿途男妇老幼设酒馔拜献。有一老媪焚香伏道旁，府君笑曰：'尔何为耶？'媪曰：'自公来山，老妇有二子营工山中，数年得饱衣食，今娶妇有孙，皆公之赐也。老妇无以为报，惟祝公康宁百岁耳。'言已欲泣，府君亦为黯然。国变后，幅巾还山，乃与世绝。年来体质稍减，而精神尚健，属纩前四日有客至，谈论四昼夜不倦，客去送之门外，犹携孙曾视园蔬。时天气酷暑，南风大作，虑田水干涸，扶杖至陇上，归仍观书不辍。日晡，呼家僮剃发，并具汤沐浴，进饭两盂，坐凉中庭，气微痛，扶入房进以药，不效，然犹未至剧。

时新得《左文襄家书》，于是日阅毕，犹言文襄事不休。至五鼓，痛复作，旋止，惟闻鼾声如平时，呼之不能应。越一日丑刻，无疾而逝，时癸亥五月二十七日也。天乎痛哉！府君自少时即服膺昆山顾氏，取行己有耻为学。又尝举张宣公对孝宗'先求晓事之才'一语，谓能此则体用兼备，恒以此自励，亦以此勉人。生平笃于宗族之事，创修祠墓二十余所。尤耽田园之乐。尝病乡人事耕多取便易，每岁运谷至外埠易枯饼粪田，取其性热而苗易长，然耗现谷不少。府君告以草化之法，市红花肥草诸种籽于收获前后播之，春至芳花满畦，刈浸泥中，越宿而腐，其肥异常。乡人初以为不便，既而以利甚大，群趋效之，皆府君力也。府君好施与，里党中有穷苦不能自存者，必周济之。卒之日，有妇人数辈跪泣灵前。一妇人曰：'吾夫死于匪，吾蒙难，非老人母子不得生。'一妇人泣曰：'吾有孪生女，不能育，非老人几为翁姑溺之矣。'其悲感呜咽，至不忍闻。呜呼！此皆府君之实也。府君以道光庚子十月二十三日生，享年八十有四。配先妣袁夫人，无出。继配吾母张夫人，前十六年卒，王先生闿运有传。子七人：基植，附贡生，候选训导，以银场功赏四等商勋、五品顶戴，先卒；基棫，附贡生，州同衔；基朴，中书科中书；基懋，主薄；基杰，县丞，先卒；基栋，同知衔；基棣，殇。女三人：长适梅，次殇，三适彭。孙七人：镇乐、镇珊皆监生，镇沧，镇枢。曾孙七人：湘玖、湘玙、湘瑾、湘璠。所著书已刊行者曰《珠泉草庐文录》二卷、《诗钞》四卷、《诗后集》二卷、《荬源银场录》二卷、《武军纪略》二卷、《联语摭余》一卷、《祠志续编》三卷，未刊行者《读史录》二卷、《文后集》二卷、《杂著》一卷、《书牍》三十卷、《笔记》二十二卷、《骈文》一卷、《自订年谱》二卷。呜呼！不孝等颠越无状，不能显扬先人，惟思托贤者之文，垂先型于不朽，谨次平日所闻知者，壮其实以俟焉。次子基棫泣述。”（《珠泉草庐师友录》卷十一）

九月十五日（10 月 24 日），长孙梅经培出生于莓田古屋。

案：参见本书附录《梅经培先生传》。

九月，土寇袭扰衡田老屋。母家人外出避贼。

廖基棫《癸亥九月，避兵石谷潭，贼退还家，作诗留别沅选、弢盦，兼怀李次樵》：“寥天归雁不成群，冲夜酸声还尚闻。镫畔笑啼难自解，陆沈襟抱与谁分。深宵绮阁犹呼月，明日青山便隔云。闲煞人间玉溪叟，一樽无语伴皇坟。”（《瞻麓堂诗钞》卷八）

民国十三年甲子（1924）　五十六岁

夏，宁乡彻夜大雨，山洪暴发，沩、乌、靳三江同时暴涨，为数百年所仅见。基瑜家所在的梅家田亦遭受水患。

《宁乡县志·大事记》(1995 年版):"6 月 15 日(农历五月十四日),大雨彻夜,沩、乌、靳三江同时暴涨,沿河居民七千余家房屋被毁,死人一千余,水冲压稻田十一万亩。"(《宁乡县志》页十一)

民国十四年乙丑(1925)　五十七岁

七月初,次女梅焯怡病卒,年仅二十四岁。

七月十五日夜,廖基瑜作《中元夜书感》,以怀次女梅焯怡。

七月至十二月,三哥廖基朴等主持修复宁乡玉潭桥。

廖基棫《修复玉潭桥碑记》:"宁乡南门外之长桥,先在东门薛花崖下,明宏治时,县令陈以忠所建,名玉带桥,后圮于水。清乾隆时,刘善谟知县事,移建南门,改名玉潭桥。桥长六十有三丈,广一丈,高二丈有奇,累石为柱,分水为二十四道,架巨石其上,其平如砥,左右翼以扶栏,栏之外有石亭一,铁牛二。同治壬戌,蛟水为患,栏石尽毁,桥亦欹侧,铁牛亦随波而去。甲子秋,前令郭庆飏劝县人募资重修。越六十三年,为民国甲子,山洪暴发,为数百年所仅见,乌江两岸受祸尤惨,庐舍、人畜湮没者以数千计,桥遂中断,存者无几,而行旅往来或比木为杠,或驾小舟以济,人皆苦之。岁乙丑,县人倡议修复,而经费无出,遂议将前贷赈金收回,暂供支用,众皆曰善。于是鸠工庀材,即以其年七月经始，十二月讫工，桥之修广，一仍旧制，唯增高二尺许，使水无越桥横溢之患。当建址之初，昔年铁牛竟于沙砾中复得其一，遂仿其形再铸一牛副之，桥之旧观自此悉复，行者莫不称便焉。是役也，糜番银三万五千圆，用工凡五阅月，职其事者唐寅清、廖基朴，集费则有朱友谅等数人。至于率先匠役，不避劳苦，则唐君之力为多，匠人李某等亦勤谨无误，例得并书。”（《瞻麓堂文钞》卷二）

民国十五年丙寅(1926)　五十八岁

九月底，四子梅焯靖病卒，年仅十九岁。

《珠泉草庐师友录》卷十一梅毅杰所撰祭文后附按语云：“公卒以癸亥五月二十七日，焯宪远客洪江，先君闻赴，携三子焯严、四子焯靖往吊。……越三年，焯靖以瘵殇。明年，焯严又以瘵卒。相去不过百日耳。”

是岁，梅焯靖遗稿《樗园诗存》刊刻。

徐一士《女诗人廖基瑜》：“焯严遗稿曰《悔盦诗存》，焯靖遗稿曰《樗园诗存》，思清笔健，所诣已颇精，使天假以年，进境尤未可量。基棫、英杰各为作序，足彰其诗，亦足传其人也。”（《大风（香港）》一九三八第九期）

民国十六年丁卯(1927)　五十九岁

正月下旬，三子梅焯严卒，年仅二十三岁。

是岁，梅焯严遗稿《悔盦诗存》刊刻而成，二舅廖基棫、堂伯父梅英杰为之作序。

廖基棫《梅外甥遗诗序》："呜呼！此外甥梅叔常遗稿也。叔常年二十一卒。其所为诗甚多，而存者仅此而已。盖叔常于殁之前数日，将生平诗文悉烧之，家人罔有知者。其兄伯纪哀之，甚不忍没其勤苦之志，于故纸堆中及亲友人所搜录得如干首，编为一卷。欲与叔常存身后之名，乞予一言序之。夫叔常之于书，固已无所不窥，古文亦有家法，诗则自汉魏以及唐宋诸家，皆手录成帙，朝夕讽诵不辍。尝一日与予论诗，谓：'学诗宜从唐宋以上窥汉魏，若先学汉魏，非摹拟不能得，久则必成优孟衣冠。'又云：'诗不以纯静养其体，则词必放诞而不拟所论，凡数十往复无不曲当。'予深韪之，叔常亦窃目喜其所为诗，委婉恬适，有才而不逞，有气而不使之露，选词命意不失风人之旨。此其所以为吾叔常之诗也。嗟乎！叔常之才质既敏矣，而其刻苦励学，实又与才质相称。咸谓可以造于古人之域。惜其早逝，而未成也。然以叔常之虚衷好学，如是充其力之所能及，其不至于古人之域而安往哉？其时，予从孙湘玙少叔常五岁，尝与同学，勤敏刻励与叔常等，年十六殇。所为经义史论均有卓诣，叔常亦喜与商证得失。然未尝见其学诗，及搜其遗箧，所钞唐宋人诗已成巨册，乃知其有志于诗而未之发也。因序叔常之诗而并及之，以示予之哀，叔

常亦常以哀湘玙也。”(《瞻麓堂文钞》卷一)

案:文中“叔常年二十一卒”,误。梅焯严出生于光绪三十年(1904),卒于民国十六年,其年当为二十三岁。

四子梅焯靖、三子梅焯严卒后,基瑜作诗五章,以发哀思。廖基瑜作《断肠词》五章,诗今不存。

民国十七年戊辰(1928)　六十岁

正月十五日夜,基瑜因思念亡故的三子梅焯严,作诗抒怀。

廖基瑜作《上元夜雨有感》诗。

民国十八年己巳(1929)　六十一岁

是岁,夫君梅毅杰辞世。

民国十九年庚午(1930)　六十二岁

五月八日(6 月 4 日),四哥廖基懋辞世,享年六十六岁。

廖基棫《四弟稚苏墓表》:“弟讳基懋,字绶嵩,一字稚苏。幼读书塾师过严,甚苦之,毅然弃去习农事。然有记悟,暇则喜读诸史及中兴名臣奏疏、书札,能终身不忘,与之谈者多为弟所窘。一日,某贵官来,弟出应,夜谈中兴诸事,弟曰:‘公误矣。’某不能答,弟随取架上书证之。某惊曰:‘君自谓未尝读书,是岂不读者所能耶?’叹服久之,谈竟夕不倦。弟性质直,待人甚诚笃,生平无面谀之词。人有过,直责之,不少贷人皆谅之无怨词。又有干才,处置乡党、宗族事,罔不得当。族中修建祠墓二十馀所,虽倡自吾父,实成于弟手。治生尤有条理,先是吾家甚贫,食众难处,弟一身任之无难色,然其操心虑患,至今思之,有馀痛也。弟以共和庚午五月初八日卒,年六十有六。葬于衡田正屋坳山。配张孺人,柔顺娴礼,事吾父母尽孝,能称吾弟之德,先一年卒,年六十五。合葬于此。子镇珊,女适刘、适潘,孙湘玖、湘玙、湘瑾。湘玙甚聪明,能文章,年十五殇,弟痛之甚。孙女一人,曾孙一人,曾孙女三人,镇珊将以今年修墓,乞予文揭于其阡。弟年少于予,而竟先予以去,致累予为弟表墓,岂余所及料耶?是可伤也。”(《瞻麓堂文钞》卷二)

民国二十年辛未(1931)　六十三岁

夏,万余名从湖区逃荒的水灾灾民拥入宁乡。

《宁乡县志・大事记》(1995年版):“7月,县设民食维持委员会,救济从湖区逃荒来县的万余名水灾灾民。”(《宁乡县志》页十三)

民国二十一年壬申(1932)　六十四岁

春,宁乡县志局成立,撰修《民国宁乡县志》。仲兄廖基棫出任《民国宁乡县志》主修。

《民国宁乡县志·先民传(上)再版前言》:“民国二十一年(1932),通过续修县志案,推举主修廖基棫、梅颐杰、刘宗向、陈策襄等四人,当年即行开局,志局设玉潭书院。随后又推举邓承鼎、陶铸尧、廖楚璜、姜辅、胡馥、刘煦焘、欧阳鹃焕等为分纂,明确刘宗向任主修兼总纂。”(《民国宁乡县志·先民传(上)再版前言》页一)

民国二十二年癸酉(1933)　六十五岁

四月二十一日(5月15日),宁乡暴风,多地房屋、人畜受损。

《民国宁乡县志·故事编·县年记》:“四月二十一日,暴风,城中屋瓦飞扬,县西檀木桥、袋子山诸处倾屋损人畜。”(《民国宁乡县志》页一一九三)

秋,长子梅焯宪自皖南归宁乡,劝仲兄廖基棫刊刻诗文全集。

梅焯宪《瞻麓堂文钞跋》:“《瞻麓堂文钞》二卷,先舅氏廖次峰先生遗著也。癸酉秋,焯宪归自皖南,谒公里第,因

劝公编印诗文全集，以饷读者。”（《瞻麓堂文钞》卷二）

民国二十三年甲戌(1934)　六十六岁

秋，宁乡秋收大歉。

《宁乡县志·大事记》（1995年版）：“6月前后，宁乡开始出现干旱，五十余天不雨，秋收大歉。”（《宁乡县志》页十四）

民国二十四年乙亥(1935)　六十七岁

是岁，宁乡县志局赁火宫巷黎宅为会址。仲兄廖基棫等主修人员对前期编写的县志内容详加审定。莓田梅氏钟澍和子镜源、鉴源、锦源，以及孙颐杰、英杰等均有传。

《民国宁乡县志·先民传（上）再版前言》：“二十四年（1935），赁火宫巷黎宅为会址，委员驻会详加审定。”（《民国宁乡县志·先民传（上）再版前言》页一）

案：对于宁乡梅氏的人物传记，可参见《民国宁乡县志·先民传（上）》中之《莓田梅氏钟澍及镜源　鉴源　锦源传二十》。（《民国宁乡县志·先民传（上）》页九八至一〇三）

民国二十五年丙子(1936)　六十八岁

是岁，长子梅焯宪从安徽宣城回宁乡，参与《民国宁乡

县志》的编纂工作。

《民国宁乡县志·先民传(上)再版前言》:“二十五(1936)年,时艰费缺,志事暂停。梅伯纪适由宣城回莓田,发现志稿列传尚多漏误,便广征官私纪载,分别考证,按名签注,历二年有馀。梅颐杰家居,也随时补纂,计修改及新纂人物正传四百三十二篇,附传人物也大致相等。梅氏于邑中掌故世有纪载,平时尤注重忠孝节烈事迹。其改纂传稿诸篇取材于家藏卷轴者尤多。”(《民国宁乡县志·先民传(上)再版前言》页一至二)

民国二十六年丁丑(1937)　六十九岁

是岁,徐一士在《国闻周报》发表《谈廖树蘅》一文,分别从开发水口山铅锌矿、执掌全省矿务及其诗才、文才等方面展开论述。

案:此文后被收入《一士类稿》,题名为《谈廖树蘅一》。

民国二十七年戊寅(1938)　七十岁

六月十四日(7月11日),基瑜年满七十。六弟廖基栋率众多亲朋戚友聚集莓田古屋,祝贺基瑜七十大寿。曾文正公之满女曾纪芬女士专程从上海送去寿礼,并赠送一个大“寿”字,以祝基瑜七十生日。

廖基棫《琬芗大妹七十寿序》:“吾父母育吾兄弟七人,

女弟三人，四弟生后，吾父甚欲得一女，及妹生，钟爱特甚，后又连育两妹，二妹早夭，存者惟妹与三妹耳。最后，母又生五弟、六弟、七弟。七弟甚聪慧，三岁殇，于是吾兄弟姊妹凡八人均已长成。而吾母至此缝纫补缀之事，为极苦矣。吾兄弟读书姿性均不及妹，时吾家甚贫，不能延师课读，而吾父又连年客外，妹五岁随伯兄读书馀园。馀园者，吾父辟为予兄弟学塾者也。妹每日晨起盥毕，怀书策自内庭出，徐行入塾，拂几，面窗坐，从容启书，命之读即读，未尝以为苦。当日长人静时，缘窗潜扃，花竹掩映，窃听吾妹诵声喃喃不辍，心喜甚。推扉入，为大笑者久之。此时天真烂漫之趣，兄弟姊妹相爱之情，不知人世间尚有何事为至乐也。既而学为诗，出语辄惊长老。时吾父客张掖，妹作诗奉怀云：'儿有音书托南雁，天涯万里祝平安。'字字从至性流出，虽老于诗者，亦无以过。吾父阅之，几莫信其为妹之作。盖此时妹学诗犹未久也。自是为之益勤，境益进，骎骎乎有古人之风矣。既长，适同县梅霖生太史之孙雯青，倡随相得。雯青从予游有年，工文章而不能诗。一日，县令课经史词章，雯青令吾妹作诗，竟列高等，衡文者录其诗入选，即今《绎雅堂集》中所存《打稻》四律是也。妹性恬静，凡世俗之事，不足以撄其心，但取读书自适而已。有四子二女，中间各丧其二，似又有以厄吾妹者。然妹一生，襟怀旷达，虽不免戚形于色，而亦不以自扰其有主之胸，盖于学充然有得于中也。今岁六月十四日，为吾妹七十生朝。尝戒其子弗延贺客，而族姻之必欲来颂祷者，仍得置酒高会。而吾兄弟仅存者三人，年少者亦六十矣。独无一言为吾妹寿，有是理哉？乃叙我兄弟姊妹少时聚首之乐与老大欣戚之怀，为文以祝之。夫人生百年之内，回思往事，可感者恒多，可慰喜者盖少也。今以吾妹观之，而可喜可慰者实居多焉。梅氏为县中望族，门第清高，芬泽绵远，而又内外雍穆，子弟彬彬有礼法，于吾妹前咸知敬礼，吾甥伯纪通敏有干才，为当道所引重。子妇贤孝，操持家政不以琐事累吾妹。诸孙男女皆聪敏能读书，不负当日含饴之乐。凡此皆可喜慰者，何必于生日避客耶？惟予与三弟均近八十之年，不能前往称祝，兹由六弟率诸侄为吾妹进一觞焉。想妹当欣然受之也。”（《瞻麓堂文钞》卷一）

廖基瑜作《七十初度述怀》一诗，借此抒发人生感慨。

是岁，日机频繁扰宁。宁乡县志局设于莓田。

《民国宁乡县志·先民传（上）再版前言》：“二十七（1938）年设局莓田，其时适逢长沙文夕大火，敌机频繁扰宁，几致一夕数惊，志局常迁徙避难。”《民国宁乡县志·先民传（上）再版前言》页二）

案：文夕大火于公历1938年11月13日凌晨发生在长沙。因应日寇的进犯，国民党当局采用焦土政策，制定了焚烧长沙的计划。但在计划正式实施前,一系列偶然因素让这场火灾变得完全不受控制,最终导致长沙三万多人丧生,全城百分之九十以上的房屋被烧毁。

民国二十八年己卯(1939)　七十一岁

初春,基瑜携全家从莓田古屋避居母家衡田老屋。

案:请参阅本书附录《梅焯宪先生传》。

三月二日(4 月 21 日),长孙女梅玖培生一女,因与其曾祖父廖基植生辰同月同日,故廖基瑜老人取其字祖同,名东漪。

据廖基瑜的曾外孙女廖东漪回忆,其出生时,母亲梅玖培即说:"生这女孩,我感到很开心,就叫开开吧。"叔曾祖父廖基棫却说:"叫启启吧,启即开也。"曾外祖母廖基瑜说道:"今年是其高祖父廖树蘅百岁,而三月初二日又与其曾祖父廖基植的生辰同月同日,取其字祖同。"遂又根据廖树蘅诗词,取名东漪。

初夏,为了破路制敌,宁乡县政府掘毁长常、湘宁、宁沩等公路,并炸毁沩江桥。

《宁乡县志·大事记》(1995 年版):"4 月,破路制敌,掘毁长常、湘宁、宁沩等公路,炸毁沩江桥。"(《宁乡县志》页十五)

四月初七日(5月25日),徐一士先生在《大风(香港)》第九期刊发《女诗人廖基瑜》,对基瑜的家世渊源、个人生平及诗歌风格等作了较为详尽的介绍。

是岁,宁乡县志局从莓田移至汤泉,长子梅伯纪等对各传各谱朝夕考订,不厌求详。

《民国宁乡县志·先民传(上)再版前言》:“二十八年(1939),志局移汤泉乡萧家湾刘祠,刘宗向改编兵备、礼教、财用各录,删定人物各传各谱,梅颐杰、伯纪和王炳勋又朝夕考订,不厌求详。校订后即时开印。”(《民国宁乡县志·先民传(上)再版前言》页二)

民国二十九年庚辰(1940) 七十二岁

夏,长孙梅经培考入湖南省立一中学习。

案:请参阅本书附录《梅经培先生传》。

民国三十年辛巳(1941) 七十三岁

二月,由于梅焯宪及梅氏族人的鼎力支持,宁乡县志局从灰汤迁回莓田古屋。

刘志盛《民国宁乡县志再版前言》:“于己卯(民国二十八年,1939)正月,重新立局于县西灰汤龙门桥,复阅旧稿,尚多可商,乃悉改编,且编且印,腊尽全书得十之七八,删汰十之一二，嗣因经费困难暂停。越二年，辛巳（民国三十年，1941）移局县之东郊莓田梅宅，始克续印竣事。嗣将两志刊印装订在一起，总称《宁乡县志》。”（《民国宁乡县志》页二）

《民国宁乡县志·先民传（上）再版前言》：“三十年（1941）二月，择定莓田梅宅重行开局，征集未齐传稿，增访近事，选员审校，诸稿陆续付梓。”（《民国宁乡县志·先民传（上）再版前言》页二）

六月，《民国宁乡县志》全部刊印完稿。其篇幅宏大，内容新颖，门类众多，文字简洁，堪为县志中最优秀者之一。衡田廖氏先祖廖俨、廖方达、廖方远，以及基瑜的曾祖父廖含章、祖父廖新端、父亲廖树蘅、伯兄廖基植、五弟廖基杰均有条目。仲兄廖基棫及基瑜本人亦有介绍。

《民国宁乡县志·先民传（上）再版前言》：“三十年（1941）六月底，全志告竣，功底于成。”（《民国宁乡县志·先民传（上）再版前言》页二）

是岁，日军侵略宁乡，基瑜携家人避居衡田老屋，有时甚至避匿于衡田老屋近处之大雾寺中。

案：请参阅本书附录《梅焯宪先生传》。

民国三十二年癸未（1943）　七十五岁

六月，长孙梅经培毕业于湖南省立一中，参加全省高

中毕业统考，以第一名的成绩被保送三所名牌大学，却因抗战而未能入校。

案：请参阅本书附录《梅经培先生传》。

是岁，徐一士先生在《国闻周报》撰述廖树蘅传略及廖树蘅年谱，为研究晚清湖湘矿业史、文学史提供了重要的文献资料。

案：本文后被收入《一士类稿》，题名《谈廖树蘅二》。

民国三十三年甲申(1944)　七十六岁

六月十日(7月29日)，宁乡县城被日军占领。

《宁乡县志·大事记》(1995年版)："7月29日(农历六月十日)，县城被日军侵占，宁乡沦陷。"(《宁乡县志》页十六)

民国三十四年乙酉(1945)　七十七岁

四月，仲兄廖基棫搜集、整理的《沩宁诗选》刊行，共一百二十四卷。梅焯宪、梅颐杰等亦为搜采出力不少。

李肖聃《湘学略·诸儒学略第二十五》："元明以来，作者辈出，详见于明湘潭周圣楷之《楚宝》、罗汝怀之《湖南文征》、邓显鹤之《沅湘耆旧》……廖基棫之《沩宁诗选》，亦其类也。"(《李肖聃集》页一一三)

七月，日军宣布投降。

《宁乡县志·大事记》(1995年版)："8月16日，日本宣布投降后，县警察大队长沈诚率部进入县城，接受日军投降。"(《宁乡县志》页十六)

民国三十五年丙戌(1946)　七十八岁

初春，长子梅焯宪受聘于刚刚创办的宁乡贺氏族校——鹅山中学。

廖湘珂《似水流年》："一九九八年阳历十月间，我赴老家宁乡参加中学校友会，见到了全国三百多位四十年代鹅山中学的初中同学，聚首县城，'昔日是何处，相逢皆老夫'。遂作诗一首：'腾龙新世忆沩楼，聚首今年约早秋。又想少年骑竹马，莫叹华发到田畴。还童稚气应长在，话旧豪言不忍休。痛饮举杯团聚酒，精神焕发似骅骝。'"(《似水流年——廖湘珂回忆录》页十八)

案：鹅山中学位于宁乡县城东门周公祠。该校自创办以后，即成为宁乡人才培养的摇蓝，一大批各类人才从这里走向全国，走向世界。另案，廖湘珂，字开颖，廖树蘅曾孙、廖基杰长孙。1954年毕业于华南理工大学，先后在沈阳第二机床厂、司法部瓦房店机床厂等地工作，任研究所所长，多次获辽宁省科技进步奖。2011年秋辞世。

四月十六日(5月16日),仲兄廖基棫于衡田瞻麓山庄辞世,春秋八十六。

廖湘瑛《心中的隐痛》:"读完五年第一期,暑假回家才得知二伯祖父去世的消息。当时我及二哥均没有穿孝服的资格,所以未通知我们回家奔丧。听说衡田六房人家,每行才三套孝服,我家是父亲、继母及大哥才有孝服穿。二伯祖父是前清秀才,生于咸丰十一年六月,于一九四六年四月去世,享年八十六岁,是祖父兄妹中寿命最长的。而祖父最短,仅活到四十四岁。"(《心中的隐痛——廖湘瑛回忆录》页四)

案:此条中之"祖父",即指廖树蘅第五子、廖基瑜五弟廖基杰。

十一月,六弟廖基栋在衡田老屋辞世,享年六十八岁。

廖湘瑛《心中的隐痛》:"五年二期,叔祖父去世(四六年十一月),通知我奔丧时,我掉了眼泪。而得知二伯祖父及三伯祖父逝世的消息时,我没有悲痛之感。按理他们三人都是祖父的亲兄弟,我如何有亲疏之分呢?原因是:二、三伯祖父从来没有和我说过话,毫无亲近感。而叔公不同,生前几次和我说话。大约是刚上一年级时,我到他家找达叔玩。达叔是叔公的次子,年龄比我大三个月,叔公让我读一年级语文第一课。我读得很顺口,并说这一课的

题目叫《天亮了》。叔公很高兴地赞扬我。”（《心中的隐痛——廖湘瑛回忆录》页四）

案：此条中的“达叔”，即廖树蘅孙、廖基栋次子廖镇达，字申宜。毕业于中南革大，后担任江西省文化厅人事处处长等职。已辞世。

另案：廖湘瑛，字耿忠，廖树蘅曾孙，廖基杰孙。1962年毕业于湖南大学铁道系，先后供职于西安铁路局、昆明铁路局、太原铁路局，任工务工程处总工程师。已辞世。

民国三十六年丁亥(1947)　七十九岁

春，基瑜携全家从衡田老屋回到抗战胜利后修葺一新的莓田古屋。亲朋、邻里相聚，烟花、鞭炮、鼓乐齐鸣。自梅钟澍翰林之下，四辈人合影留念。

案：此条据廖基瑜曾外孙女廖东漪回忆。

十月，仲兄廖基棫所著的《瞻麓堂文钞》在衡田刊刻而成。

梅焯宪《瞻麓堂文钞跋》：“《瞻麓堂文钞》二卷，先舅氏廖次峰先生遗著也。癸酉秋，焯宪归自皖南，谒公里第，因劝公编印诗文全集，以饷读者。公谓：‘予诗虽略得隆山人无誉之绪馀，有工夫而无学问，究不足以传世，文则益难自信，不敢示人。’频行，强携诗稿八卷于长沙付雕。岁丁丑，倭夷构难，焯宪避难衡田先后八载，助公蒐辑《沩宁诗选》一书，暇日辄复以编印文集为请，公笑而不许。丙戌四月，公遽归道山，明年表弟镇沧谋印先集，属焯宪之编次，而以其从弟镇枢任校字，之役凡二阅月而书成。每展遗篇，手泽如新，犹仿佛对公于宵灯书几间也。悲夫！民国三十六年丁亥嘉平月，外甥梅焯宪谨跋。”（廖基棫《瞻麓堂文钞》卷二）

十一月底，三哥廖基朴在衡田老屋辞世。廖基朴，又名基樾，字季海，出生于清同治二年，享年八十四岁。

廖湘瑛《心中的隐痛》：“四七年下半年……快到毕业考试了，三伯祖父去世，通知我回家奔丧。丧事完毕后，辞别我日夜想念的祖母，匆匆返校。不料这一别竟成永诀。”（《心中的隐痛——廖湘瑛回忆录》页四）

民国三十七年戊子(1948)　八十岁

夏，长孙梅经培从中央大学航空机械制造专业毕业。

案：请参阅本书附录《梅经培先生传》。

六月十四日(7月20日)，基瑜年满八十岁。梅、廖两家亲戚，宁乡、长沙等地的诗朋文友，以及宁乡鹅山中学的教师，一同欢聚莓田古屋，庆祝绎雅老人八十华诞。

案：此条依据廖东漪回忆而成。

初秋，湖南近代著名文学家刘宗向先生偕夫人傅延年女士访问莓田古屋。基瑜老人在花厅热情接待客人，一同谈诗讲艺。并陪同刘宗向、傅延年夫妇参观重新修葺后的莓田古屋。

案：此条据廖东漪回忆而成。

秋，长子梅焯宪与五弟廖基杰之子廖镇枢共同编纂的十一卷本《珠泉草庐师友录》，在衡田老屋刊刻而成。

廖志敏《〈珠泉草庐师友录　珠泉草庐文录〉前言》："《珠泉草庐师友录》内容丰富，为廖树蘅师友投赠之作，涉及到湖南近现代政治、经济、军事、文化、文学、宗教等诸多领域的各种人物，透过书中所收诸多师友与廖树蘅的诗词题咏、书札往来，可以深入认识廖树蘅的学术文章、性情品格、家国情怀等，同时也得以窥探湖南乃至整个中国在此半个世纪中的波谲云诡。"（《珠泉草庐师友录　珠泉草庐文录》前言页三）

民国三十八年己丑(1949)　八十一岁

七月十四日(8月8日)，中国人民解放军四十九军一四六师四三六团进驻县城，宁乡解放。

《宁乡县志·大事记》(1995年版)："8月8日(农历七月十四日)，中国人民解放军四十九军一四六师四三六团，

在湘中三支队的配合下，击溃国民党九十七军驻县城的部队，进驻县城，宁乡解放。”（《宁乡县志》页十七）

八月，梅经培参加人民空军，到北京从事航空机械制造设备的研发工作。

案：请参阅本书附录《梅经培先生传》。

1950年（庚寅）　八十二岁

五月，朝鲜战争爆发后，长孙梅经培参加中国人民志愿军，从北京来到辽宁丹东，潜心于飞机装备的研发工作。

案：请参阅本书附录《梅经培先生传》。

八月二十五日，土改运动轰轰烈烈地开展。基瑜与长子梅焯宪一家离别莓田古屋，搬到宁乡县城小西门居住。

案：请参阅本书附录《梅焯宪先生传》。

是岁，长子梅焯宪将衡田廖氏刊刻的大量书籍及湖南近代矿业发展的有关资料加以整理，专程送交湖南省志办公室、湖南省图书馆等地。

案：请参阅本书附录《梅焯宪先生传》。

1951年（辛卯）　八十三岁

自春天始，基瑜老人的身体日渐衰弱，疾病缠身。梅焯宪、李敦琼夫妇力尽孝道，想方设法为母亲治疗。在老人重病期间，正在龙潭小学任教的母家曾侄孙女廖映云（四哥廖基懋之曾孙女）专程前来看望，并送来糕点、藕粉。

案：本条依据廖东漪回忆而成。

十二月，廖基瑜在宁乡县城小西门辞世，享年八十三岁。清末军机大臣、外务部尚书瞿鸿机之幼子，中国现当代著名史学家、文学家、画家瞿兑之先生为其撰述墓志铭。

案：本条依据廖东漪回忆而成。

一家文采擅当时

——廖基瑜诗词研究

廖志敏

引 言

廖基瑜(1868—1951),字琬芗,因闺阁名为“绎雅堂”,其晚号遂为“绎雅老人”。湖南宁乡人。清同治七年(1868)农历六月十四日,出生于湖南省宁乡县衡田老屋,卒于1951年农历十二月,享年八十三岁。廖基瑜是湖南近现代颇具名气的女诗人之一,她出生于书香世家,由于受到深厚的家学熏染,从童年、少年时代开始,廖基瑜就开始向父亲廖树蘅、伯兄廖基植、仲兄廖基棫学习诗歌创作。十多岁时,她便常与父兄一同唱和,所作一气呵成,诗句工整。廖基瑜在十五六岁时曾作“儿有音书托南雁,天涯万里祝平安”句,堪称警言妙句,见者莫不啧啧称叹。成年后,廖基瑜嫁给同邑梅毅杰为妻。宁乡梅氏,县中望族,累世书香。梅毅杰,字雯青,为晚清户部主事梅钟澍之孙,五品州同衔。梅毅杰工文章而不能诗，故其大多应酬之作，几乎都出自贤妻廖基瑜之手笔。

清宣统二年（1910），廖基瑜所著的二卷本诗集《绎雅堂诗录》在长沙刊刻而成，太傅曾国藩之次媳、著名女诗人郭筠为其诗集撰序。近代著名史学家、掌故学巨擘徐一士先生曾于 1938 年 5 月 25 日刊行的《大风旬刊》第九期专门撰述了《女诗人廖基瑜》一文，较为详细地记述了廖基瑜的创作经历及诗歌风格的发展轨迹，认为其作品是近现代湖南女性诗坛上的闪光之作。今天，我们研究和解析廖基瑜的诗歌作品，是对晚清与民国时期闺阁诗歌作品更深层次的发掘，这对于进一步研究近代湖湘文学史、诗词史、乡绅史，都具有不容忽视的价值。

第一章　家学渊源

一、湘中望族，诗礼之家

根据《湖南省志》、《宁乡县志》、《水口山铅锌志》等相关历史文献资料介绍，廖基瑜出生于一个书香世家、名门望族。

据记载，廖氏先世，原籍江西泰和。在南宋时，其先人廖庸，字以名，号奇聪，一号明甫，素谙方略，与名将孟珙一道抗金，因为护驾有功，被宋理宗皇帝敕封为“护国公”，镇守潭州，世袭“指挥职”。廖庸是廖氏家族从江西迁入湖湘的始祖。

其曾孙廖城景，字庆云，官“指挥职”。元延祐年间，他由长沙卜居宁乡之衡田。廖城景先后育有五子，其中只有第四子廖万熙被留守在衡田老屋，继守廖城景的遗业。廖万熙，字宇平，他家财万贯、有良田万顷，东至石潭口，南临仰天湖，西靠乌牛山，北抵乌江口，父老相传为“廖半都”。而廖万熙更能富而好义，天子嘉之，敕为“义官”。自四世祖廖城景以降，数百年来，宁乡廖氏，家族文脉，源远流长。在衡田廖氏老宅“春泉堂”的正门，曾挂有一幅门联曰：“五百年旧献结庐，秋桂春萝森古翠；一万卷盈书充栋，莎厅竹阁有余馨。”

有清一代，宁乡廖氏可谓名人辈出。康乾之时，城景公的十三世孙廖方达，被举荐为茶陵州训导，他曾出私财搜集、整理明代著名政治家、书法家、茶陵诗派领袖李东阳所著的诗文作品，刊刻成一百多卷的《怀麓堂集》。同时，廖方达还著有《升生诗文集》，辞世后被入祀郡县乡贤祠。十四世孙廖伻，拔贡出身，曾任岳麓书院院长，为清代湖南著名教育家。廖伻性格仁厚，敏慧豪爽，慷慨布施，教导严谨，大学者王文清为其高足弟子。廖伻著有《息六轩诗草》三卷（黄遇隆序）、《警亭文稿》二卷（陶士偰序）、《次宜制艺》二卷（张发濬序），《沅湘耆旧集》亦选录有廖伻的诗作。

到乾隆初岁，宁乡廖氏家族书香绵延，资财丰厚，年租达万石之多，成为湘中地区的名门望族。

廖基瑜的高祖父名锦江，他虽然没有为官，但其经济、文章均被时人所称颂。曾祖父名含章，字芬田，国子监生，被清政府赠"奉直大夫"。廖含章是湘中宿儒，学者称他为"芬田先生"。他为人识量宏朗，颇有名德，以让产闻名乡里，县人称之为"宁乡第一孝友"。廖含章的代表作有《松泉书屋文钞》、《春泉堂诗钞》、《廖氏五云庐志》等。晚清湘中名儒王闿运先生为其撰述墓志铭。祖父名新端，字培吾，国子监生，府知事衔，被清政府赠"修职郎"。廖新端曾任宁乡县知事，"正直檄使，治一方之事，亭决可否，一秉至公"。他一生质直好义，终日勤学。晚清诗人洪彭述赠廖新端诗云："满院松花点苍雪，白头编写史宬书。"

廖基瑜的父亲名树蘅，字荪畡，一字笙陔。湖南近代著名诗人、实业家、水口山铅锌矿开拓者、中国近代铅锌矿业先驱。廖树蘅在年轻时，曾先后求学于宁乡玉潭书院、长沙城南书院和岳麓书院，在此打下了扎实的诗文功底。同治二年(1863)，廖树蘅考中秀才，在随后的府试中也曾名列第一，然而他的科举之路却并不顺畅，几次乡试都未能中举，于是他转而致力于诗文写作与经世致用之学研究。此时，他先与隆无誉交，继而与谭钟钧、张发濬、杜俞、唐蓬洲、刘典、刘倬云、洪汝源、李石贞等相交契。且常常与诗朋文友们在名山幽谷之中吟诗作对，诗文水平由此大为提高。

光绪二年(1876)，廖树蘅的诗友陈宝箴由镇臬道解任回省城长沙主持营务，请他司其笺牍，并兼次子陈三畏的教读。在教读闲隙，廖树蘅与陈宝箴、陈三立父子诗酒唱酬，纵论时局。

光绪九年(1883)，廖树蘅受湘军甘州提督周达武之聘，从湖湘远赴甘州，入周达武幕府，游历关原，眼界大开。

光绪十八年(1892)、十九年(1893)，廖树蘅出任玉潭书院院长，以义理、考据、词章课士。

光绪二十一年(1895)，这是中日甲午战争后的第二年，陈宝箴由直隶布政使升任湖南巡抚，鉴于省库财经拮据，为了广开财源，"辅库藏之所不逮"，供"练兵制械之资"和"少佐帐需"。于是，他决心变法维新，开发湖湘矿业，振兴湖南经济。陈宝箴奏请清政府在长沙设立矿务总局，开采全省五金、煤炭等矿。廖树蘅被陈宝箴邀请入矿局襄事。

光绪二十二年(1896)春，陈宝箴任命廖树蘅为水口山矿务局首任总办。面对湖南地方财政入不敷出、民生困顿的窘境，廖树蘅受命于危难之际，全力协助陈宝箴推行新政，倡导开发矿产资源。廖树蘅虽是一介书生，但他从来讲求经世致用之学，在开矿之初，面对保守势力的各种诋毁与攻击，他苦心孤诣，独撑危局，专心致力于水口山铅锌矿的开采，并首创“明窿法”采矿，终于大获成功。由此开启了湖南近代矿业之先河，将水口山打造为中国铅锌矿业之“霸王”，且历经风雨百年而不衰。廖树蘅“作为中国近代铅锌矿业的先驱，为湖南早期矿业形成产、运、销、炼一体化产业的现代化作出了杰出贡献”，他被湖南省推举为“影响中国经济现代化进程的十大湘学名人”之一。

光绪二十四年（1898）五月，他被选任宜章训导，戊戌维新变法后即对调清泉训导，并兼顾管理水口山矿务。

光绪二十九年（1903），廖树蘅调任湖南省矿务总局提调，旋升总办，在他的治理下，官绅大和，矿业大兴。清政府为了表彰他的功绩，特赐二等商勋、加三品衔，并授荣禄大夫。

宣统三年（1911）辛亥革命后，廖树蘅退居衡田老屋，隐逸于田园山水间，避谈世事，终日吟诗作文，整理诗文旧稿。

民国十二年（1923）农历五月，廖树蘅在家中辞世，无疾而终，享年八十四岁。

廖树蘅一生著述丰厚，主要有：《珠泉草庐文录》二卷（王闿运、阎镇珩序），《珠泉草庐诗钞》四卷（陈三立序），《珠泉草庐诗后集》二卷，《荧源银场录》二卷，《武军纪略》二卷，《五云庐志续编》三卷，《读史录》二卷，《珠泉草庐文后集》二卷,《杂著》一卷,《珠泉草庐书札》二十八卷,《珠泉草庐笔记》二十二卷,《骈文》一卷,《茭源银场诗录》一卷,《联语摭余》一卷,《常宁忠字一团义田记》一卷,《梅锦源墓志铭》一卷,以及《珠泉草庐日记》数十卷。同时,廖树蘅在八十高龄时,还与其次子、著名诗人廖基棫共同搜集、整理并刊刻了两位宁乡籍名家的诗文作品,分别是明末翰林院检讨陶汝鼐所著的十二卷本《荣木堂文集》和著名诗人刘基定撰写的七卷本《复园遗集》。晚清诗坛泰斗陈三立先生称廖树蘅诗风"芳鲜澄澈";著名学人刘宗向则评价道:"树蘅诗诸体皆长,长句如长安河西诸作,希风二杜。"

廖基瑜的父亲育有七子三女,长成者六子二女共八人,基瑜排行第五。其兄分别为伯兄基植、仲兄基棫、三哥基朴、四哥基懋、小妹基璿、五弟基杰、六弟基栋。兄弟姊妹八人,均能吟诗作文。湘中名儒王闿运先生在宣统元年(1909)三月十五日的《湘绮楼日记》中这样写道:"夜得廖荪畡书。廖六子,基植璧耘,基棫次峰,基樾季海,基懋稚笙,基杰叔怡,基栋幼陶。其四子独取父字,盖爱子也。长者能诗,少者能画。"王闿运先生在《廖荪畡先生七十寿序》中则如此评价:"男妇各有所职,六丈夫子,俱有才能,恂恂雍雍,门庭儒雅,尤余所叹羡。"而在基瑜的七个兄弟姊妹中,其诗文水平最高者,当属伯兄基植、仲兄基棫,五弟基杰则为湖南近代著名画家。

伯兄廖基植，字璧耘，附贡生。湖南常宁水口山矿务局第二任总办，湖南近代著名实业家、诗人、词人。清咸丰八年(1858)出生。自青少年时期开始，廖基植就求学于岳麓书院，并与梅英杰、王世琪、罗顺循等为书院同窗好友。光绪十五年(1889)，刘倬云署理福建延邵建兵备道，廖基植被召入幕，主持文案。光绪二十二年(1896)，他随父亲廖树蘅来到常宁水口山，协助父亲治理水口山矿务达八年。光绪二十九年(1903)，廖树蘅调任湖南省矿务局提调后，廖基植被清政府任命为水口山矿务局总办，全面接办水口山矿务。廖基植前后经营水口山矿务达十六年之久，不仅使水口山管理有方，成为当时湖南最为重要的财政来源地，而且将水口山建设成为全国乃至于全世界最大的铅锌矿开采基地。廖基植注重改进采矿工艺技术，他是我国有色金属行业采用西法采矿的第一人，并在矿区规划修筑铁路，以提高运输效率。同时，廖基植还主持建造了我国第一座近代化炼铅厂——衡阳苏州湾炼铅厂。由于廖基植对湖南近代矿业的突出贡献，宣统元年(1909)他被清政府赏赐四等商勋、五品顶戴。一九一二年初，廖基植因病辞矿返家，于民国三年(1914)正月二十二日在旧宅衡田老屋辞世，年仅五十五岁。廖基植去世后，湖南省政府还对廖氏家族进行了特别抚恤。廖基植终生喜好吟咏，尤好昌谷、义山两家诗集。其一生著述较多，涉及多个领域，主要有:《紫藤华馆诗草》四卷(郭复初题签、廖基棫序),《紫藤花馆词钞》一卷(刘蔼题签),《伯诚文钞》二卷,《茭源银场日录》二十七卷,《丧礼辑略》一卷,《矿学须知》一卷,《书牍》六卷,《紫藤华馆诗评》一卷。另外,廖基瑜的长嫂、廖基植夫人张有妩亦好吟咏,著有《祥花吟室诗草》二卷传世。

仲兄廖基棫,字次峰,号石芙主人,附贡生,州同衔。湖南近现代著名作家、诗人,湖南常宁水口山矿务的早期管理者。他出生于清咸丰十一年(1861)。青少年时,廖基棫先求学于父执、著名诗人隆观易,后赴岳麓书院深造,与童锡笙等成为同窗好友。在廖基棫的诗歌创作上,对其影响最大者莫过于隆观易。隆观易颇负诗才,因遭家庭变故,曾在廖家闲居,他每日教读廖基棫。由于受到隆观易的悉心指点,廖基棫吟诗作对,日有长进,后来逐渐形成了自己独具特色的诗歌风格,成为湖南近代宋诗派的重要成员之一。在诗歌创作上,他刻意学习苏轼,并以"静深有本"为旨。对此,陈三立先生早年从河南武陟致书廖树蘅时,就对廖基棫的诗歌作了如此点评:"郎君诗句,似瓣香无誉,直欲摩乃翁之垒,他日掩君诗名者,必此少年,可严防之。"光绪二十二年(1896)时,他随父亲到常宁水口山,参与水口山矿务的管理工作,后因母丧归家。同时,他先后在水口山矿场、宁乡灰汤等地成立诗社,每与友朋一同唱和。辛亥革命后，他协助父亲选辑陶汝鼐、刘复园遗诗，并帮助父亲辑录《廖氏五云庐志续编》，并亲为校雠。民国二十一年(1932)，廖基棫参与撰修《宁乡县志》，为县志四位主修之一。抗战期间，年已古稀的廖基棫避居家乡阳和塘的山寺之中，但他仍然撰述不辍，其一生著有多部诗文集。主要有：《瞻麓堂诗钞》八卷(赵启琳署首)，《瞻麓堂文钞》二卷(杨树达署首、谭戒甫题签、李肖聃序)，《石芙山馆文》，《桐荫阁诗话》二卷，《瞻麓堂笔记》一卷，《宜江唱和诗》若干卷，所选编并辑录《沩宁诗选》一百二十四卷，搜录名篇佚文，有功于保存湖南文献。民国三十五年(1946)四月，廖基棫辞世，享年八十六岁。湖南近现代著名学者李肖聃先生为其撰述墓志铭，此文被收录在民国三十七年(1948)九月编纂的《湖南文献汇编(第一辑)》中。

五弟廖基杰，字叔怡，湖南近代著名画家。出生于光绪元年(1875)。幼年时，廖基杰即有画癖，家藏刘愔画稿颇多，辄暗自观赏，屡遭父亲廖树蘅的呵责，但莫能止之。光绪中，基杰学画于山阴画家沈翰，沈门弟子数十人，廖基杰独深得其奖。湖南巡抚俞廉三亦工书善画，他尤其喜爱廖基杰的画作，曾嘱基杰绘作《卧游图》，并在诗朋文友中广征题咏。其画善皴染苍润，风格雅健秀逸，人多称赞。民国七年(1918)，廖基杰病卒，年仅四十四岁。对于廖基杰的画作，仲兄廖基棫曾作有《五弟叔怡嗜画山水，偶一操笔颇有神似之处，作此勖之》一诗，予以述评。诗曰：

右丞名画天下无，自作惘川山水图。云飞水动势奇幻，况有诗情相與俱。营邱老手亦殊绝，神妙不减东都无。迂倪颠米皆杰出，脱叶凡近归清腴。吾家叔子亦解画，落墨便与凡夫殊。我闻南齐传画品，中有六法宜勤储。气形骨彩兼位置，更以妙笔传神模。胸中要具邱壑势，下笔疑有神工驱。不然形象难已具，有似学书同墨猪。我虽不识画中理，常以画意相怡娱。示君此法勤记取，倚墙张素休嫌迂。他年傥得入三味，定有山水相招呼。

成年后，廖基瑜嫁给同邑梅毅杰为妻。徐一士先生在《女诗人廖基瑜》一文中如此赞叹："梅廖两家，宁乡望族，均累世书香，一门风雅。"仲兄廖基棫在《琬芗大妹七十寿序》中感言："梅氏为县中望族，门第清高，芬泽绵远，而又内外雍穆，子弟彬彬有礼法，于吾妹前咸知敬礼，吾甥伯纪通敏有干才，为当道所引重，子妇贤孝，操持家政不以琐事累吾妹。诸孙男女皆聪敏能读书，不负当日含饴之乐。"

宁乡梅氏原籍江西南昌，自明初洪武年间徙居湖南宁乡县东城外之梅家田，筑莓田古屋，耕读传家，代有积善。近代宁乡梅氏的代表性人物当属梅钟澍，即廖基瑜夫君梅毅杰之祖父。梅钟澍的祖父曰书笏，父亲曰教章，均有隐德。钟澍出生于清嘉庆元年(1796)，又名梅锺树，字苏民，号霖生。幼极敏慧，博览经史，诗文称道乡里。嘉庆二十年(1815),钟澍年方十九,即已中举。道光十八年(1838),他与曾国藩同榜进士,入选翰林院庶吉士,授礼部仪制司主事。道光二十年(1840),钟澍因病在京溘然长逝,享年四十四岁。梅钟澍辞世后,邑人李隆萼为之作墓志铭,其友曾国藩为之作传。曾国藩挽梅钟澍联云:"万缘今已矣,新诗数卷,浊酒一壶,畴昔绝妙景光,只赢得青枫落月;孤愤竟何如,盛业千秋,贻谋百盛,平生未了心事,都付与流水东风。"

梅钟澍擅长吟诗作文,著有《梅氏遗书》、《藓花岩馆诗存》等作品传世。

梅钟澍有子三人。长子梅镜源为湖北宣恩县知县;次子梅鉴源为咸丰戊午科举人,先后任云南大姚县知县、浙江景宁县知县;三子梅锦源为徽州知府、直隶州同知。其三子均有声绩,尤以梅锦源最为优异,锦源曾率兵镇守青阳,与太平军死战三十八日而解围,以此载入湘军战史。梅氏子孙辈克承先德,称其家风。梅锦源长子梅英杰,曾出任衡阳苏州湾炼铅厂、浏阳黄金洞金矿及锡矿山锑矿等厂矿要职,且其著述美富。梅颐杰毁家兴学,在梅家田创办震东学堂,潜心教育,指导后进。

二、父兄为师,吟咏为乐

"仓禀实而知礼节,衣食足则知荣辱。"有清一朝,在丰厚的物质基础之上,湖湘文化亦空前繁荣,一大批经学家、史学家、文艺家活跃于三湘四水这片青山隐隐、绿水迢迢的土地上。而此期间，湖南诗坛更是骚人迭起，名重一时。尤其是自嘉道以来的晚清，湖南诗人在中国诗词史上具有前所未有的影响力。其中，女性诗人更进入鼎盛之时，成为湖湘大地上一抹靓丽的文化风景，备受世人关注。于是，大批量的女性诗文集刊印出版。据不完全统计，有清一代湖南籍女诗人所刊刻的诗集总共达二百种之多。

至于有清一代湖南女诗人辈出的原因，必须放在女性教育的大环境中加以考察。主要有几个因素：其一，相对于前代，清代文化教育更为普及兴盛，女性拥有了更多接受教育的机会。其二，社会经济更加富庶，为女性教育提供了良好的外部环境。在晚清社会，尤其是同光时期，随着湘军以及维新运动的兴起，湖南出现了大批仕宦之家甚至豪门巨室，使闺秀们有条件接受更好的教育。其三，作为一家之主的父亲或兄长，思想比较开通，他们乐于对女子加以教育和培养。其四，闺秀们不仅有余裕，而且有需要从事诗歌创作来显示和证实她们的才华，在经济条件上亦有能力把作品刊刻成集。其五，当时文人、尤其是名人大力倡导。即所谓“乃闺阁成名，不少亲师取友之益，而诗篇不朽，尤仗名公大人之知”。

对于廖基瑜来说，身处湘中名士之家，从小就受到良好的诗文熏陶。对于其诗歌创作影响最大者，莫过于父亲廖树蘅、伯兄廖基植、仲兄廖基棫三人。廖树蘅对基瑜的成长悉心栽培，各位兄长亲友也对她的诗文创作指点有加。《民国宁乡县志》之“故事编第五类艺文录六”《闺阁》中如此评点：“《绎雅堂诗录》在宁乡女士中罕出其右者，盖渐于父兄之教深矣。”

廖基瑜在年幼之时，父亲廖树蘅虽常年客居于外，在长沙陈宝箴府、益阳唐蓬洲府、长沙罗氏府第担任西席，并入甘州提督周达武幕，然而为了给儿女们营造一个宜于读书学习的氛围，廖树蘅先在衡田老屋“春泉堂”内，辟建“馀园”，供孩子们作为读书之地。光绪十一年(1885)，时年四十六岁的廖树蘅在游历过西北关原、遍览了江南山水之后，于这年三月完成了衡田老屋较大规模的改造，加盖了部分房舍，清除了池塘的淤泥，在花园中重新栽种了花草树木。为了记录此次房屋的修葺之事，在光绪十一年十月，廖树蘅还专门作了《珠泉草庐记》。其文中这样写到：

自府君下世，园渐堕剥，近始稍稍葺治。另于园西添置椽榱，榜曰“珠泉草庐”。敞其中棂，其左右翼以长廊，以通居室。日扶老母率诸髫稚嬉游其中，以为笑乐。或隆冬夜静，挈儿子读书庐中，溪声夜豪，霜月晶皎，呼僮汲泉支鼎，燔霜叶烹沩山新焙，水火相搏，飕飕作松风鸣，泉声书声赓续而起，仰视天宇寥碧，万象孤迥，洒然不知人间世复有许事。

廖树蘅的好友陈三立在得知珠泉草庐的修葺之事后，亦作有《珠泉草庐记》相赠。其文曰："余友廖君荪畡，通敏善识议，才智足以为世用。世之需廖君方甚深无穷，顾皤然退居于所谓珠泉草庐者，莳花娱钓，养生尽年，日率诸子耕读其中，有终焉之志。"

廖基瑜上有四个兄长，她出生后自幼最为父母珍爱，被视为"掌上明珠"。廖树蘅在《珠泉草庐诗钞》卷一《春日杂感》第二首中，有"更有牵衣女，娇小好眉目。晴晓报花开，镜窗乱笺牍。痴憨倚大母，言笑多婉淑"等句，即谓基瑜是也。父亲对于女儿之爱，从这三十字的诗句中即一览无遗。

诗礼之家为廖基瑜营造了良好的诗学氛围，加之她天资聪敏，博览群书，在诗词创作上又得到父兄的真传，从而打下了坚实的诗词创作根基。少女时代的廖基瑜即已诗才显现，崭露峥嵘。

曾广钧为曾国藩之长孙、近代著名诗人，被时人誉为天才。他在《题廖荪畡珠泉诗集》一诗的序文中曾谈到，基瑜年幼时就才华初显，即能吟诗作词。在十二岁时，她常常与父亲廖树蘅竞相吟咏，父亲的反应速度甚至不及女儿。"君逊其敏速焉"，曾广钧先生曾如此感叹。这由此证明廖基瑜在少女时代就具有不凡的赋诗应对之才。

光绪九年（1883），父亲廖树蘅应甘州提督周达武之聘，出任其幕府，主要负责理清周达武提督川贵期间的钱粮用项，并代拟奏折，同时为其撰述《武军纪略》一书。甘肃地处西北一隅，与湖湘关山远隔，相距万里之遥。光绪十年(1884)，时年十五六岁的廖基瑜难抑思父之情，作有《家大人远客张掖，忽忽一年，违侍日久，怅然成咏》，遥寄父亲。诗云：

故园容易又秋残，惆怅思亲独倚栏。垂老他乡犯泥滓，残年归梦阻涛澜。焉支山下平沙阔，羌邃声中朔气寒。儿有音书托南雁，天涯万里祝平安。

廖基瑜思亲张掖一首，至性流露，真挚动人，尤其是“儿有音书托南雁，天涯万里祝平安”句，见者莫不称叹，而当时她学诗才几年时间。父亲阅览基瑜之诗后，为女儿的诗才暗自高兴不已。

张发濬，字福荄，为湘乡名士，博学多闻，诗文雅俊。他早年与廖树蘅交好，彼此往来密切，后来两人又成为儿女亲家，即张发濬长女张有烍嫁给廖基植为妻。张发濬每至衡田老屋探望时，都要小住数天，与树蘅谈诗论文。当他听说基瑜能诗会词时，某天当即命题面试，要求基瑜限刻呈稿。基瑜挥毫而就，未逾晷刻。《绎雅堂诗录》卷一之《伫月》、《待燕》、《登楼》、《听莺》、《焚香》、《试茗》、《看云》、《扫屋》、《对镜》等九首，即为命题之作。基瑜作此数诗，工整且快速。张发濬为此遍告同人，大家莫不惊叹基瑜之诗思慧捷。据说，父亲引此为得意之事，甚至在晚年之时仍欣然称道。

在廖基瑜的人生成长过程中，伯兄基植、仲兄基棫堪称良师益友。

廖基植出生于清咸丰八年(1858)，较基瑜年长十岁，仲兄基棫出生于咸丰十一年(1861)，较基瑜年长七岁。基植到七岁时，即向祖父廖新端学习诗文，十岁时作《石假山赋》，词藻妍丽，音节古雅。稍长，基植虽从父命“习举子业以取科第”，于诗却仍不辍，尤酷好昌谷、义山两家。当基瑜在五六岁时，基植年已十五六岁，基瑜此时便跟随基植学习诗文，进步很快，且具有强烈的诗歌创作热情，虽是一个“牵衣女”，但已喜好“镜窗乱笺牍”。

廖基棫在《琬芗大妹七十寿序》中，充满深情地追忆了基瑜童年勤奋读书的情景，以及兄弟姊妹之间那种浓浓的手足亲情。其文曰：

妹五岁随伯兄读书馀园。馀园者，吾父辟为予兄弟学塾者也。妹每日晨起盥毕，怀书策自内庭出，徐行入塾，拂几，面窗坐，从容启书，命之读即读，未尝以为苦。当日长人静时，缘窗潜扃，花竹掩映，窃听吾妹诵声喃喃不辍，心喜甚。推扉入，为大笑者久之。此时天真烂漫之趣，兄弟姊妹相爱之情，不知人世间尚有何事为至乐也。既而学为诗，出语辄惊长老。

从廖基棫这段文字可以看出，一个性格温婉、聪慧明理、勤于学习的女孩形象，鲜明生动，跃然纸上，让人有亲临其境之感。

崇睦祠是衡田廖氏的一个祖祠，设有廖氏族校，青少年时期的廖基植、廖基棫均曾在此读书学习。兄弟两人常常一同唱和，并向基瑜索和。于是，基瑜即作《伯兄璧耘、仲兄次峰读书崇睦祠，各成七律两章，索和赋此奉酬》：

轻阴如幂慢冰弦，花堕春林破暝烟。问讯鳞鸿频叩户，盈眸珠玉乱挥笺。翠栏丝雨缃桃润，燕尾春流碧玉鲜。长日雕栊拥书坐，吟怀输与谢家贤。

纸鸢天气踏青时，耆邃何嫌得气迟。孤馆连床听夜雨，暗泉侵枕落琴丝。文心应共花争发，春信从教蝶渐知。想见夜堂诗梦醒，荆花流艳照芳墀。

光绪八年(1882)年，二十四岁的基植被父亲送到岳麓书院深造，此时基瑜也年已十四岁。为此，基瑜和基植常以书信往来，探讨治学为人之道，共同切磋诗艺。

基植在致家人的书信中，盛称麓山寺树石幽丽，为此基瑜以苏东坡《游南塔寺寂照堂》韵，赋诗一首，以致伯兄。诗曰：

著眼湘天景物新，名兰花落掩香尘。林初迸笋应妨屐，鸟近安禅解近人。钟袅余音僧出定，枝垂晚蕊树留春。

招提傥许诗人借，莫惜金钱与买邻。

基棫很早就学有成就，有名于时，在二十四岁便列名《宁乡县志》之中。他不但著述丰厚，而且积淀了深厚的诗歌理论知识。他教导基瑜，作诗时“句法不宜直率，大凡诗欲深在句法，曲欲曲在层次多，多得一层，便深得一层诗境，自然浑厚矣”。他甚至要求基瑜，要“将汉魏、六朝及唐宋诸家之诗熟读而深思之，自有悟处，其用功之程可以兼行，今日读汉魏人诗，明日读唐宋人诗可也。溯源汉魏，归宿唐宋可也”。廖基棫还以自己的经验来指导基瑜的创作，他说：“对于近代之能名家，宜随时讽诵，以取其长，得以尽古今诗学之变。而执笔时，则专取一家，极意摹仿，盖此时所蓄未深，不摹拟一家，终茫茫然。”也就是说，对于近代名家之作，应该带着批判性的眼光来阅读，从而得以吸收其精华之处。在进行诗歌创作时，要以一家为蓝本，否则弄出来将是“四不象”。

同时，基棫还一再告诫基瑜，作诗一定要经过千吟百咏，方能创作出上乘之品。他说：“古人作诗，无不从苦吟出者。李白赠杜甫诗云：‘为问缘何太瘦生，只为从前作诗苦。’杜甫《江上值水如海势聊短述》云：‘语不惊人死不休。’又送裴迪云：‘知君苦思缘诗瘦。’可知古人之诗，皆千锤百炼而出，必不肯一字放过。”

对于读诗，廖基棫也颇有自己的心得体会。他谈到：

“每读一诗，必先求其意境，次揣其声调，然后将炼字炼句炼韵之法逐一领略，由甘入苦，由苦得甘，久之自能有成。然切不可为近世所刻之《三百首合解诸诗之法》所误。”廖基棫认为，诗歌不能拘泥于所谓的“法”，而是意境、气脉与才情三者的自然流露，融古通今，才能创作出有品味的佳作。他指出：“盖诗文之佳处，不专在于法，因乎意之所在，气之所充，性情之所发露，于三者随时变化而已。乌得以定法限哉？”

廖基瑜与诸兄弟姊妹感情甚笃。从她与伯兄基植、仲兄基棫及小妹基璿现存的唱和诗作中，兄弟姊妹感情深厚可见一斑。廖基棫将赴长沙参加科举考试，廖基瑜即作《送仲兄次峰长沙应有司试，兼柬伯兄岳麓》：

芳草天涯绿，莺声陌上圆。送君江路阔，转盼雁行联。跋浪鱼龙舞，抡才老守贤。湘南盛文藻，好为著先鞭。

对于基瑜及诸兄弟姊妹来说，相互唱酬并非只是少时之事。即使成年之后，兄弟姊妹之间仍然常以这种文字游戏为乐。廖基瑜曾追忆父亲廖树蘅出任清泉训导时，她与诸兄弟一同随侍署中，每逢胜日，父亲必命赋诗，大家引以为乐。

廖基瑜与廖基植、廖基棫之间的兄妹情怀，由于亲上加亲的婚姻关系而得到进一步升华。廖基瑜的孙女梅玖培嫁给廖基植之孙廖湘璠，而廖基棫的孙女廖湘纯又嫁给廖基瑜之孙梅经培。

第二章　诗歌内容及作品赏析

如果要谈论一个诗人作品的思想内容，我们必须从三个维度来进行考察。一是其人的生活半径；二是其性别特征；三是其心性气质。三者缺一不可。

作为一名女性诗人，廖基瑜的生活半径相对狭窄，从现有资料来看，除了短期在衡阳、长沙等地探视任职的父亲及其他亲友外，她一生大多数时间都是在衡田老屋和莓田古屋中度过的。因此她的诗歌当然不可能有关怀天下苍生的悲壮与愤懑。由于性别限制，无法登上仕途，为此廖基瑜的诗歌也没有多少政治意味。同样，廖基瑜长年生活于深闺巨宅之中，性情温顺，心境平和，因此那种“狂放之性”自然亦与之无关。其诗作的内容意旨主要是抒发真挚之情，或是表现生活中的闲适之趣。

根据廖基瑜现存的诗词数量来看，共存诗一百三十八首、词两首，其中《绎雅堂诗录》共收录诗一百二十九首、词一首，《绎雅堂诗钞本》中流传下来的仅有诗九首、词一首。这些诗词作品，依其内容与形式区分，大致可以分为亲情诗、生活诗、悼亡诗、怀古诗、风物诗、友情诗等六种。诗作内容蕴含丰富，体裁多样，其诗写真人真事，倾泻了廖基瑜作为女性诗人与众不同的真识、真情、真趣。

一、“惆怅思亲独倚栏”——亲情诗赏析

亲情是因为共同的血缘关系而产生的感情，具有先天性和伦理性，稳固而深厚，是人类情感中最为重要的一种。对于女诗人来说，她们参与社会活动相对较少，见闻所限，于是以家庭为中心的情感抒发，在创作中无疑成为了一项主要内容。父女情、夫妻情、兄弟姊妹情、母子情、闺友情，就成了女诗人最为频繁、也最为动人的创作题材。

廖基瑜作为大家闺秀、名门之女，无论是婚前还是婚后，她基本上都生活在以家庭为中心的狭小氛围中，与外界交际交往不多，社会活动更少。为此，亲情是廖基瑜最为重要的创作题材，其诗共有三十三首，约占其现存诗作四分之一，其数量之多、分量之重亦可想而知。

首先，是对长辈即祖辈、父辈的感情。尤其是父母有养育之恩，无论是血缘关系，还是伦理道德，都使廖基瑜对父母怀有真挚的感情。现存诗有《晓起侍母大人园池观荷》、《喜家大人自益阳归》、《家大人远客张掖，忽忽一年，违侍日久，怅然成咏》、《上巳侍祖母游西园感赋》、《玉潭书院在治城东门外，距莓田不远，时家大人适充都讲，余自横田归，因便进谒，呈诗一首》、《奉怀两大人清泉学舍》，共计六首。

其一，《晓起侍母大人园池观荷》：

池空晓鉴平，莲叶生田田。朱华藻炎夏，渌水何澄鲜。一双鸂鶒飞，惊破菰菱烟。愿得刺轻艇，采莲莲叶边。

这是一首状景诗。全诗处处紧扣环境和季节的特征，把夏日的荷塘描绘得生意盎然，构成了一幅清新可人的图画。诗句字字扣题，意象皆画。首联、颔联并列一起，同时勾勒出了盛夏荷塘的情景：在平静的池塘里，荷花盛开，荷叶田田。阳光如此炽热，而池水却那么清新澄澈。颈联从一双鸂鶒突然惊飞的动态中，把夏日荷塘的活力，尽情地渲染了出来。"一双鸂鶒飞，惊破菰菱烟"一句，揭示出了生命精神的永恒意义，堪称警句。尾联则紧承前句，作出合情合理的想象与抒怀。这首写景诗，其妙处不在于穷尽形象的工笔刻画，而在于即景寓情，写出了自然之美所给予诗人集中而饱满的感受。此诗应是廖基瑜在八九岁时所作，从中可见其诗学功力起点之高，非同凡响。

其二，《喜家大人自益阳归》：

池塘新见白蘋开，小妹招携望父回。喜见蓝舆出林外，争抛团扇上堂来。

这首小诗写的是父亲归家时的情景，写得十分形象而富有童趣。第一句既是写景，也是时令交代。第二句借助"招"、"携"、"望"三字，把基瑜与妹妹基璿这两个女孩盼望父亲归家的情景写得惟妙惟肖。光绪五年(1879)、六年(1880)，父亲廖树蘅馆于益阳知县唐步瀛府，除教读而外，兼阅课卷，而当时基瑜还只是一个十一岁的小女孩。由于父亲常年客外，父女难以相见，她那种盼父回家的心情是何等强烈。当然，诗人并不采用从正面抒情的方式，直接倾诉自己的思念之切，而是应用迂回的笔墨，当看到父亲乘坐的轿子隐约出现在村林之外，这让两姊妹喜出望外。最后一句“争抛团扇上堂来”，更是表现出了一种童真之趣，两姊妹争相拿着团扇，来到堂屋等候父亲。那种孩童的天真与对父亲的爱意，由此淋漓尽致地表现出来。全诗清雅纯净、情趣盎然，充满了浓郁的生活气息和真情实感。

其三，《家大人远客张掖，忽忽一年，违侍日久，怅然成咏》：

故园容易又秋残，惆怅思亲独倚栏。垂老他乡犯泥滓，残年归梦阻涛澜。焉支山下平沙阔，羌邃声中朔气寒。儿有音书托南雁，天涯万里祝平安。

这是一首颇有特色的亲情诗。光绪九年(1883)十一月二十七日，廖树蘅由湖湘抵达甘州，出任甘州提督周达武的幕宾。光绪十年(1884)初秋的八月初五，廖树蘅由陇西起程返湘，到冬天方才回到珠泉草庐。基瑜此诗大约作于光绪十年(1884)深秋之时，父亲正在折返湖湘的路途上。首联中的“秋残”，明里是表明季节特征，其实也是诗人心中生发出的一种惘然。“惆怅思亲独倚栏”，思念父亲的女孩独自倚靠着栏杆，心中怀有几分惆怅与感伤。颔联写父亲客外陇原，即使有归家之梦，也会被重重山水所阻隔。颈联写出了西部荒原的苍凉之景，在一片苍茫无际的沙海戈壁上，即使悠悠的羌笛声，也带着几份萧瑟与寒意。诗句写出了父亲客外之地的苦寒，亦言生活之不易。诗中的“焉支山”，是祁连山的一条支脉，坐落在河西走廊峰腰地带的甘凉交界处。在此诗中，焉支山并非实指，而是指广袤的西部荒原。山丹，旧称“删丹”，廖基瑜的父亲廖树蘅曾作有七言绝句二首《删丹道中》。尾联“儿有音书托南雁，天涯万里祝平安”，堪称警句，是一种真挚、细腻情感的自然流露，语言平易而情意深厚，达到了全诗的高潮。此诗自创作以后，一直被诗家传诵，且美评不断，诚乃不可多得之名篇佳作。

其四，《上巳侍祖母游西园感赋》：

园庐又届艳阳辰，喜见繁花照眼新。纤柳影涵流水活，芹泥香垒燕巢匀。扶持白发听莺坐，徙倚红栏爱蝶巡。一事思量转惆怅，相携无复旧时人。次嫂亡已数月，思之黯然。

古时以夏历三月的第一个巳日称为“上巳”。旧俗以此日在水边洗濯污垢，祭祀祖先，叫做“祓禊”、“修禊”。魏晋以后把上巳节固定为三月三日，此后便成了水边宴饮、郊外游春的节日。廖基瑜此诗应作于光绪十八年(1892)。其时次嫂边氏、三嫂张氏相继丧亡。仲春三月，正是湖湘大地莺飞草长的时节，而上巳日这天，基瑜正陪同祖母在西园赏景。首联、颔联表面上均是描述三月之美景，实则暗含春之易逝。在仲春三月一个阳光明媚的早上，鲜花盛开，垂柳依依，流水潺潺，彩蝶飞舞，一切都是那么美好。这无疑为人物出场作出了情景上的铺垫。颈联紧承而上，诗人陪同祖母到园中漫步，看花赏景，这本是一桩多么愉悦之事啊！尾联则与前面的美景两相对照，一想到离世不久的亡人，无论是年迈的祖母，还是年轻的诗人，心中都为之黯然。从表面上看，这首诗为写景，实则感物怀人。尾联“一事思量转惆怅，相携无复旧时人”句，言已尽而意无穷。

其五，《玉潭书院在治城东门外，距莓田不远，时家大人适充都讲，余自横田归，因便进谒，呈诗一首》：

云际归鸦急，遥拖夕照青。褰帷方纵目，邂逅得趋庭。桃李当门植，弦歌隔院听。玉潭桥畔柳，分绿上湘屏。

光绪十八年(1892)、十九年(1893)，父亲廖树蘅出任玉潭书院院长。而此时，廖基瑜已嫁梅家，她从娘家归莓田古屋，途经玉潭书院时，前去看望父亲。起句点明了当时的天气条件，一抹夕晖映照着天际，连鸟儿此刻也正急赶着归巢。三、四句意为诗人掀开轿帘，望着向晚的天色，内心急于前去看望父亲。颈联虚实相生，“桃李当门植，弦歌隔院听”，玉潭书院内桃李芬芳、弦歌不绝，其意亦表明书院读书求学之盛况空前。末尾两句与前面诗意相呼应，寓情于景，更加强化了诗歌的艺术感染力。全诗章法井然，情景交融，意味绵长。

其六，《奉怀两大人清泉学舍》：

晨昏疏定省，忽忽又经年。别梦萦湘水，愁怀诉杜鹃。连年依薄宦，何日赋归田。松竹今皆长，家园景倍妍。

光绪二十五年(1899)四月，父亲廖树蘅调任清泉训导，同时兼顾管理水口山矿务，到光绪二十九年(1903)十月中旬，他调任湖南省矿务总局提调、旋升总办，廖树蘅前后任职清泉训导四年多时间，其时，廖基瑜的母亲张清河也一同居住于清泉学署。在这期间，廖基瑜曾从宁乡前往衡阳省视父母。此诗为基瑜对父母双亲的思念之作。首联“晨昏疏定省，忽忽又经年”句，直接点题，抒写胸意。时间如白驹过隙，转瞬即逝，离前次探视父母亲，眨眼间又已过去一年。颔联承上，“别梦”、“愁怀”、“萦”、“诉”四个词汇一经组合，就把对父母的思念之情表现得酣畅淋漓。颈联是盼望父亲退回老家，归隐田园。结联笔锋一转，告诉父母亲“松竹今皆长，家园景倍妍”，其意境清新，语言纯净，韵味醇美。全诗意境层层递进，深切表达了诗人对父母亲真挚的思念和深沉的爱意。

其次，是对平辈兄弟姊妹的手足之情。廖基瑜与外界的接触面相对较窄，除了父母之外，接触最多的就是兄弟姊妹，而由于廖氏兄弟姊妹皆长于诗词创作，相同的兴趣爱好又使他们更易于沟通，关系亦更为密切。在相聚之时，兄弟姊妹多以读书吟咏为乐，而一旦分离或天各一方时，那种手足亲情表现得尤为突出。

对廖基瑜现存诗词作品进行统计，我们可以发现，在亲情诗作中，数量最多、内容最丰富者，当属对兄弟姊妹的念怀之作。有《伯兄读书岳麓书院，书来盛称麓山寺树石幽丽，赋此贻之，用东坡〈与器之游南塔寺寂照堂〉韵》、《花烛词，为三嫂张氏作》、《送仲兄次峰长沙应有司试，兼柬伯兄岳麓》、《夜坐次仲兄韵》、《伯兄璧耘、仲兄次峰读书崇睦祠，各成七律两章，索和赋此奉酬》、《晓起偕季妹珮霞西园竹屿眺望》、《春日寄怀伯兄璧耘麓山》、《伯兄璧耘客漳州年馀赋此寄之》、《雨夜寄从妹湘潭》、《寄怀伯兄璧耘长沙》、《思家》、《家园述事五首，示珮霞季妹》、《季妹珮霞寄诗依韵答之》、《仲兄次峰以竹簟见贻，用昌黎〈郑群赠簟〉韵作诗酬之》、《玩云楼即事，与季妹珮霞同作》、《百花生日感奋，寄怀诸兄弟》，共计十六首。现从中选出六首作解析。

其一，《花烛词，为三嫂张氏作》，共三首：

依稀人似下蓬莱，六幅湘裙称体裁。红烛也知今日喜，巍巍花蕊并头开。

绣帏香暖洞房宽，争看新人笑语欢。眉黛画成无限好，不须私语倩人看。

望裹张星渡绛河，一双罗袜好凌波。羹汤后日应先及，食性能谙让我多。

三哥廖基朴与张氏结婚之时，基瑜作此诗以赠三嫂。《花烛词，为三嫂张氏作》共三首，分别刻画了洞房花烛夜的三个不同场景，字字扣题，意象皆画，诗里行间始终充满了一种温情的氛围。

第一首，起句是从远处看新娘，在恍惚烛光的映照下，就如同从蓬莱仙境下凡的仙女般，那么楚楚动人。承句从表面上看是写新娘的衣着裙妆，实则写新娘身材之曼妙熟韵，那修长高挑的身材，让新婚的裙妆看去是那么合体、熨贴。第三句“红烛也知今日喜”，则轻轻一转，运用拟人手法，说连那洞房之中的红烛也能感知今天的喜庆氛围，从而更加烘托出新婚的喜悦。末句承接第三句而来，那巍巍的花蕊，亦并头开放，洋溢格外的喜乐与吉祥。在此诗中，虽为景物描写，然而一切景语皆为情语也。

第二首，首先从洞房的场景入笔，以写绣帏的“香”、“暖”二字，让人感知洞房淡香氤氲、暖意融融，也意为一对新人之间充满了温情和温馨。承句“争看新人笑语欢”，洞房里亲戚朋友们争相一睹新娘的姣容，大家笑语声喧，好不热闹。转句则从写新娘的眉毛入手，眉毛如黛，采用以点代面的写作手法，指新娘长得俊俏、美丽。末句颇有意味，“不须私语倩人看”，意思是那就没有必要私下里请托别人代看了吧。全诗情景甚美，形象历历，如有亲临其境之感。

第三首，首句中的“绛河”，即指银河。古代观天象者以北极为基准，天河在北极之南，南方属火，尚赤，因借南方之色称之。第二句中的“凌波”，指美人步履轻盈，如乘碧波而行。“望裹张星渡绛河，一双罗袜好凌波”，暗指新娘聪明能干，为下文埋下伏笔。第三句写的是到婚后第三日，新娘要及时将菜肴奉上。旧俗女子出嫁后三日，应入厨作炊，煮饭烧菜，俗称“过三朝”。羹汤，此泛指菜肴。末句“食性能谙让我多”，典出王建《新嫁娘词》：“未谙姑食性，先遣小姑尝。”新妇不知婆母口味，必须先意承志，以获欢心。而小姑，正处于婆媳关系的中介地位。因此，诗人则曰“让我多”，意思是说，三嫂煮饭烧菜如有不了解父母的口味之处，向我多多打听便是。结末一句，乃全诗神光所聚，语少而意足。盖小姑当最熟悉婆母的品味、心理，故这七字中诗人那种聪敏善良的神情性格宛然如见。

其二，《伯兄璧耘客漳州年馀，赋此寄之》：

作客天涯近若何，故园花又满繁柯。大雷书札来何日，续史光阴去已多。酒渴诗狂馀结习，云山沧海独高歌。

年来毷氉无须打，投笔功名故不磨。

光绪十五年(1889)，刘朴堂署理福建延邵建兵备道，招时年三十岁的廖基植入幕，主持文案。廖基瑜此首寄怀诗大约作于光绪十六年(1890)春夏间。全诗写景抒情并举，情景交融。首联起句设问，远在天涯作一个幕客，近况如何呢？这是廖基瑜对远在天边的亲人的一种挂念与关爱，感情绵邈，语言多姿，落笔不俗。继之基瑜近写家中花园之景，此时此刻家中的花园之中，鲜花比以前开得更加俊俏，树木也更为枝繁叶茂。然而，伯兄不在家中，即使景色最好，仍让人惆怅惘然，心怀几分伤感。颔联写时光悄然而逝，但老是等不到伯兄的来书，以此表达复杂细致的心理感受。颈联则横向而写，劝慰基植在平时不妨多一些诗酒唱酬，到云山沧海中去放松身心。尾联别有意蕴，说如果有毷氉之处，也无须过多计效，一个人要想获得功名，要出人头地，一定得经历千辛万苦，就像古人所说“故天将降大任于斯人也，必先苦其心志，劳其筋骨，饿其体肤，空乏其身，行拂乱其所为”。基瑜此诗把对伯兄基植的思念与牵挂，写进了彩笺尺素，寄与远方的亲人。全诗感情真挚，于平淡之中见其优美、真实，故而亲切自然，耐人寻味。

其三，《家园述事五首，示珮霞季妹》：

几度雠书倦欲抛，忽惊红绽海棠梢。此身不及春林燕，岁岁如期返故巢。

记曾受读阿兄前，嬉戏光阴最小年。十二湘帘齐卷却，画栏丝雨落花天。

名花幽卉绕吾庐，煮茗横琴乐有馀。赢得高堂常笑说，此身何异住蓬壶。

贻园遥接远峰青，云影波光上画屏。好是豆棚新月上，戏挥团扇扑流萤。

连年姊妹赋于归，恼乱吟怀渐渐非。不管花开与花谢，暂时幽赏莫相违。

季妹珮霞，即基璿，珮霞为其字。珮霞成年后嫁给同里彭菊舫，彭菊舫亦工诗。廖基瑜所谓的家园述事，其实是对少女时代家居生活的追忆。

第一首，起句中的“雠书”即“校书”之意。起句明是写一种烦倦的情绪，为下文的思家埋下伏笔。在转句中，诗人通过细腻的笔触，将季节瞬时的微妙变化表现出来。一个“惊”字，可谓诗中佳笔，极富动态感与情景性，清新而有情致。后两句是一种体味、一种感叹，诗人将自身与春燕作比，春燕每年将如期返回到旧巢中，自己却只能苦苦思家而不能如愿。全诗构思新颖别致，不落窠臼，在清丽的语句背后，隐含着淡淡的离愁别绪。

第二首，这是一首情景交融之作，全诗意境典型，句句皆画，字字含情，形象栩栩如生。一、二句写诗人随兄读书，兄弟姊妹一同嬉玩的美好情景。三、四句画面感极强，“画栏”、“丝雨”、“落花天”，如同一幅清新丽质的油画呈现在眼前，可谓美不胜收。

第三首，诗中的“蓬壶”，即蓬莱，也就是古代传说中的海上仙山。在基瑜此诗中，“名花”、“幽卉”、“煮茗”、“横琴”，构成了一幅新清可人、怡乐忘世的家居图画。起句，基瑜写故乡老宅“春泉堂”环境之美好，转句描述啜茗调琴之乐。后两句是即景说理，以父母之口来述说家居生活的体会，说与身居仙境蓬莱并无区别。读来亲切感人。

第四首，本诗处处紧扣环境和季节特征，把老家故宅的家居生活描写得盎然生趣。一、二句勾勒出了故园的方位轮廓及秀美景色。第三句是时间描写，即新月初上之时。第四句随之而起，诗人与兄弟姊妹们一道手执团扇，扑打流萤。那是多么充满童趣而又让人怀想的生活场景，那种清新秀逸的画面喷薄而出，将读者带到了一个旖旎美妙的境界之中。

第五首，本诗为写亲情的佳篇。虽为写亲情，却不见一字，全隐含于语意之中。一、二句写诗人与兄弟姊妹们吟诗作赋的情景，“恼乱”二字引出下文，既已“吟怀渐渐非”，那就干脆赏花吧，也不要管花是否开或谢了。全诗气脉通畅，运笔简洁，意境浑然一体。

其四，《仲兄次峰以竹簟见贻，用昌黎〈郑群赠簟〉韵作诗酬之》：

蕲州竹簟尽人知，阿兄所惠尤称奇。节藏肤滑美无匹，光彩照耀欺瑠璃。铺床拂试恣评赏，但有赞叹无人疵。炎歊斗室困蒸郁，浮瓜沉李空尔为。得兹辅体觉神王，酣卧直欲忘朝炊。无人相溷得美睡，有卖未应贪便宜。从来投赠贵适用，微物亦足供取资。凉堂疏帘看棋局，冰纹细蹙含风漪。印痕凉沁水晶枕，银鹿坐弄婴婗儿。阑干花露滴空砌，疑有习习柔飔吹。感公持赠意良厚，顿令火宅无炎曦。兄之真诚通寤寐，久不复梦吾其衰。

本诗是一首典型的咏物诗，是诗人对仲兄廖基棫赠送竹簟后的感谢之作。次峰，即廖基棫之字。本诗借物抒怀，文字直白，但是通过这种白描式的烘托渲染，通过对一件平常之物的简单记述，表达出了兄妹之间深切的手足亲情。一、二句直接点题，指明仲兄廖基棫赠送竹簟之事。三、四句是对竹簟外观形状及光泽特征的描述。五、六句为家人对竹簟的评价。七、八句“炎歊斗室困蒸郁，浮瓜沉李空尔为”，指夏天气候之炎热，室内烦闷难耐。九、十句以后的诗文着重述说使用竹簟的感觉与好处，其舒适度之高，令诗人“酣卧直欲忘朝炊”。最后两句，以兄妹亲情收束，语言平易而情意深厚，感人肺腑，是诗人情怀的自然表达与流露，也是全诗情感升华之所在。

其五，《玩云楼即事，与季妹珮霞同作》：

故阁依然纳远光，壁间残墨尚留香。暂圆澣服终宵梦，无复垂髫旧日妆。插架芸编容蠹饱，排檐铁马语风凉。莫因云物频增感，且喜重来乐意长。

玩云楼，为衡田廖氏祖居"春泉堂"内的一处藏书楼，为廖氏数代人读书处，在廖基植、廖基棫的诗文中亦有描述。廖基瑜的兄弟姊妹均能作诗为文，廖基瓀常与基瑜一同唱酬，并以为乐事，可惜她的作品已经失传。廖基瑜所著的《绎雅堂诗录》中，收录了四首与基瓀相关的作品，分别为《晓起偕季妹珮霞西园竹屿眺望》、《家园述事五首，示珮霞季妹》、《季妹珮霞寄诗依韵答之》以及《玩云楼即事，与季妹珮霞同作》。而此诗，也许是廖基瓀惟一的传世之作了。首联直接点题，从静处着笔，玩云楼依旧安然矗立，接纳远天的星光。而那厚重古朴的墙壁间，似乎仍存留有翰墨的淡淡芳香。颔联转向倒叙，是对儿时往昔岁月的感叹，光阴无复，旧梦不再，自己与兄弟姊妹们早已不是黄发垂髫的年岁。此中油然生发出几分愁意。颈联极富动感，一排排书籍都被蠹虫蚕食，"春泉堂"层层叠叠的建筑比崖而高，而那飞檐的铁马，经风一吹，发出清脆的响声，让人感觉似乎在说什么风凉话呢。"容"、"语"二字，为拟人之法，使动态更为传神。末联则紧承前文，境界陡然开阔，一个人不要老是叹惜云物迁变、世易时移，而应该心境高远，将目光投向生命的远方，这样才能更为快乐。本诗情景浑然，语言清丽，情与景谐。

其六，《百花生日感奋，寄怀诸兄弟》：

韶光荏苒浑如梦，少日欢踪未可忘。官阁聊吟记畴昔，白头含笑费评量。先君官清泉训导，予与诸兄弟随侍署中，每逢胜日，必命赋诗，引以为乐，今忽三十馀年矣。堨来人事多更变，老去情怀易感伤。独有闺中小儿女，彩红争系祝花王。

从"今忽三十馀年矣"句判断，此诗大约作于民国二十年(1931)前后。这是一首怀旧诗。首联的两句感慨之言，总摄诗中以下六句。首句慨叹时光荏苒，恍然如梦，倏忽而过。次句写对少年时光的遥念，那欢悦的日子在心中永远不会忘怀。颔联紧接次句，追忆兄弟姊妹们在衡阳清泉学署的难忘岁月，每逢胜日，父亲必命大家赋诗吟对，并引以为乐。颈联与首联相呼应，人事沧桑，时移世易，那些逝去的日子不能不为之感念、伤怀。一个"伤"字，引发了无限的人生感慨。尾联写出了另外一个纯净怡悦的境界。诗人在感叹自己少年欢乐时光逝去的同时，却看到了另外一幅情景，家中的孙辈就像自己当年那样，这些孩子们充满了童真之乐，正在玩要着属于他们的游戏，"彩红争系祝花王"，点明全诗主旨，语意丰腴，耐人寻味，从而拓展了诗的内容，深化了诗的意蕴。

三是对子侄辈的舐犊之情。基瑜一生，性格温婉，心地慈厚，对子侄乃至侄孙辈都关爱有加，廖基杰之孙、廖镇枢第三子廖湘瑛在其自传体回忆录《永远的伤痛》中对此有多处记述。在廖基瑜的诗作中，记录对子侄辈舐犊之情的作品主要有：《小姑四岁，髫发初齐，慧晰可爱，终日牵衣萦带，不离母侧，忆余如小姑之年亦犹是也。赋此写怀》、《稚女》、《焯儿因乳母辞去，昼夜啼哭，仍需召还命其抚养，诗以述意》、《次儿初出腹，即奉两姑之命出嗣夫兄，感而有作》、《兄公长女适张氏，孀居二十馀年，未尝一日见其欢容，夫家无可恃者，依母家以居，族人嘉其节，为之立后，赋此慰之》，共五首。

其一，《焯儿因乳母辞去，昼夜啼哭，仍需召还命其抚养，诗以述意》：

两载无离日，提携谢汝良。向人初解语，索乳即呼娘。一旦抛儿去，终宵啼断肠。还须促归棹，日夕倚门望。

焯儿，即梅焯宪，字伯纪。廖基瑜长子。清光绪二十一年(1895)出生于湖南宁乡县梅氏祖宅之莓田古屋。梅焯宪在青少年时曾先后求学于长沙明德中学、北京京师大学堂(北京大学前身)，并追随辛亥革命家周震麟先生。二十世纪二十年代，梅焯宪先后担任宁乡县政府、长沙县政府秘书。三十年代前后，他出任安徽宣城专员公署秘书长，期间在当地禁食鸦片，积极救灾，为政清廉，秉公执法，深得好评。抗战期间，梅焯宪回到家乡，在极为困难的情况下积极参与《民国宁乡县志》的编撰工作。抗战胜利后，他在宁乡鹅山中学任教。五六十年代后，梅焯宪在家闲居。1966年初春，因病辞世，享年七十一岁。廖基瑜此诗约作于光绪二十三年(1897)。本诗表面上看是对梅焯宪乳母的致意，其实亦从侧面反映了梅焯宪的幼年经历。诗前四句是对乳母的赞美，也表明梅焯宪与乳母关系情深，形同母子。颈联“终宵啼断肠”句，把感情推进一层，由含蓄变成了爆发，直冲胸臆。末句“还须促归棹，日夕倚门望”，清冷而凄婉，达到了情景交融的艺术效果。

其二，《次儿初出腹，即奉两姑之命出嗣夫兄，感而有作》：

银环绣葆闹成堆，博得慈闱笑口开。家世玉堂期汝续，不嫌愚鲁愿无灾。

莫向爷娘怨不慈，生成大义岂能辞。他年葛藟连根庇，记取桃花颒面时。

出嗣，指过继为他人作后代(儿或孙)。在传统的中国家族文化中，没有儿子的家庭，为了延续家族香火，一般过继兄或弟之子作为儿子。廖基瑜的次子梅焯良刚刚生下，即被过继给梅毅杰之兄梅梓杰为子。怀胎十月，一朝分娩，可自己的亲生骨肉却成了他人之子，廖基瑜虽恪守旧德，完全理解出嗣之举，但是她胸中的那份锥心之痛是外人无法觉察的，所以才有了这首“有感之作”。

第一首，银环，为婴儿的一种饰品。绣葆，亦作“绣褓”，指覆裹婴儿的绣被。慈帏，亦作“慈帷”，是对母亲的代称。一、二句，主要描述次儿梅焯良降生后的喜庆情景，亲朋戚友赠送的银环、绣葆成堆，这是何其欢庆的场面啊，老母亲更是高兴得合不上嘴巴。然而，这种喜庆欢乐的场面与诗人内心的苦痛形成鲜明、强烈的对照。第三句，意为告诉儿子：你过继到伯父之家，其家世、宅第、香火还期待你来延续。第四句是对儿子的期许，愿你无灾无难、一生平安。全诗哀伤凄婉，表现出了诗人爱子之心切切，但又忧伤、无奈的心情。

第二首，葛藟，为植物名，又称“千岁藟”，落叶木质藤本。《诗·周南·樛木》中有：“南有樛木，葛藟累之。”颓，即洗面。廖基瑜在这首诗中，首句、次句是告诉儿子当你长大成人后，切莫要埋怨父母双亲。你出嗣到伯父家，这是家族大义，做父母的亦无法推辞。三、四句则说，待你成年后，当成家立业、子孙繁盛之时，可不要忘记你的亲生父母啊！从诗意来看，廖基瑜的这首诗与第一首相比，感情更为浓烈，让人顿生悲悯，不忍卒读。

其三，《兄公长女适张氏，孀居二十馀年，未尝一日见其欢容，夫家无可恃者，依母家以居，族人嘉其节，为之立后，赋此慰之》：

珍重寒松冰雪姿，廿年前赋柏舟诗。新愁旧恨凭谁遣，茹苦停辛只自知。早日伤心悲弱息，只今承祀有佳儿。红氍毹上双垂草，慰汝今宵一展眉。

氍毹，一种织有花纹图案的毛毯。古代演剧多在地毯上，因此又用"氍毹"来代指舞台。在这首诗中，诗人对生命意识有着格外强烈的敏感，起笔便以寒松、冰雪为象征，暗示侄女生命的坚强与洁净。首联追忆二十年前侄女出嫁赋诗的情景。颔联思绪承接展开，人生的爱恨情愁他人永远也无法体会到，个中滋味惟有自知。颈联紧承第四句，说由于伤悲，以致身体极度虚弱，而今还有佳儿给你养老送终、承祀香火。末联为慰藉之语，有佳儿在侧，足以让你欣慰了。全诗在苍凉沉重中透出一份生命的亮色，浑融出新，揭示了生命精神与传承的永恒之义。

另外，需要指出的是，廖基瑜成年后嫁给梅毅杰，伉俪情深，可惜的是在她现存的一百多首诗作中，却没有一首关于夫妻之情的作品存世。或许是廖基瑜作为大家闺秀，不愿将夫妻感情外露于人，故在将诗作结集刊印之时，有意去之。在今天看来，这不能不说是一个无法挽回的遗憾。

二、“兰芷芬芳尽入诗”——生活诗赏析

在闺阁诗中，“闲适之趣”在女诗人笔下最为常见。闲适之趣是指一种心境的状态，这种心境平和恬静，悠闲自在，自然无为，与世无争，可使人享受到一种超然物外的情趣。闲适之趣属于个人的自得之趣，它产生于与自然界的关系中，或产生于对个人生存状态的审视中。本节主要谈廖基瑜的家庭生活之趣。

在廖基瑜的作品中，描述家庭乐趣、记录个人生活的诗作约有三十八首。分别是：《待燕》、《登楼》、《听莺》、《焚香》、《试茗》、《看云》、《扫屋》、《对镜》、《移花》、《食饧馆》、《上巳》、《除夕》、《倚栏》、《静室》、《雨后涉园偶作》、《竹屿》、《春昼书事》、《田家》、《调鹤》、《饲鱼》、《闻蝉》、《囊萤》、《风铃曲》、《读书煮春茶》、《小园偶兴》、《元旦试笔》、《澄波楼即景一首》、《思家》、《夜坐》、《再作登楼》、《午节病起偶作》、《打稻四首》、《拟韩昌黎〈八月十五日夜赠张功曹诗〉》、《省亲清泉学署，还舟过昭山，遇大风有作》、《己酉七月十四日夜感赋》、《中元夜书感》、《虚馆》、《上元夜雨有感》。现择其中三首作出解析。

其一，《读书煮春茶》：

午晴庭院桐花落，满地轻荫睡孤鹤。开函展诵未完书，孔思周情饶至乐。画阁朱阑尽日遮，竹炉烟袅出帘斜。湘帘蹁地无人卷，自向回廊学煮茶。

本诗应为廖基瑜十多岁时所作。诗中情景宛在眼前，虚实结合有度。首联点出了读书煮春茶之时间、地点及环境特征。颔联写出了读书之乐，味在心中。颈联描述生火煮茶的情景，袅袅轻烟，自竹炉飘然而出。尾联作结，与主题相呼应，写出了煮茶之趣。本诗是诗人在园庐中和家人读书、煮茶的情景，运用“午晴”、“庭院”、“桐花”、“轻荫”、“孤鹤”、“画阁”、“朱阑”、“竹炉”、“烟袅”等意象，表现园庐环境清雅、幽静、远离喧嚣的特点。全诗形象鲜明，而又雅致婉蓄。

其二，《打稻四首》：

沸耳遥闻打稻声，清秋风日喜新晴。香吹野舍禾场净，凉透斜阳笠影轻。洒玉抛珠看错落，肩挑担荷乱纵横。归来更约明朝事，起看天河挂户明。

熹微bindings露曙光鲜，晓露瓜花正满田。收获况逢新霁候，辛勤宜趁早凉天。茶香小憩疏林影，饭热残萦屋角烟。一幅豳风好图画，杖藜人与话丰年。

溪水澄鲜衬落霞，西风耞板正喧哗。黄云渐逐原头尽，白日频防雨脚斜。狼戾岂容抛秉穗，豚蹄曾祝满篝车。乡村此日饶佳趣，篱落红开饱饭花。

萧瑟西风动早秋，前期筑圃信良谋。香濡露穗防乌啄，声急霜镰迨火流。玉粒应怜人汗血，金穰幸验岁丰收。了完租税无馀事，犬吠柴门未应愁。

《打稻四首》为情景之作，是廖基瑜最具代表性的诗作之一，自问世以来一直备受好评。本诗通过打稻这一平常的农事之举，把秋收景象描绘得有声有色，物境情境浑然天成。

第一首，首联破题，点明打稻的气候、季节因素。在一个秋风送爽、阳光朗照的日子，远远就听到了打稻之声。颔联诗句对仗工整，情景描写逼真，意境自然美妙。风送稻香，晒谷场地干净整洁。颈联描述了打稻和挑谷的场景，以“洒玉”、“抛珠”作比，更为传神。结联照应起首，充满着希望之情，憧憬明年的丰收，大家再相约一同打稻。本诗中打稻场景、人物神情，皆具特征，自然清雅至极。

第二首，首联点明时间特征。东方的天际刚刚出现一丝熹微之光，此刻正是晨露满田。颔联紧跟前句，稻谷丰收之时，恰逢雨过天晴。颈联虽是明写农人打稻时小憩的情景，但通过“茶香”、“饭热”等词，让人从侧面感受丰收的喜悦气氛和农人的舒畅心情。尾联作结，收束圆满。本诗词语清新，气脉通畅，如同一幅意境美妙的水墨画呈现眼前。

第三首，描述了黄昏将近、落霞满天之时，打稻的农人将近收工的情景。首联为场景描写，是一幅鲜活而又美丽的劳动场面，打稻的枷板之声喧哗不止。颔联言在丰收之际，农家最担心莫过于天气不佳。颈联则由本年的丰收在望，追忆往年庆祝丰收的情景。结联照应首句，切题切景。

第四首，首联概览全诗，在萧瑟西风的早秋时节，为了迎接丰收时刻，农家“前期筑圃信良谋”。颔联承“信良谋”三字而展开，诸如“防鸟啄”、“追火流”，亦为农事活动不可缺少的重要环节。颈联是对前二联的回应，一粒粮食一粒汗，粒粒皆辛苦。尤其在丰收之年，更应该珍惜粮食，珍惜来之不易的劳动成果。尾联言缴完租税后，再无馀事可忙，犬吠柴门，心中无事挂念。全诗言有尽而意无穷。

其三，《中元夜书感》：

凄凉当此夕，而我独情伤。难释心头恨，频添鬓上霜。残烟萦蜡泪，空院咽寒螿。欲觅昙花影，幽冥事渺茫。

写了千年的中元题材，诗人依然写出了好诗佳句。诗性之灵，谁能写完？只有付出真情，才会写出荡气回肠之句。此诗为廖基瑜中年之后所作。首联起句点题，奠定了全诗的情感基调。中元之夜，诗人独自悲伤。“凄凉”，为全诗之眼，以此表达诗人内心的痛苦之情。颔联中“恨”、“霜”二字，一下子将情感推向极处，也正是诗人心境的自然写照，写出了百愁萦绕、无可奈何的凄凉之感。颈联含蓄地表达了深沉悲怆的情怀，蜡泪未干，寒螿呜咽，以拟人的手法，增添了悲伤的情境。结联引发诗人的思绪，为全诗增添了无尽的韵味。

三、"黄土无情埋恨血"——悼亡诗赏析

悼亡诗，以情真、语真、意真，千百年来一直叩动着人们的心弦。在平静的语气下，寓绝于大沉痛，生死永诀，幽明路隔，于时于空都绝无相逢的可能。逝者留给生者是永恒之回忆，无尽之悲戚。

廖基瑜诗作中共有六首悼亡诗，分别是：《哭兄女镇男》、《嫂氏边氏张一月之间先后入地，合葬一邱，作诗述哀》、《哭殇弟虪咸》、《挽姒氏李宜人宝芬二首》、《黄节妇诗》、《虚斋吊伯兄璧耘》。在此，选择廖基瑜上述作品中的四首进行解析。

其一，《哭殇弟虪咸》：

吹折庭荆第七枝，返魂无术只空悲。谁知剜却心头肉，妖谶先藏扇上诗。家大人为弟市一小纨扇，上有聂夷中诗。

依依顾影雁行联，忽断群飞去杳然。黄土无情埋恨血，伤心何处觅阿连。

高堂凄痛泪痕斑，一别明知不复还。娇小魂灵何处去？怕听寒雨响空山。

手足生离恨怎轻，何堪重触昔年情。金兰玉树双双瘗，从此人间莫再生。次妹二二与弟皆三岁殇。

生年无几性能奇，学语牙牙鬌发垂。才捉迷藏喧别舍，又来窗下索吟诗。弟随诸侄戏要，辄依余静坐，授以诗能成诵。

母梦蟾晖绚彩霞，浮生无处不空花。塞悲只合从虚妄，合手莲台诵法华。弟生时母大人梦彩霞绕月，盖易散之验也。

皪咸，为廖树蘅第七子，出生于光绪九年(1883)三月二十四日。皮肤白皙，聪明颖悟。光绪十年(1884)冬，父亲廖树蘅从陇西归回湖湘之时，曾作诗《到家》，其中有句云："汝去举一子，白皙体甚魁。"即指皪咸。

光绪十二年(1886)，皪咸殇，年仅三岁。对于七弟的去世，廖基瑜深为悲恸，于是作《哭殇弟皪咸》六首七言绝句以悼念。从内容上看，这些诗作分别道出了七弟幼年的一些生活小事，但都是长歌当哭、凄苦哀号，不胜心酸，可见廖基瑜对七弟皪咸无限的记怀之情。从意境上看，这些诗作悲凉彻骨，凄楚哀怨，一下子触动人脆弱的心灵。从诗句来看，全诗充满了伤感心情和悲凉情绪。而由于廖基瑜对小弟的那份笃爱，让这种伤感和悲悼总是挥之不去。

廖基瑜的诗作可谓用情至深，是情感的自然流露。读其诗，“须想其一面哭一面写，字字是血，字字是泪”。

第一首，首句将兄弟姊妹以“庭荆”作比，“第七枝”便是七弟觵咸。“折”字传神而真切。次句随之递进，谓人已去却不能复生，徒然留下生者的满腔悲痛而已。转句语气一转，让读者心中亦为之一动。末句紧承其意，说谁知剜却心头之肉的谶语，竟然隐藏在扇上诗中。转句、末句一惊一问，诗人对七弟离世的悲恸之情跃然纸上。末句虽有宿命观点，但增添了更加浓烈的悲情成分。

第二首，首句仍然采用比拟手法，以“雁”作比。次句承接首句，谓突然从群雁中杳然而去，“断”字格外传神。转句“恨”字，感情浓烈。末句设问，也是一种呼唤：“七弟啊，我情伤至此，可到哪里才能找到你啊？”这种永诀，怎不叫人撕心裂肺、肝肠寸断呢！

第三首，诗人从七弟去世后父母的悲痛着笔，来表现伤痛之情。首句“泪痕斑”三字，表达的是日日悲情笼罩。次句是对首句的释义。其意是，从内心上来说，明明知道七弟一别而去，永将不再复还，但是悲从心来，仍难自抑。转句又是设问。末句承接转句，最怕的是寒雨天气山中鸣响，怕是七弟娇小的灵魂在四处游荡吧！真可谓情至极处，语语动情，字字含情。

第四首，追忆昔年诗人与弟妹们一起快乐、幸福生活的情景，然而次妹与七弟均已永远离去了，只有这种情怀在心中永远萦绕。第三句以“金兰”、“玉树”作比，分别指次妹与七弟。

第五首，描写诗人与七弟一起生活的情景。首句“性能奇”三字统领全诗，说七弟年纪不大，但性有奇慧。次句言牙牙学语。三、四句即对“性能奇”的诠释、说明，刚刚才玩过捉迷藏的游戏，又来窗下向诗人索取诗句。这表现七弟充满天真童趣，又聪明颖慧，不禁让人顿生爱怜之心。

第六首，末句中的“法华”，即佛教之《法华经》。本诗一、二句是情景描述，写诗人的母亲张夫人在七弟出生时梦中所见之情景。三、四句颇有一种因果色彩，更增添了一份悲情效果。

总之，《哭殇弟觻咸》六首七言绝句，运用多种手法抒发感情，记叙、描写、议论、抒情、比拟，穿插交错，而且无不出之自然，拿捏恰到好处。在情感表达上，诗人运用多种手法将自己的感情抒发得酣畅淋漓，使人真正感受到了“言有穷而情不可终”的哀痛之情。

其二，《嫂氏边氏张一月之间先后入地，合葬一邱，作诗述哀》：

埋骨青山绝可怜，那堪零落并华年。生前互惜聘婷影，死后仍联娣姒缘。灵药无由驱二竖，香魂何处渺双烟。人间视息原虚幻，特为遗芳一泫然。

廖基瑜诗中的“嫂氏边氏张”，即廖基棫夫人边氏，廖基朴夫人张氏。本诗中，诗人哀悼二嫂边氏、三嫂张氏的相继离世，用凄美的笔调抒写了内心的清冷、悲伤和对生命意义的感悟，哀而不伤，怨而不怒。首联直接点题，“那堪零落并华年”一句直接击中情感的痛点。颔联不直言边氏、张氏两人情感之浓，而用“互惜”、“仍联”来进行烘托，生前两人相互怜惜，而死后仍具妯娌之缘。颈联是发自心底的慨叹甚或是呐喊，叹惜灵丹妙药也无法挽救两位嫂子的性命。第六句设问，更体现了一种凄凉之境。末联结得意味深长，感叹人生形同梦境一般，因此特为两位嫂子的离世而悲痛不已。基瑜的两位嫂子在生命最为繁盛之时突然相继凋谢，整首诗描写了诗人对亲人的无比思念与哀悼，满纸充盈着悲苦之情，不自觉地将读者带入了一个悲天悯人的境界。

其三，《虚斋吊伯兄璧耘》：

书蠹凝尘壁鲜滋，深宵冷月照残卮。循阶竹石仍然在，绕榻琴书未忍移。白发有亲犹涕泣，诸雏无恙尽娇痴。霜毫细写家庭事，寄到黄泉知未知？

廖基植出生于清咸丰八年(1858)农历三月初二，卒于民国三年(1914)农历正月二十二日。廖氏八兄弟姊妹感情很深，而廖基瑜与廖基植虽然年龄悬殊，但因基瑜自小跟随伯兄基植学习诗文写作，故兄妹感情尤深。廖基瑜此首悼念廖基植的诗作，感情浓烈醇厚。

首联写景，景中含情，“凝尘”、“鲜滋”、“冷月”、“残卮”等串联在一起，更加突出了斯人已去后的凄凉景象。中二联均为家庭屑事的真实记录，“竹石仍然在”、“琴书未忍移”，如今物是人非，悲痛之情涌上心头，令人长号不自禁。而满头白发的父亲依然悲痛难抑，常常抽泣不止，不知不觉间泪已湿巾。惟一令人欣慰的是，诸子孙辈皆平安健康。“娇痴”二字，童趣毕现。结联是对前诗的总结与概括，将家中的琐事一一告之伯兄，特寄到黄泉之下，不知伯兄可知否？以问句结束全诗，极具感情色彩，准确表达了诗人对伯兄的怀念之情，令人不忍卒读。

其四，《挽姒氏李宜人宝芬二首》：

顷刻花飞月露残，返魂无处觅仙丹。华年似水偏难驻，芳榭凝尘不忍看。倩影生前人共惜，遗容死后画应难。忍抛膝下垂髫女，长使河阳泪不干。

黄土凄凉艳骨眠，秋风寥落墓门烟。十年锦瑟伤春梦，一瞬昙花了宿缘。针线飘零悲故箧，银镫辛苦剩题笺。人间恩爱君应澹，碧海蓬壶自洒然。

廖基瑜此诗是对李宝芬女士的悼念之作。《挽姒氏李宜人宝芬二首》，深切地表达出廖基瑜对亡故亲人的悼念和对人生浮沉离合的无限感叹。两诗把对李宜人的思念、同情、哀痛统统浓缩在伤心欲绝的悲叹之中，叙事中寄寓沉痛，行文中饱含真情，同时还穿插些许景物描绘，从而使痛惜、哀伤、无奈等诸多成分，有机地糅和于一体，令人肝肠寸断。

第一首，诗人将诚挚的抒情与平直的叙述紧密融合在一起，反映出她们妯娌之间的深情厚谊。诗中将"月露残"、"偏难驻"、"不忍看"、"人共惜"、"画应难"、"泪不干"等排列在一起，如一线穿珠，极富感情色彩，写出了悲恸之情境，字词读来令人悲伤不已。

第二首，首联从景物描写起笔，"黄土凄凉"与"秋风寥落"，"艳骨"与"墓门"，一一对应，更具视觉与情感的冲击力，突显了悲凉凄切的氛围。颔联承上展开，借"春梦"、"昙花"惊叹生命之急促短暂。颈联中，"针线"、"银镫"均为借喻，这些东西虽都为小物件，但无一不关"情"，可谓字字含情。结联以一种告诫的口吻说，"人间恩爱君应淡"，这样你才能了无牵挂，洒然而去。这种诘责的语气，更见沉痛之心，也更见深挚之爱。

四、"沧桑世事感沉浮"——咏史诗赏析

咏史诗，顾名思义，即以吟咏历史人物、历史事件或遗迹、文物等为题材，发思古之幽情的一类诗。正如前文所述，清代女诗人生活环境相对狭小，与外界交往并不多。但是，由于女诗人几乎都出自诗礼之家，她们在刺绣之余，

读书就成了最主要的消遣活动。因此，她们对自己感兴趣的历史人物或历史事件自然较为熟悉，对历史人物或历史事件的品评在遵循宗法伦理的大框架下，也仍然具有个体独到的理解与特色。

在廖基瑜所著的《绎雅堂诗录》中，收录的咏史诗并不多，总共只有四首。分别是：《会春园瓦砚歌》、《崇祯癸未，张献忠犯宁乡，绅士陶沄等百三十六人聚县城，与知县邱存忠议拒守，贼至被拘系于北门外，立赤白二帜，持刀胁降，愿降者立赤帜下，沄等相率依白帜，戟手大骂，贼怒骈诛之。见新化邹先生叔绩所撰〈宁乡令邱存忠殉难记〉，县人就地建祠，岁时展祀，地志语焉不详，知者渐少，湘人不善为名，若在江介中不知若何表彰矣。诗以纪之》、《读明德马皇后传》、《咏怀古迹七律五首》。

其一，《崇祯癸未，张献忠犯宁乡，绅士陶沄等百三十六人聚县城，与知县邱存忠议拒守，贼至被拘系于北门外，立赤白二帜，持刀胁降，愿降者立赤帜下，沄等相率依白帜，戟手大骂，贼怒骈诛之。见新化邹先生叔绩所撰〈宁乡令邱存忠殉难记〉，县人就地建祠，岁时展祀，地志语焉不详，知者渐少，湘人不善为名，若在江介中，不知若何表彰矣。诗以纪之》：

百卅六人同茹刃，煌煌节义冠云霄。玉潭澄澈臣心皎，碧血凄凉石阙标。坏劫红羊天似醉，清流白马恨难消。

祠堂日暮灵旗展，如见当年白帜飘。

《民国宁乡县志·故事编·官师传》载有“邱存忠”条，是这样介绍的：“邱存忠，云南楚雄人。一名存蕭，崇祯九年丙子举人。才性沈毅，一上公车不第，纵游两京间，益练世务。十四年，继沈之煌知宁乡，威严相似而度胜之，或谓之煌善断而存忠善谋也。壬午冬，大计吏且去而大府令留，将去宁，人忧之，既留皆悦。以上本《陶汝鼐壬午寿邱邑侯序》。明年癸未，存忠以他事去县，长沙府照磨莫可及摄县事。八月，张献忠陷长沙，引兵向衡州追吉、惠二王，分兵掠宁乡，存忠适至，可及以印付存忠，死之。存忠怀印稍避，而贼去永州。存忠乃使间谍侦所向，得报将西掠宝庆诸府。念贼西，则宁且被兵，乃召县士大夫谋起义拒战，于是县人故陈州经历陶沄、生员刘为邦等百三十六人先后应召。谋未成，而献忠遽自永北返至道林，县吏黎光烈执存忠付贼。贼饮之酒，仍令就职，以印授之，存忠抗词骂贼，投印几中贼。贼怒，缚之，或告存忠拒战谋于贼，于是杀之于道林，时十月八日也。宁士同死者，贡生姜自明及黄锦，于是贼至县捕百三十六人，皆杀之于县北门。”（《民国宁乡县志》页五九八）

廖基瑜此诗咏史贴切。首联得势，统领全诗。“节义”二字为全诗之眼，而“冠云霄”三字，更是撼人心魂，把邱存忠等人的气节、精神揭示无遗。颔联抒情，诗句对仗工整，且寓情于景。其中,"玉潭"、"碧血"均为宁乡地名,玉潭即沩水之中的一个水潭,而碧血即碧血桥。廖树蘅所著的《珠泉草庐诗后集》中收录有《碧血桥二首》。云:"桥在盘泉寺下之石牌口,隔余家约四里,前年儿子基棫随同里刘硕光、刘石顽经其地,见石上微露字迹,扪苔读之,文多剥蚀,仅存'淳祐三年癸卯七月王节女碧血桥'十四字劣能辨认。考淳祐为南宋理宗年号,其时宁乡不闻有寇乱。而碑有'碧血桥节女'等字,明系王氏女遇暴殉节于此。世远年湮,馀字脱坏,无从考辨,作诗哀之。"颈联从历史深处拉回到现实之中,当年那种恨意依然难以消磨。结联字字如铁,风骨凛然,点明天地正气长存,正义之精神与日月长横天宇。在本诗中,诗人既崇仰节义之举,又为衔冤滴血而悲鸣,从而使全诗充满了历史的凝重感。

其二,《咏怀古迹七律五首》,此处仅择二首赏析。

第一首,《嵇峁山》:

层峦复嶂倚云霄,樧竹连冈入望遥。树裹湘波横匹练,雨馀云气卷轻绡。空山钟磬音犹吼,上界仙真迹已销。拟蹑丹梯上峰顶,洞庭衡岳举杯邀。

据《民国宁乡县志》载:"嵇峁山,亦曰'嵇家',其巅高五千三百二十八公尺,有田有湖,湖曰'仰天',清泉淙淙,拟雁宕而小晴雨,登眺湖水如带,洞庭如沼。旧传唐嵇真人修炼处,久蓁莽矣。明清间山下有庵,戒僧居之,陶氏汝

鼒称玄释两宫固非一处者也。西大沩、东嵇岪，皆县之望。”（《民国宁乡县志》页九六）

廖基瑜此诗首联以仰视观山，层峦叠嶂，直插云霄，皆指山势之高耸。颔联承上，具体写山之景观，只选取与表达主题有关的山树、瀑布、雨丝、云气，山之意象呼之而出，笔触细腻，情韵甚美。“横”、“卷”二字，颇为生动、传神。颈联则言山之静极，与“鸟鸣山更幽”有异曲同工之妙。结联诗人借助合理的想象，以拟人之法，更使诗作充满了一种浪漫色彩。如果沿山路而上，直达峰顶的话，那么洞庭、衡山、岳麓皆历历在目，可以相邀举杯。诗人不仅仅是登上自然的山峰之巅，更隐含攀登文化、诗歌、思想甚至情感之最高境界。

第二首，《靳江》：

长堤烟柳远依微，今古江天几夕晖。楚望南来飞鸟疾，湘川东下去帆稀。清波尘洗千年污，春草香凋两岸菲。几度临流增怅惘，为怜骚客泪沾衣。

靳江原名建江，因流经楚大夫靳尚墓地得名。源出湘乡金石乡，有东西两源，东源出靳源村罗仙寨西麓，西源出万群村万岁塘，两源会于赵公桥后进入宁乡境，至烧汤河出境，再经湘潭、望城，至长沙市郊柏家洲注入湘江。

本诗首联是一幅靳江远景图。“长堤”、“烟柳”、“江天”、“夕晖”，皆为画景，亦含情致。颔联由远而近，江上飞鸟掠空，由南而北；帆影依稀，顺江而下。三、四句对仗工整，堪称警句。颈联在景观上更进一层，江水清澈，波光粼粼，流经千载而依旧奔腾不息。而江岸上，草木青青，香飘两岸。以上六句，仿佛一幅意境纯美的水墨画呈现在眼前。结联抒情，情景交融。诗人临江而立，怅惘倍增，甚至泪水把衣裳都打湿了。诗人在结联暗自神伤，既有对时间流逝的叹息，又有离别匆匆之惆怅。全诗以白描为主，雅洁流畅，情致韵浓，不愧为情景交融之佳作。

五、"花光树色都增喜"——风物诗赏析

诚如上文提到，在廖基瑜所作的有关"闲适之趣"的诗作中，一方面是对家庭生活的忠实记录及情绪反应，另外即个人的自得之趣。廖基瑜出生于书香之家，鲜有外出的机会，人生的大多时间只能深居于庭院闺阁之内。于是，深深庭院内的物候变化和春去秋来，都会荡起诗人内心的涟漪。正是在这种闲情遐思中，诗人体味着人生的悠闲与满足，享受着生活的闲适之趣。廖基瑜常以眼前风物入诗，她的写景状物之作，可说佳品迭现。

廖基瑜所作的风景诗主要有：《伫月》、《春晴》、《春画曲》、《秋夜二首》、《春柳四首》、《新柳》、《秋夜听雨有感》、《秋窗风雨夕词》、《春莫》、《立冬》、《饯春词》、《中秋无月》、《立秋后一日涉园一首》、《春阴》、《雨后》、《风筝》、《喜晴》、《秋日书怀》、《正月十日雪》、《新燕》、《春书吟》、《春兰》、

《咏菊》等,共计二十三首。现解析其中四首诗作。

其一,《春阴》:

春阴漠漠雨丝丝,槛外风来竹影移。久病未浇花落尽,空馀残朵最高枝。

诚如徐元在《南乡子》诗中所云:“无计徘徊思好句,支颐。除却春愁没个题。”在女诗人作品中,伤春悲秋为最常见之作,廖基瑜的作品亦是如此。春天是百花盛开的繁华季节,然而风雨无情,春天的离去、繁华的凋谢无法挽回,让诗人在整个春天都为花担忧,愁风愁雨。廖基瑜的这首《春阴》诗,便是最好的例证。首句言天气阴沉,春雨如丝,表面上看是景物描述,实则为诗人心境的自然流露。次句描述风中景象,一阵凉风吹来,竹影摇曳。第三句言因为诗人生病日久,没有心情浇花,结果花在春风中凋谢零落。尾句是对前句的补充说明,只有在花枝的顶端仍残留几朵。本诗描绘出了一幅春景图,诗中充满了无可奈何、暗自神伤的心境与情绪,描绘细致,刻画工巧,语言浅白,寓情于景。

其二,《秋夜二首》:

皓月明如镜,清光透碧纱。乱虫吟不住,香露湿槐花。

风卷浮云去,天空一雁来。谁家吹玉邃,流韵入池台。

秋与春一样，在中国历代的诗歌词赋中，被吟咏不止。廖基瑜的《秋夜二首》，诗中无一个秋字，却句句写秋，呈现出宁静恬淡、凄清孤寂的秋夜之景。

第一首，诗人侧重借景抒情，最后以景结情。一、二句是对月光皎洁、四野寂寥的生动描述，如同幻境般清幽美妙。三、四句写切切虫吟，万籁无声，露水凝聚，湿染槐花，从而勾画出凄清静谧的秋夜景象，流露出诗人如槐花般淡淡的孤寂心境。

第二首，一、二句为情景描写，秋风骤起，天边的浮云被吹得了无踪迹，一只大雁从空中飞来。“来”、“去”二字极富动感，可谓传神之笔。三、四句承上而来，不知谁家玉邃吹奏而起，优美的旋律隐约传来。在本诗中，廖基瑜融叙述、描写、抒情于一体，形象地描绘出秋夜的一种动态之美，表达了诗人对秋夜特有的爱意。

其三，《风铃曲》：

历历鸣寒檐，切切如私语。风来无定向，撩乱声如许。遽然午梦醒，惊听疑新雨。晴院悄无人，惟见飞花舞。

本诗是一首情景交融之作，诗中意象始终荡漾着心灵之波。首联总揽全诗，借用比拟手法，情感色彩更为浓烈，尤其“私语”二字堪称全诗之眼。颔联是对首联的展开叙述，风来没有定向，从而碰撞出高低起伏、清脆浑浊之音。颈联的意境更进一层，诗人午梦方醒，突然听到风铃之声，还以为天又降雨呢。结联意味无尽，诗人起来一看，只见晴天的院落中空无一人，只有那杨花柳絮在空中飞舞飘零。全诗弥漫着一种淡淡的惆怅情绪，意境浑融，气脉通畅，通过烘云托月的表现手法，衬托出诗人思绪的纷乱和情感的郁结。

六、云笺香洒麝煤新——友情诗赏析

在诗歌创作中，个人感情是诗人书写最为频繁也最为动人的题材，而友情是其中重要的内容。在本节中，笔者将友情诗划分为两个层次，一是闺友情，由于女诗人常年身居闺阁，社会交往相对狭窄，她们一旦遇到具有相似的家庭背景及成长经历、又有填词作赋爱好的闺阁诗人，彼此间便会产生一种特别的闺友情。此外，女诗人出于一种天然的性别意识和弱势地位，对那些生活充满苦难且坚贞守节的女性同胞，便会有一种悲悯之情。这也可以作为友情更为宽泛的理解。

在廖基瑜现存的一百多首诗作中，记录闺友之间往来的，仅有三首，分别是：《周女士宜男、花君并称才媛，以诗见惠，依韵答之》、《盆菊赠素兰女史》、《仪孝堂主人惠题拙稿，赋此答之》。

其一，《周女士宜男、花君并称才媛，以诗见惠，依韵答之》：

碧湘人颂女相如，香茗才华岂让渠。漫笑中郎同福时，文姬掩雅匪虚誉。

交谊吾翁缔若翁，红闺缟纻又相通。梦中曾识班姬面，冰雪肌肤旋去声欲融。

清词幽艳笔生春，何物东施敢效颦。想见联吟芳画永，云笺香洒麝煤新。

周宜男、周花君姊妹，为周汉之女，湖南宁乡女诗人。两姊妹合著有《筱村课女录》一书。周汉，字铁真，道光二十三年(1843)出生。早年投身军旅，积军功被保荐为山西补用道，获二品顶戴。光绪十年(1884)返回湖南长沙居住。光绪十七年(1891)年四、五月间，安徽、江苏、湖北、江西等省接连发生教案，教堂被毁，教士被杀，一时间长江流域风声鹤唳，各国驶入长江示威护侨的军舰多达二十余艘。教案的频发，引起各国驻华公使的密切关注。在华传教士多方搜求缘故，收集到多种民间排斥洋教书籍、文告、歌词，乃至伪造的中国官方公文，并追踪到大多数反洋教书籍是由长沙的三家书铺所刊刻。此三家书铺则系周汉所有。各国公使以此向清廷施加压力，并要求湖广总督张之洞严厉查办。这就是震动晚清朝野的“周汉反洋教案”。

宁乡廖氏与周汉家族有一定交谊。光绪十三年(1887)，周汉之女周宜男、周花君姊妹刊刻《筱村课女录》

一书，即由基瑜之父廖树蘅撰序。

廖基瑜《绎雅堂诗录》中收录的此三首诗作，是与周宜男、周花君赠诗的唱和之作。在意境和韵律上与原唱紧密关联，又能在意象、语言及手法上有自己的构建，情意真挚，意象鲜明，切情切景，虚实有度。

第一首，首句统领全诗，以女相如作比，点明周宜男的才情被时人称颂。次句避开一般的写法，言其才华不俗。三、四句以蔡文姬作比，言其诗名绝非浪得虚名，并以此点题，结得圆满，堪称和作之佳品。

对于和诗而言，一定要注意作者本人与原唱者之关系。第二首，首句直接说明了廖、周两家之渊源关系，指明因为“吾翁缔若翁”的这种父辈交谊，更加深了廖基瑜与周宜男、周花君姊妹之间的情谊。次句则言因为廖基瑜与她们姐妹都有填诗作赋之雅兴，可谓意气相投，使得这种情谊有了进一步的升华。第三句的“梦”字更是情蕴其中。结句言明诗人与周宜男、周花君姐妹气韵相通，她们的交往有一种纯美清秀的境界。

第三首，首句为全诗之魂，赞美周宜男、周花君的诗作清词幽艳，笔下如春意盎然。后三句围绕首句之意而层层展开，结句前后呼应，全诗意境浑然。本诗采用白描手法，通过凝炼的语言和生动的描写，展现了周宜男、周花君超凡脱俗的气质与才情，读来亲切感人。

其二,《仪孝堂主人惠题拙稿,赋此答之》:

才名我憾识君迟,藤箧深缄绝妙辞。偶擘涛笺呈薄技,竟邀斑管写新诗。瓣香绮阁怀吟侣,拜手花龛觅导师。几许相思不相见,嫩寒江馆雁来时。

莲花丰骨玉精神,绮丽情怀更迈伦。合向瑶宫传彩笔,本来南国有佳人。传书屡盼天边雁,结想频添梦裏因。续史才名动乡国,一门风雅自传薪。

门近清涟景物奇,碧香寮畔柳垂丝。何当东阁吟梅裔,得共西窗话雨时。玉管蛮笺消永画,幽花袅竹映芳姿。生成福慧无人及,桃雪连赓颊面诗。

仪孝堂主人,即何承徽(1857—1941),名懿生,湖南省衡州府何通隐先生之女,工诗,有"海内女师"之称,著有《仪孝堂诗集》。何承徽之夫名张通典,字伯纯,号天放楼主,与廖基瑜之父廖树蘅相识较早,后经廖树蘅引荐,得以结识义宁陈宝箴、陈三立父子。光绪二十一年(1895年),陈宝箴出任湖南巡抚后,大兴矿业,张通典与廖树蘅皆为湘矿矿业同门。未几,张通典因与陈宝箴、陈三立父子发生矛盾而去职离湘。

本诗实为一组诗,共三首,为廖基瑜对何承徽女士的答谢之作。第一首,首联表面上是写"我",但实际上字字皆意，满是诗人对仪孝堂主人的溢美之词。大意是：你的才名我早已耳闻，遗憾的是认识你太晚，但是书柜中始终珍藏着你的佳诗妙句。颔联承上两句而来，言偶尔写上几句诗作呈送给你，没想到你还回赠诗作。颈联言自己常常想念那些闺阁诗朋，而仪孝堂主人正堪称诗坛导师。结联说想念却不能相见，只能苦等书信了。全诗情感真挚，朴实无华，气脉通畅，情与景谐。结联"几许相思不相见，嫩寒江馆雁来时"，意境高远，堪称佳言警句。

第二首，首联起笔不凡，以"莲花"比仪孝堂主人，言其气质高雅，芬芳自香。颔联不直言仪孝堂主人的文词如何美好，气质如何脱俗，却以烘云托月之法来进行表现。颈联写廖基瑜与仪孝堂主人情谊深厚。结联更别有意致，写到仪孝堂主人不仅才名誉满三湘，更是一门风雅，后继有人。何承徽之兄亦工诗，其女张默君为民国时期的女诗人，著有《白华堂诗集》。陈三立先生在《白华堂诗玉尺楼诗序》中说："其（张通典）夫人懿生及夫人兄璞元并工诗。"故廖基瑜称其"一门风雅自传薪"，并不为过。

第三首，首联为景物描写，写仪孝堂主人生活环境之清幽秀美，流水清漪，柳树垂丝，这种环境激发出仪孝堂主人从事诗歌创作的一腔灵感。颔联层次更为递进，言不论是梅花还是雨丝，都成了吟咏抒怀之物。颈联"消"、"映"二字，极具动态感，使诗的意境更为醇美。结联有一种宿命观和门第观。言仪孝堂主人“福慧无人及”，追根溯源是她出生在一个诗书之家。

其三，《盆菊赠素兰女史》：

瓦盆墙角护幽苍，几日花开裛露凉。帘卷不嫌人比瘦，节坚何碍叶堆霜。白衣秋酿东离酒，朱邸筵斟益寿觞。莫使残英涴泥滓，捃华能助枕函香。

素兰女史即毛国姬，字孟瑶，“素兰女史”为其号。湖南长沙人，武陵杨孝彪室。著有《素兰诗集》，编辑有《湖南女士诗钞所见初集》八卷。本诗是一首怀赠之作。首联紧扣菊花生长的环境及季节特征，把菊花的形、色、味等特质恰到好处地描绘出来。正值初冬之时，墙边的菊花含露而开，娇妍美丽。颔联言菊花节气坚贞，赞扬其不畏严寒的精神与品质。颈联、结联则言菊花之功用，颈联写菊花酿酒可延年益寿，结联则说将那些残花置于枕头之中，更是芳香可人。本诗从字面上来看，是胜赞菊花之美、气节之高、功用之多，实则是对毛国姬女士人格精神和诗人气质的由衷赞美。

此外，作为一名女性诗人，廖基瑜对女性同胞，尤其是那些在家庭婚姻方面不幸的女性深表同情，她们的经历很容易打动她纤弱而宽容的内心。于是，同情女性同胞，反映她们悲苦命运、赞颂她们贤德守节的诗作，就自然而然地从其笔底流淌出来。廖基瑜诗作中共收录有两首，即

《昔昔鹽为邻妇成氏作》、《姒氏周年二十即丧所天，悲苦厉节，令人敬愍，回家省亲，诗以送之》。

现以《昔昔鹽为邻妇成氏作》为例，进行赏析。诗云：

日夕倦登楼，愁见垂阳溪。垂阳荡空碧，上有孤鸿栖。荡子隔关山，思妇依空闺。终掩双鸾镜，常鸣半夜机。银河影尚明，织女光就微。藁砧在何许，夜夜梦中归。悠悠江水长，一去无还期。年年复岁岁，有泪向谁啼！

这是一首闺怨诗，具有汉乐府的味道，全诗看似平铺直述，实则以事见真情。彻骨的爱恋，痴痴的思念，借半夜鸣响的织机声表现得淋漓尽致。一、二句点明了气候与环境条件，为下文抒怀作技术上的铺垫。三、四句以孤鸟栖枝作为类比，引出五、六句中的女子独守空闺。七、八句言对镜自怜之后，夜半仍闻织机之声。九、十句承接上文，层层递进。十一、十二句作诘问，把相思之苦推进一层，丈夫现在究竟身在何处呢？成妇惟有在梦中见其归来。十三、十四句又是类比，将男人的离别比作江水东流，一去不复返。最后两句更是字字血泪，声声控诉，年年复年年都是如此，其泪向谁啼哭？全诗低徊婉转，笔触细腻，诗人通过具体景物烘托出成氏复杂的内心感受，语言简洁，形象鲜明。廖基瑜诗中的成氏，虽然其人生境遇悲苦凄凉，但诗人却对她在这种处境中的人格尊严给予极大褒扬，让人在同情悲悯中肃然起敬。

七、"绿意红情纷满眼"——词作赏析

清代咸丰、同治以降，湖湘地区的词学活动甚为活跃，光绪时期湖湘词坛走向高潮。而对于衡田廖氏来说，在词学创作上成就最大者，当推廖基植，他著有《绿净轩词钞》一卷、《紫藤花馆词钞》一卷，其词宗北宋，词风清新雅淡、韵味深厚。廖基瑜亦有词作，现存世仅有《贺新郎·馀园即事》及《秋宵词》两首。

其一，《贺新郎·馀园即事》：

芳草留春住。叹落花，沾茵堕溷。忽忽别去。好是午晴人定后，蜂蝶纷纷绕树。更无数，游丝横路。一院春光浓似酒，倚雕栏，戏馆风中絮。牢绊着，东皇驭。

年来颇识闲中趣，绿荫边，汲泉支灶，安排茶具。燕子不归春寂寂，柳外朦胧烟雾。只可惜，韶华暗度。绿意红情纷满眼，擘云蓝自写芬芳句。蛙又闹，斜阳暮。

馀园是衡田廖氏旧宅春泉堂内的一处花园，为廖基瑜及兄弟姊妹幼时读书之处。廖基瑜所作的这首《贺新郎·馀园即事》，应为她的早年之作。此词上片主要写景，景中有情。起句中的"留春住"三字总揽全词，继而将"落花"、"蜂蝶"、"游丝"、"风中絮"等铺陈开来，尽情渲染暮春馀园的景色，词人在着力勾勒春光明媚、万物竞发的美景图画时，也为下片中的人物出场作了铺垫。下片刻画词人的闲情逸致，主要以抒情为主，情中亦有景。词人"颇识闲中

趣”，在绿荫边汲泉支灶，与家人一同品茗赏景。然而，春光纵好，却易逝无回，词人不免感叹“只可惜，韶华暗度”，又有离别匆匆之怅惘。接着，又承上片的意脉，词人描述那满眼绿树花红的春景，即便是扯下一片白云，也能写出芬芳的诗句。末句“蛙又闹，斜阳暮”，展现出了另外一番景象，以此收束全词。廖基瑜将人、事、情、景融为一体，以描述性语言为主，间以比、拟手法，语言清丽、雅洁，一种情思尽融字里行间。

其二，《秋宵词》：

秋宵渐渐长，轻飙袭罗幕。去燕怅离巢，蟋蟀凄繁露。凉堂语寂兰膏冷，街柝声残莲漏永。震地江声破梦来，寥天昏暗银河影。

这首词出自廖基瑜的诗集钞本，应为她在中年以后所作。全词大意是：秋夜何其漫长，那轻轻的晚风吹袭丝罗帐幕。燕儿也怀着几分惆怅飞离了故巢，蟋蟀的鸣唱，连露水似乎都多了几分寒意。凉堂静寂，兰膏清冷，夜深时刻，连街上更夫的梆子声也隐隐约约，似有似无。突然间，江声震天动地，甚至将梦境都击得粉碎。而苍天寥远，天地间一片昏暗，惟有那繁星点点。本词表面上是描写秋夜的景色，却十分准确地表达了词人此时此刻的心意和情绪，从伤秋的情绪转化为词人内心落寞的抒怀，意境自然，毫无雕琢之痕。

第三章　创作风格与诗风变迁

近代湖湘诗坛，女性诗人群体卓然崛起，廖基瑜身处其中，同样备受瞩目。晚清著名女诗人、曾国藩次子曾纪鸿夫人郭筠这样评价基瑜之诗："今观琬芗之诗，妙句天成，不事雕饰，格律固秉于庭训，机杼实出于慧心。吾乡后进闺阁诗才称何氏懿孙、张氏秉彝，得吾琬芗骖靳其间，无优龙劣虎之可言矣。何氏亦击节琬芗，观集中仪孝堂诗可见。余近刊诗集，煞青既竟，当以质吾琬芗，问天宝末年时世妆于今定何如也。"近代史学家、掌故学巨擘徐一士先生对廖基瑜的诗作更是不吝赞美之辞："绎雅堂诗，本原家学，清才雅诣，不为父兄所掩。'格律固秉于庭训，机杼实出于慧心'，良为的评。"由此可见廖基瑜在近代湖湘女性诗坛中的地位与影响。

纵观廖基瑜一生，由于世代更迭及家庭变故，以此引发廖基瑜心境和思想的巨大变化，其诗歌风格也因此大为改变。当我们在阅读廖基瑜的诗词作品时，对她的这种诗风变迁感受尤为明显。其诗歌风格大致发生了两次较大的变化。

一、早期诗歌风格：隽饶韵致，不同凡响

廖基瑜出生于书香世家，母慈父爱，兄弟姊妹和谐融

洽，加之基瑜性情温婉，这些因素叠加一起投影到她的诗歌创作中，使其诗风呈现出清新柔美、隽饶韵致的特点，似有一派温李风韵。《绎雅堂诗录》收录有她不少十多二十多岁时期的作品，这一时期，基瑜之诗清新秀雅，意境清婉空灵。现以《伫月》为例，诗曰：

碧天云淡晚风轻，银汉无声玉漏清。为爱凉蟾入花影，停琴无语坐前楹。

，本诗虽然篇幅短小，但整首诗意境静美，情致高远，表现出"绘形绘色、诗中有画"的特点。其意境主要体现在一个"静"字上，全诗如写意画，描绘出一幅清幽静美的画境。

又如《新柳》：

纤纤顾影娇无力，眠起东风未解愁。波镜净涵眉黛小，细腰轻弄晚风柔。但依画阁参差长，肯逐飞花历乱流。闻说六桥春更早，令人长忆古杭州。

全诗无一柳字，却句句写柳。通过新柳来抒写对大自然变化的感受，清新而有情致。在构思上，新颖别致，不落窠臼，用语清丽细腻，妙然生趣。

对于廖基瑜来说，最能代表她早期诗歌特色的，就是《打稻四首》、《咏怀古迹七律五首》、《家大人远客张掖，忽忽一年，违侍日久，怅然成咏》等作品，均脍炙人口，一直被喜爱者所传颂，堪称廖基瑜的佳作名篇。

对此，何承徽女士题咏廖基瑜的《绎雅堂诗录》时，对其诗作给予了很高评价。共赋诗三首，其一："瑶函觊我恨来迟，绮岁仙人幼妇词。女典班姬还作诫，国风周姥本能诗。选楼咏史兄相友，伏胜传经父是师。更有解围青步幛，一家文采擅当时。"其二："裊裊簪花妙入神，芬芳香茗更无论。玉台何日分新咏，锦字于今有替人。修到梅花成秀骨，本来明月是前身。他时傥许聊吟胜，自愧铨材叹积薪。"其三："玉尺琅环写韵奇，青箱黄绢界乌丝。琼窗赋就樱桃暖，翠管吟成柳絮知。三月莺花开绮思，一奁秋水想丰姿。楚湘自是骚人国，兰芷芬芳尽入诗。"从中亦可见廖基瑜在当时闺阁诗人中的影响力。

二、中晚期诗歌风格：沉郁抑忧，孤寂哀愁

廖基瑜进入中年以后，其诗风与早年相比发生了巨大转变。究其原因，大概是由于社会环境与家庭环境都出现了较大变化。

自中年以后，随着亲人接二连三地离世，廖基瑜脆弱而敏感的心中充满了难以名状的苦痛。她凭着极高的艺术天赋，将这漫天愁绪抽丝剥茧地细细纺织，将其化为一行行悲天悯人的诗作。在这种情境中，其心境时时感到愁苦、烦闷，以这样的气质、心情吟咏出来的诗歌，不可避免地弥漫着沉郁抑忧、孤寂哀愁的风格情调。对此，徐一士先生如此评点："四十岁以后，以夫家、母家迭有死丧之戚，时生悲感，抑抑寡欢悰，吟兴大减，所作较少，泰半凄婉之什也。”

兹以《已酉七月十四日夜感赋》一诗为例：

愁绝逢今夕，凄凉满目前。不堪华表月，来照墓门烟。残蜡凝寒泪，悲风怆夜泉。蓼莪篇久废，失恃已三年。

这是廖基瑜对母亲张夫人的一首记怀诗。在此诗中，廖基瑜使用了“凄凉”、“残蜡”、“寒泪”、“悲风”等凄冷的字眼，当客观环境透过主观情绪如“凄”、“残”、“寒”、“悲”等感受的投射时，所交织的意象也就充满悲哀感伤的色彩。同时，诗中还应用了“墓门烟”、“怆夜泉”等词语，“烟”字能构建朦胧、迷茫、飘忽的视界；而“夜泉”则表现出清冷、恍惚、幽咽的意象。当这些词语同时出现在一首诗中时，整首诗便充溢着一种哀婉凄迷的意境。

又如《中元夜书感》：

凄凉当此夕，而我独情伤。难释心头恨，频添鬓上霜。残烟萦蜡泪，空院咽寒螀。欲觅昙花影，幽冥事渺茫。

廖基瑜在此诗中移情于景，同样也应用了“凄凉”、“伤”、“恨”、“霜”、“泪”、“寒”、“茫”等字眼，予人凉气袭人的感觉，使诗篇流荡着一片寒气，也使意象呈现出一种凄清，诗人内心之苦闷蕴含其中，极富感染力。

又如在《虚馆》一诗中，诗人的情感更加悲怆，与其说是诗句，不如说是悲号，诗人内心可谓悲痛欲绝。其诗曰：

虚馆萧条落日斜，西风凄恻撼窗纱。香萦宝鼎灵犹在，人去空园鸟不哗。检点遗书皆涕泪，凄凉荒圃剩黄花。愿随极乐西归去，世乱年来更可嗟。

全诗极为沉痛哀感，可谓情词痛切、沉郁悲怀，读来让人伤悲欲绝、感动不已。

又如《上元夜雨有感》：

旧事回思欲断肠，况逢佳节倍凄凉。曩岁严儿于是日病加剧，不十日即逝世。春回大泽冰初泮，云暗中天月隐光。火树银花纷灿烂，笙歌弦管闹悠扬。游人不解时艰事，笑语欢腾夜漏长。

本诗是廖基瑜对儿子梅焯严的念怀之作，真切地表达了诗人的哀伤愁苦之情，字字皆由肺俯之中流出，不事雕琢而自然感人。在情感表达上，廖基瑜并非直抒胸意，而是委婉曲折，达到了跌宕起伏的艺术效果。

对于廖基瑜中年以后的诗词作品，在刊刻《绎雅堂诗录》之后，原计划再刊印续集。然而，令人遗憾的是，续集并未成功刊印，只留有《绎雅堂诗钞本》，最后亦不幸散佚。

第四章　文学价值：闺阁诗中乃上乘

廖基瑜是湖南近现代著名女诗人。然而，对于其人和其诗歌的研究却缺乏应有的关注，甚至可以说仍是一片空白。近年来由湖湘文库编辑出版委员会整理出版的《湖南女士诗钞》一书，其内容主要包含三部分：一是由长沙女诗人毛国姬与其弟毛国翰搜罗选辑的《湖南女士诗钞所见初集》，该书于道光十四年（1834）刊刻而成。二是《湘潭郭氏闺秀集》，主体为湘潭女诗人郭润玉于道光十七年（1837）所编纂，并于是年刊刻而成。三是《碧湘阁集》，系民国时期宁乡女诗人陈家庆的诗、词、文集，于民国二十二年（1933）刊刻。应该说，还有很大一部分湖湘女诗人的优秀作品不在其列。鉴于此，笔者重新整理并点校廖基瑜的诗词作品，梳理其生平事迹、家世背景，并进一步解读其诗歌作品的艺术风格与特色，尤其显得更有必要。

诚如前文所述，廖基瑜出生于近代湖南著名的文化和官商世家，官宦门第及政治、商业活动的濡染，使她视界开阔，气质高贵。而文学艺术的熏陶，又让她能深刻细腻地感知生活，体验美感。几乎从一懂事开始，廖基瑜就已经接受中国传统文化的审美训练，她不但能欣赏美，还能驾驭美，在诗文的创作上有一个很高的起点。在诗歌创作的早年，廖基瑜深受父亲廖树蘅、伯兄廖基植、仲兄廖基棫的影响。其作品感情绵密敏感，意象静谧柔美，境界清新含蓄，读来让人赏心悦目，引人遐想，发人深思，并得到不少诗坛耆宿的高度评价。

廖基瑜的一生并非坦途，多有变故。她少年早慧，性格温婉，成长于一个充满亲情与关爱、生活无忧无虑的家世氛围中。而人到中年以后，随着亲人接二连三地离世，廖基瑜的内心备受打击，每每自感孤寂哀愁。即使人至晚年，从其所作的《七十初度述怀》一诗来看，这种痛楚哀怜的心境亦没有完全消散。这种独特的人生经历与心路历程，使她形成了独具特色的诗歌风格。

总之，作为湖湘近现代才女，廖基瑜一生都浸润在家庭氛围及生活环境之中，她以高雅端庄的闺秀气质和深邃厚实的诗词功底，在诗词写作中呈现出典雅醇厚的艺术风格，为湖湘女性诗坛增添了一抹靓丽而耀目的风景。

梅焯宪先生传

廖志敏

梅焯宪，字伯纪，湖南宁乡人。晚清吏部主事梅钟澍曾孙、湖北宣恩县知县梅镜源孙、梅毅杰长子。湖南现代文化学者，参与编著有《民国宁乡县志》（民国三十年石印本）、《珠泉草庐师友录》（共十一卷，民国三十七年宁乡廖氏刻本）、《湘矿丛钞》等。

清光绪二十一年（1895），梅焯宪出生于宁乡莓田古屋。宁乡梅氏为县中望族，门第清高，芬泽绵远。梅氏原籍江西南昌，自明初洪武年间徙居湖南宁乡县东城外之梅家田，筑莓田古屋，耕读传家，代有积善。近代宁乡梅氏的代表人物当属梅钟澍，即梅焯宪的曾祖父。梅钟澍的祖父曰书笏，父亲曰教章，均有隐德。梅钟澍出生于清嘉庆元年（1796），又名梅钟树，字苏民，号霖生。幼极敏慧，博览经史，诗文称道乡里。嘉庆二十年（1815），钟澍年方十九，即已中举。道光十八年（1838），他与曾国藩同榜进士，入选翰林院庶吉士，授礼部仪制司主事。道光二十年

(1840)，因病在北京溘然长逝，享年四十四岁。梅钟澍辞世后，邑人李隆萼为之作墓志铭，其友曾国藩为之作传。曾国藩挽梅钟澍联云："万缘今已矣，新诗数卷，浊酒一壶，畴昔绝妙景光，只赢得青枫落月；孤愤竟何如，盛业千秋，贻谋百盛，平生未了心事，都付与流水东风。"梅钟澍擅长吟诗作文，著有《梅氏遗书》、《藓花岩馆诗存》等作品传世。

梅钟澍有子三人。长子梅镜源为湖北宣恩县知县。次子梅鉴源为咸丰戊午科举人，先后任云南大姚县知县、浙江景宁县知县；三子梅锦源为徽州知府、直隶州同知。三子为政均有声绩。梅镜源，即梅焯宪的祖父，在宣恩知县任上卓有政声，被百姓拥戴。晚岁退居宁乡后，还曾协助陕西巡抚刘典创建云山书院，培养家乡学子。

梅焯宪父亲梅毅杰，字雯青，为梅镜源第五子，五品州同衔。母亲廖基瑜，字琬芗，为同邑廖树蘅之长女。宁乡廖氏为邑中名族，世代书香。廖树蘅，字荪畡，一字笙陔，为湖南近代著名诗人、实业家，湖南近代维新运动的重要人物，水口山铅锌矿开拓者，中国近代铅锌矿业先驱。廖基瑜是湖南近现代著名女诗人，其代表作《绎雅堂诗录》在中国国家图书馆古籍馆、上海图书馆、湖南省图书馆等地均有馆藏。

童年时期的梅焯宪天资聪颖，慧敏过人。从五六岁始，就入塾读书，授之即能朗朗上口，且对中西学艺均有涉猎。湘中名儒王闿运先生曾赠其书联云:“立身宜法李忠定,好学还思曾伯涵。”李忠定,即李纲,宋朝抗金名臣,其字与梅焯宪同,皆为伯纪。曾伯涵,即曾国藩,伯涵为其字,号涤生。王闿运以李纲、曾国藩来勉励幼年的梅焯宪,可见对其期望之高。

光绪三十四年(1908),年仅十三岁的梅焯宪离别父母,前往省城长沙,就读于明德学堂。明德学堂由著名教育家胡元倓先生创办于清光绪二十九年(1903)初春,是湖南近代第一所私立新式中学堂。在这里,梅焯宪刻苦学习,对中西各科广泛涉猎,学业大进。宣统元年(1909)十二月,梅焯宪都学毕业,宁乡知县朱捷臣面试考题《汉文帝唐太宗宋仁宗合论》,梅焯宪约一时许便作文脱稿。其文词之优美,论据之充分,令朱捷臣赞叹不已。本拟置第一,嗣以都学童子压卷,恐县学增惭,即改为第二名。此事一时传为美谈,梅焯宪之名随之传遍宁乡各地。

宣统二年(1910)秋,十五岁的梅焯宪从湖湘远赴京师,就读于京师大学堂预科。京师大学堂创建于戊戌维新变法时期,是中国近代第一所国立大学,也是中国近代高等教育之发端。在京师大学堂求学期间,正值中国社会剧烈的转型期,梅焯宪以极大的热情,积极追求新的思潮。随着清王朝的倾覆,梅焯宪追随宁乡籍革命家周震麟先生,在反帝制、争共和的革命洪流中,成为一个通敏而有干才的热血青年。

二十世纪二十年代，梅焯宪先后在长沙、宁乡等地担任政府秘书。此时，中华大地派系纷起，盗贼横行，各种势力粉墨登台。各派军阀与地方行政人员经常发生纠纷，有时矛盾激化，军阀甚至以枪威胁、扣留行政人员及地方绅士。梅焯宪擅长撰写政论文章，每当遇到这种情况，他都利用自己撰文事实充分、逻辑严谨、能以理服人的长处，使得诸多矛盾得到缓解。

更为难得的是，在那种极为动荡的社会环境中，梅焯宪始终拥有一种心怀天下的家国情怀，始终关注民生疾苦。1924 年夏天，湖南遭遇特大洪灾。宁乡一度成为灾情最为严重的地区，沩江两岸洪水滔天，无数的房屋被冲毁，大量田地被淹没，县城南门桥也被洪峰裹挟而去，致使当地交通一度中断，给救灾抢险造成极大困难。对此，梅焯宪挺身而出，随三舅廖基朴一道，在各地奔走呼号，请求社会各界踊跃捐款。他自己更是带头捐资捐款，为大桥早日修复不遗余力。同时，他还联络梅氏族人，在县城东郊临时设立粥厂，积极救济那些无家可归的灾民。

二十年代末，梅焯宪沿江而下，来到首都南京，担任南京戒严司令部文书股长。

二十世纪三十年代前后，梅焯宪前往安徽宣城，出任宣城专员公署秘书长。其间，他在当地禁食鸦片、积极救灾，由于梅焯宪为政清廉、秉公执法、人品端正，在他的有效管理下，宣城百姓拥有了一个短暂的安定期。梅焯宪由此颇具声绩。

1936 年，梅焯宪告别宣城，回到故乡宁乡。在那个国难当头、炮火连天的艰难岁月，梅焯宪避居外家的衡田老屋，潜心于地方文献史料及诗文的整理工作。这也成为梅焯宪一生中最为闪光的岁月之一。

这一时期，梅焯宪主要从事了三件工作。其一，参与《民国宁乡县志》的编纂工作。《民国宁乡县志》的编纂始于民国二十一年（1932），到民国二十四年（1935），初稿告成。1936 年梅焯宪从宣城回到莓田，发现志稿列传中尚多漏误，便广征官私记载，分别考证。经过两年多的不懈努力，梅焯宪与志局编纂同仁共修改及新纂人物正传 432 篇，附传人物 400 多篇。其时适逢长沙文夕大火，日寇敌机频繁袭扰宁乡，所有修志人员并无任何报酬。梅焯宪经常在衡田老屋与灰汤的数十里山路间跋涉而行，还曾遭遇生死之险，但他仍笔耕不辍。民国三十年（1941）二月，梅焯宪与梅氏族人商定，将莓田古屋的部分房屋腾出供编纂之用，从而结束了志局人员长期动荡不安的工作局面。是年六月，《民国宁乡县志》终于全部刊刻完成，成为中国近现代地方史志中最为优秀者之一。其二，协助二舅廖基棫搜集、整理并刊刻《沩宁诗选》。《沩宁诗选》是宁乡历史上最为完整的诗歌集成，由梅焯宪的二舅廖基棫历时数十载精心搜集、整理完成。全书共分一百二十四卷，涉及五百二十余人、诗九千多首，堪称宁乡诗词文献的扛鼎之作，为保存湖湘文献做出了杰出贡献。梅焯宪协助廖基棫进行校点工作，几易寒暑，《沩宁诗选》这一文化瑰宝终于在民国三十四年(1945)刊刻问世。其三，协助编辑完成二舅廖基棫所著的《瞻麓堂文钞》二卷。同时，梅焯宪还受表兄弟廖镇珊、廖镇沧、廖镇琦、廖镇卓等人之嘱，与表弟廖镇枢(廖树蘅第五子廖基杰之子)一道，经过九个月的紧张工作，编辑完成《珠泉草庐师友录》。

《珠泉草庐师友录》内容涵括《奏牍》一卷、《赠序》一卷、《赠诗》二卷、《珠泉草庐图题咏》一卷、《书札》五卷、《哀感录》一卷，共计十一卷。全书均为梅焯宪外祖父廖树蘅故朋旧友的投赠之作，共涉及湖南近现代政治、经济、军事、文化、宗教等方面的各种人物百余人，对于研究湖南近代矿业史、经济史、文化史、文学史、诗歌史、乡绅史，具有重要的史料价值与学术价值。

抗战胜利后，梅焯宪受聘宁乡鹅山中学，担任语文、历史教师。1949 年 9 月，随着宁乡解放和土改运动轰轰烈烈地开展。梅焯宪一家离别莓田古屋，搬到宁乡县城小西门居住。此时，梅焯宪将衡田廖氏刊刻的大量书籍及湖南近代矿业发展的有关资料加以整理，专程送交湖南省志办公室、湖南省图书馆等地。同时，他对湘矿史料整理后，编辑成《湘矿丛钞》一书。这对于保存湖南近代重要历史文献资料作出了特别贡献。

二十世纪五六十年代，梅焯宪在家闲居。

1966年初春，梅焯宪在宁乡因病辞世，享年七十一岁。

梅经培先生传

廖志敏

梅经培，湖南宁乡人，梅毅杰孙，梅焯宪子。1948 年毕业于中央大学航空机械制造专业，资深机械制造专家。

梅经培，1923 年农历九月十五日（10 月 24 日）出生于湖南宁乡莓田古屋。母亲宋光柳，天性聪颖，遇事颇有见地；继母李敦琼，厚道善良，视经培如己所出，在温馨的环境中将其抚养成人。

1938 年夏天，梅经培从家乡克峻小学毕业后，父亲带他前往长沙报考初中。其时，日本帝国主义已全面侵华，由于长沙所有中学均搬迁至边远山区，学校也无法报考。

二十世纪四十年代初，日军大举侵略湖南，所到之处，烧、杀、抢、掠，人民惨遭蹂躏。每当日寇来犯，梅经培总是背上行李包，右手搀扶母亲，左手牵着外甥女，躲到深山之中的大雾寺避难。国难当头，激发起了年轻梅经培的报国之心和强国之志，他发奋读书，以图报效祖国。每当曙光初露，梅经培就已悄悄起床，琅琅的英语声在山野间久久回荡……

1943年，梅经培从湖南省立一中高十二班毕业，参加全省高中毕业统考，他以第一名的成绩被保送到三所名牌大学，任选择校。然而，中华大地，烽火连天，关山远隔，梅经培始终无法得到入学的信息。于是，他只得冒着抗日的烽烟，从家乡宁乡启程，一路向西，跋山涉水，历尽千辛万苦，终于来到陪都重庆，以优异的成绩考取中央大学，学习航空机械制造专业。

抗日战争胜利后，中央大学由重庆迁回南京。1948年，梅经培从中央大学毕业，此时正值南京解放前夕，他积极参加学生运动，迎接人民解放军进入南京。

1949年8月，梅经培参加人民空军。随后，他由南京调到北京，从事军用飞机机械零部件设备的研发工作。作为一名刚刚从大学毕业的年轻学子，梅经培对新生的共和国怀有一种深厚的感情，并以极大的热情投入到工作之中。

1950年春，梅经培在北京南苑工作时，遵照父亲的嘱托，专程前往看望父亲的老友，近现代文学家、史学家、掌故学巨擘徐一士先生。随后徐先生在致其父的信中赞誉："经培世兄，学有专长，为国效力可钦佩。"

同年六月，朝鲜战争全面爆发。梅经培在给父亲的家信中说："美帝国主义在朝鲜如此猖狂，战火已烧到祖国的家门口，我们应予以迎头痛击，好好教训侵略者！”于是，他积极参加中国人民志愿军，来到了与朝鲜一江之隔的丹东。为了实现报国效民的理想抱负，梅经培潜心钻研，尽最大努力发挥自己的聪明智慧和技术专长。

当时，物资短缺，机械设备严重匮乏，从事技术研发时更缺少相关的参考文献。对此，梅经培带领研发团队迎难而上，主动作为，终于取得了多项创新设计成果。一是革新了 PA－45 喷气发动机上下燃料泵，保证空军部队不再因燃料泵出现故障而停飞。对于高空自动调节器流量表的设计缺陷，梅经培创造性地发明了孔口式流量计，一举攻克了技术难关；同时，他发明了锯齿形三角皮带代替变速机的传动链条，节省了大量费用。二是设计了油泵试验台，解决了空军部队的迫切需要。三是进一步改进苏制飞机的引擎问题，并得到推广应用，为抗美援朝的胜利立下了功勋。而此时，梅经培仅二十八岁，大学毕业才刚刚三年时间。梅经培因此荣立二等功，并被授予三等军功章。1952 年冬至 1953 年春，《人民空军》杂志曾系统介绍了梅经培的立功事迹。

抗美援朝结束后，正当梅经培准备在事业上大干一场的时候，厄运却悄然降临到他的身上。由于梅经培出身于著名的官宦世家，在强调阶级斗争的历史年代，这成为了他的“原罪”。尽管梅经培工作努力，表现积极，但他仍然被清除出局，无法继续从事他所钟爱的航空事业，使其聪明才智没有得到充分发挥，这是他人生中的最大遗憾。

随后，梅经培转入拖拉机制造行业。他先后在哈尔滨拖拉机厂和石家庄拖拉机厂工作。在工作中，梅经培经常深入车间、班组，了解各项生产程序，解答疑难问题。他从国内农机的实际出发，引进国外合适的先进技术。同时，他还坚持用英语及俄语从事翻译和写作，并在专业期刊发表多篇科技论文。

1978 年，全国科学大会在首都北京召开，作为参会代表的梅经培，却毅然辞去参会的机会，将全副精力投身到工作之中。

1981 年，梅经培担任石家庄拖拉机厂副总工程师。1983 年，河北省机械系统晋升十九名高工，梅经培以九十八分的最高分荣获国务院科学技术局颁发的“高级工程师证书”。

老骥伏枥，志在千里。晚年的梅经培将一腔心血献给农机事业，始终关注着农用机械的研发工作。1986 年第一期《拖拉机》杂志发表了他撰写的《拖拉机与农用运输车》。1989 年，梅经培被评为教授级高级工程师。

1999 年 7 月 5 日，梅经培不幸辞世，享年八十六岁。